소꿉친구가 절대로 지지 않는 러브 코미디

6

VOLUME:SIX

[글] 니마루 슈이치

[그림] 시구레 우이

OSANANAJIMI GA ZETTAI NI
MAKENAI
LOVE COMEDY

SHUICHI NIMARU

CONTENTS 

소꿉친구가 절대로 지지 않는 러브 코미디

OSANANAJIMI GA ZETTAI NI
MAKENAI
LOVE COMEDY

[글]
니마루 슈이치
SHUICHI NIMARU

[그림]
시구레 우이

프롤로그

*

――모일, 모처.

나는 학교에서 돌아오는 길에 최근에 애용하는 슈퍼에 들렀다.

"아, 언니? 저녁에 먹을 파스타 종류 말인데 오일, 토마토, 크림 중에서 어느 게 좋아?"

"마리아가 해주는 파스타는 다 맛있으니 아무거나 괜찮아~."

"차암, 언니는 맨날 그런다니까."

나는 핸드폰에 대고 한숨을 내쉬었다.

깐깐하게 굴지 않는 언니의 성격은 정말 좋아하지만 음식 메뉴에까지 그래서는 고민하는 보람이 없었다. 뭐, 싫어하는 피망 이외에는 가리지 않고 먹어주는 건 정말로 기쁘지만.

"그럼 오일은 저번에 만들었으니까…… 토마토로 할게."

"응, 좋아! 동아리가 19시 정도에 끝날 예정이니까 20시에는 돌아갈 수 있을 것 같아."

"알았어."

나는 전화를 끊고 식재료를 둘러보았다.

"후후, 시간이 있을 때 실력을 닦아놔야겠죠."

요리는 물론 맛이 가장 중요하지만 제철 식재료의 체크와 가격대의 절충, 신선도에 따라 메뉴를 융통성 있게 정할 수 있는지 등, 한 가정의 식탁을 맡으려면 끝없는 연구가 필요했다.

나는 슈퍼를 나와서 고기와 채소가 담긴 봉지를 들고 미소 지었다.

역 앞에 있는 슈퍼에서 집으로 돌아가는 길…… 이 시간을 나는 매번 즐기고 있었다.

이미지는 새색시다.

신입사원인 스에하루 오빠는 매일 부려 먹히느라 곤죽이 된다. 힘든 나날이지만 집에 있는 귀여운 새색시와 요리를 보며 어떻게든 하루하루를 살아간다.

역 앞에서 만나 둘이 함께 슈퍼로. 손을 잡고 먹고 싶은 음식을 물어보며 식재료를 산다. 그러면서 이런 깨가 쏟아지는 대화를 나눈다.

'모모가 해주는 요리는 뭐든지 맛있단 말이지.'

그리고 가로등 아래를 사이좋게 걸어서 사랑의 보금자리로.

'스에하루 오빠, 바로 저녁 차릴 테니까 그사이에 씻고――.'

'오빠……? 모모, 우리는 부부잖아. 언제까지 그렇게 부를 거야?'

'아, 그랬죠……. 그, 그럼 그…… 여보. 먼저 씻고――.'

'뭐야. 함께 안 씻을 거야?'

'그, 그그, 그건! 여보는 일하느라 힘들었을 테고 배도 고프실 테니――.'

‘먹는다면 너부터가 좋은데, 모모——.’

‘차, 차암, 여보는 옛날부터 밝힌다니까…….’

나는 얼굴을 물들이면서도 기쁜 마음을 참지 못하고 그대로 욕실로…….

“안 돼요, 오빠! 그 이상은 돌이킬 수 없다고요! ‘후후후, 돌이킬 필요는 없잖아?’ 아아! 오빠, 안 돼요, 그쪽은——.”

스쳐 지나간 정장 차림의 젊은 여성이 나를 보고 흠칫했다.

나는 정색하고 헛기침을 한 뒤에 고개를 갸웃거리며 미소로 얼버무렸다.

“………….”

얼버무리지 못했을지도 모르겠다.

여성은 “이래서 남자가 있는 것들은.” 하고 중얼거리며 죽은 눈으로 자리를 떴다.

“……생각해 보니 스에하루 오빠가 회사원이라는 설정은 이상할지도 모르겠네요. 아직 업데이트가 더 필요하겠어요.”

그런 생각을 하면서 사는 아파트에 도착했을 때였다.

등 뒤에서 나를 부르는 목소리가 들려왔다.

“마리아…… 마리아지……?”

아주 오래만에 듣는…… 그렇지만 귀에 익은 여성의 목소리였다.

한순간에 등줄기가 얼어붙었다.

너무나도 두려운 나머지 안쪽에서부터 몸이 떨려왔다.
그래서 환청이라고 생각하려고 했다.

"마리아, 나다……. 나야, 나."

등 뒤에서 이번에는 중년 남성의 목소리가 들려왔다. 이 목소리도 마찬가지로 귀에 익었다.
――다시는 듣고 싶지 않았던 목소리였다.
한 번만이라면 망상으로 도망칠 수 있었다. 그러나 두 번이나 목소리가 들려와서는 현실로 인정할 수밖에 없었다.
"윽――."
나는 입술을 깨물었다.
공포가 자연스럽게 치밀어 올랐다. 다리가 얼어붙어서 서 있는 게 고작이었다. 손끝의 떨림이 멈추질 않았다.
나는 덮쳐 오는 공포를 입술을 깨물면서 견뎠다. 그리고 입술의 통증으로 돌아온 이성을 분기시키며 자신을 다독였다.
'도망치지 마. 이젠 지지 않아. 이겨낼 수 있어. 나는 성장했어. 옛날과는 달라.'
입술에 피가 맺혔다.
그러나 아무리 빌어도 공포는 전신을 침식하고 있었다.
"왜 그러니, 마리아. 이쪽을 봐."
"그래. 얼굴을 보지 않으면 이야기를 할 수 없잖아."
"별건 아니고 그냥 좀 이야기를 나누고 싶을 뿐이야."

"좋은 아파트에서 사네? 많이 벌었나 봐?"
"CF를 많이 찍었지? 그리고 드라마도."
"우리가 계속 지켜보고 있었다고. 계속……."
"그러고 보니 사무소에도 간 적이 있어."
"뭐, 그때는 방해받았지만, 헤헤. 그래도 지금은 사무소를 나왔지?"
"맞아, 그래서 이야기를 하러 온 거야."

——웃기지 마!

그렇게 소리치고 싶은 마음을 나는 가만히 눌러 참았다.
누구인지는 이미 안다. 하지만 그렇기에 섣불리 돌아볼 수는 없었다.
어릴 적에 새겨진 공포가 몸을 위축시켰다. 각오도 없이 돌아보았다가 분명 비굴하게 용서를 빌 자신을 예상할 수 있었다.
내가 몸 안쪽에서부터 치밀어오르는 떨림과 싸우면서 생각한 건 언니였다.
'언니와 만나게 할 수는 없어……!'
언니가 중학교를 졸업하고 바로 집에서 데리고 나와준 덕분에 나는 평온한 생활을 손에 넣었다. 연예계에 들어가서 성공할 수 있었던 것도 반절이 스에하루 오빠 덕분이라고 한다면 나머지 반절은 틀림없이 언니 덕분이었다.
'정말로 착한 우리 언니……. 언니가 고등학교 진학을 단념

하고 나를 위해 살아줘서 행복한 지금이 있는 거야…….'

그런 언니에게 또다시 그때처럼 고생하라는 건가? 그때와 같은 고통을 느끼라는 건가?

그건 안 된다. 언니는 행복해져야 하는 사람이다.

'그래, 나는 옛날과는 달라——.'

연예계에서 살아남아 성공했다. 돈도 있다. 인맥도 있다.

생각해 보면 지금까지 힘을 길러온 건 이때를 위해서였을지도 모른다.

'그렇다면 싸워서 굴복시키겠어. 나는 이제 언니에게 보호받기만 하는 인간이 아니야——.'

그리고——.

'괜찮아, 스에하루 오빠와 다른 선배님들의 힘을 빌리지 않아도 이길 수 있어. 그 사람들에게 폐를 끼치고 싶지도 않고 무엇보다도 이건 나에게 주어진 시련이니까. 이 시련을 스스로 극복해야 나는 정말로 성장했다고 할 수 있을 거야. 상대는 평범한 중년부부잖아. 연예계의 괴물들과 비교하면 대처하기는 쉬울 거야.'

나는 주먹을 움켜쥐었다.

"마리아! 뭐 하는 거니?! 빨리 이쪽을 봐!"

"무시하려는 거냐! 예의가 없잖아! 야! 마리아!"

나는 눈을 감고 조용히 마음을 다졌다.

그리고 자신은 배우라고 되뇌며 완벽한 표정으로 돌아보았다.

"오랜만이네요—— 아버지, 어머니."

프롤로그 2

*

그녀가 현재 일본의 넘버원 아이돌이라는 것을 반론하는 이는 없을 것이다.
곡을 발표하면 각종 랭킹의 1위를 독점. 굿즈는 날개 돋친 것처럼 팔리고 CF에 안 나오는 날이 없다.
그녀를 절찬하는 말은 셀 수 없을 정도로 많지만 주로 이하와 같았다.

『오랜만에 등장한 지고의 솔로 아이돌』.
『현대에 강림한 이상한 나라의 앨리스』.
『혼혈 요정』.

그녀의 아름다운 금발은 염색하지 않은 본래의 머리카락이었다. 일본인과 핀란드인의 혼혈로, 허리까지 오는 금발이 유려하게 휘날리는 모습은 사람들에게 마치 동화 속 나라에서 찾아온 듯한 착각을 들게 했다.
그녀의 푸른 눈은 사파이어 같다는 말을 들었다. 그 눈 안쪽에서는 별과 같은 반짝임이 담겨 있어서 보는 이들은 그녀가 천부적인 스타라는 것을 자연스럽게 실감했다.

체구는 아담한 편이지만 사지의 밸런스가 일본인과는 동떨어져 있었고 풍만한 가슴과 잘록한 허리, 기다란 팔다리는 그녀가 【요정】으로 비유되는 결정타가 되었다.

귀엽고 밝고 순수하고 가창력이 있고 댄스도 탁월했으며 모든 것을 지녔으면서도 겸허하고 호기심이 왕성했다.

그런 그녀가 현재 상황에 불만을 품고 있었고 지금 그 불만이 해소되려고 한다는 것을 아는 이는 거의 없었다.

"오랜만이에요, 프로듀서님! 다시 히나와 함께 일해주시는 거죠?!"

하디 프로 사장실.

넘버원 아이돌 소녀가 푸른 눈을 빛내며 요정처럼 웃었다.

"그래. 다시 잘 부탁할게, 히나 양."

"만세~!"

발랄하게 뛰어오르며 기쁨을 온몸으로 표현한다.

그에 반해 보랏빛 셔츠를 입은 호스트 같은 남자는 살짝 과장된 몸짓으로 이를 갈았다.

"그보다 미안했어. 제대로 인수인계를 했는데 말이지. 설마 네가 그 정도로 불만을 품는 결과가 될 줄은 몰랐어."

"프로듀서님 탓이 아니에요~. 아폴론 프로덕션 분들이 마음대로 프로듀서님의 이야기를 무시했을 뿐이고…… 히나는 화났는걸요!"

소녀가 양손을 천장을 향해 치켜들며 자신이 화났음을 어필했다.

"나는 아폴론과 함께 일하기도 했고 은혜도 있어. 그래서 너무 안 좋게 말할 수는 없는데……."

"예에? 프로듀서님까지 그렇게 말씀하시는 거예요~? 히나는 아폴론 프로덕션 분들에게 상당히 흥칫뿡한 느낌인데요!"

소녀가 양손으로 허리를 짚으며 귀엽게 화를 냈다.

그런 그녀를 보며 호스트 같은 남자—— 하디 슌은 입꼬리를 들어 올렸다.

"그야 물론 무능한 작자들에게 너를 맡긴 건 많이 후회했어. 아이돌로서 잘나갈 때인데 설마 전년도보다도 떨어질 줄은 몰랐거든. 당연히 네 잘못은 아니야. 다시 치고 올라가야겠어."

"그럼 목표는 변함없다는 거죠?"

"당연하지. 나는 일본에서 세계를 제패할 스타를 배출하고 싶어. 그 시대를 상징하고 세계의 얼굴이 될 스타를 말이야."

하디 슌은 떠올렸다. 그녀와 만났을 때의 일을.

『——일본에서 세계를 제패할 스타를 배출하고 싶다.』

이 목표를 달성하기 위해서는 우선 소재가 필요하다고 하디 슌은 생각했다.

프로 스포츠 선수나 예술가는 재능 있는 이가 어릴 적부터 뼈를 깎는 훈련을 해서 마침내 세계와 싸울 수 있게 된다. 그렇기에 연예계에서도 어릴 적부터 재능을 발굴해내는 게 중요하다고 생각해서 용모와 가창력이 뛰어난 아이가 있다는 이야기를 들으면 어디든 찾아갔다.

물론 그 소문은 대부분 허탕이었다. 휴일도 반납하고 스카우트에 매진한다는 걸 알게 된 회사 동료에게는 '쉬는 날에 일하는 기분을 내는 바보' 라는 말을 들은 적도 있었다.

하지만——그런 바보 같은 행동이——사막에서 보석을 주울 때도 있었다.

작은 시골 마을의 축제에서 노래를 불렀던 소녀. 너무나도 아름답고 맑은 노랫소리에 왜 깡촌에 이런 애가 있느냐고 생각했다. 그런 드물지 않은, 어디에라도 있을 법한 SNS의 투고글이었다.

그 부족한 정보에서 하디 슌은 SNS 계정에 연락을 취해 축제 장소를 알아내고 현지인에게 물어서 그 소녀의 집을 알아냈다.

도심지에서 떨어진 단독 주택이었다.

신비한 공간이었다. 깊은 산속에 번듯한 건물이 있었고 채소와 과일나무가 자라고 있다. 돼지와 닭도 키우고 있었는데 무엇보다 눈길을 끄는 건 기계화가 제대로 되어 있다는 점이었다. 또한 나무에 해먹 같은 자연을 활용한 놀이기구가 다수 있어서 그리운 기분이 드는 한가로움도 있었다.

깊은 산속인데 제대로 정비가 되어 있었다. 근처에 있는 오두막을 들여다보니 책이 산더미처럼 꽂혀있었다. 마치 도서관 같았다.

'——누구세요?'

나무 위에서 목소리가 들려왔다.

올려다보니 나뭇잎 사이로 비쳐드는 빛을 받아 금색 머리카락이 눈부시게 빛나고 있는 소녀가 있었다.

——이 애가 SNS에 올라왔던 아이구나.

나무에 올라서 뺨에 흙을 묻힌 채 천진난만하게 웃는 모습은 야생아 같았다.

그러나 눈 안쪽에서는 지성이 엿보였고 어딘지 모르게 기품도 감돌았다. 무엇보다도 보는 이의 눈길을 끄는 매력이 범상치 않았다.

시골 마을과 이 아이가 너무나도 안 어울렸기에 부모와 자란 환경도 궁금해졌다.

'네 부모님 좀 만나볼 수 있을까?'

그렇게 말하자 소녀는 흔쾌히 안내를 자처하며 밭에서 드론으로 파종하고 있던 부모를 소개했다.

그녀의 부모는 웃으며 집으로 초대해 여러 가지 이야기를 해주었다.

이 아이는 6형제의 막내라고 했다.

하디 슌은 호기심에 떠오르는 대로 이것저것 물어보았다. 그리고 이런 곳에서 사는 이유가 신념을 바탕으로 한 행동이라는 것을 알게 되었다.

그녀의 부모는 원래 세계적으로도 초일류라고 할 수 있는 대학을 졸업하고 미국에서 최첨단 연구를 하고 있었다.

그러나 자연과 공존하는 것이 중요하다는 생각에 퇴사. 저금도 충분히 있었기에 현재 장소로 이주해서 지금에 이르기까지 자유롭게 연구하며 자급자족 생활을 이어나가고 있다고 했다.

초등학교까지 한 시간 이상 걸리는 비경이었지만 인터넷도 연결해놔서 정보가 뒤떨어지는 일은 없었다. 두 오빠와 세 언니는 모두 우수했고 많은 책을 모아둔 오두막도 있었기에 동년배보다 몇 년 앞선 학력을 당연하다는 듯이 지녔다. 장남은 이 산골에서 자라 고등학교도 제대로 다니지 못했는데 지금은 월반해서 스탠퍼드 대학에 재학 중이라고 했다.

자연과 최첨단 기술의 공존. 일본인 아버지와 핀란드인 어머니. 서양권에서 위화감 없이 받아들여질 금색 머리카락과 푸른 눈. 야성과 강한 호기심.

하디 슌은 그날 태어나서 처음으로 무릎 꿇고 빌며 그녀의 부모에게 이 아이를 자신에게 맡겨달라고 부탁했다.

——세계를 제패할 스타는 이 아이밖에 없다고 확신했기에.

"진정한 스타는 '최고의 재능' 이 '어린 시절부터 최고의 교육' 을 받아서 탄생하지. 진정한 스타를 만들어 냄으로써 인맥과 타성이 활개 치는 현재의 연예계를 개혁해야 해. 우리는 성공 모델이 되어야 한다는 말이야. 히나 양도 알고 있지?"

"예, 프로듀서님!"

소녀는 교실에서 가장 먼저 질문에 대답하려고 하는 학생처럼 재빠르게 손을 들어 올렸다.

"재능 있는 이들에게 우리 프로듀서는 '감정을 배제하는 것'부터 시작해야 해. 필요한 건 길을 제시해주고, 성장을 위한 일을 주고, 모든 잡음을 배제하고, 더욱 좋은 일감을 얻어오는 것뿐. 그리고 탤런트가 성과를 내면 그에 걸맞은 보수를 주는 게 중요하지. 그런 당연한 비즈니스 관계를 만들지 못하는 인간들이 너무 많은 게 한탄스러워."

"하지만 프로듀서님은 달라요! 히나를 다음 단계로 데리고 가주실 거죠?!"

기대로 가득한 시선에 하디 슌은 힘차게 고개를 끄덕였다.

"당연하지."

하디 슌은 책상 위에 있던 서류를 들었다.

"내가 없는 사이에 일이 조금 줄어버렸지만…… 바침 잘됐어. 비게 된 시간에 준비를 시작하지. 새로운 씨앗은 꽃이 피어 있는 동안에 뿌려두는 법이니까. 물론 아이돌 활동 쪽도 조치해둘 거야. 히나 양, 지금 기분이 어때?"

하디 슌이 서류를 내밀었다.

소녀는 서류를 받아들고 가슴에 꼬옥 안았다.

"두근거려요! 시골에서 프로듀서를 따라 도쿄로 왔을 때가 떠올랐어요!"

소녀의 눈에 담긴 별이 빛을 냈다.

하디 슌은 떠올렸다.

'그래, 변하지 않았어——.'

처음으로 도쿄로 데리고 왔을 때 그녀는 고층 빌딩의 빛에 시선을 빼앗겨서 가자고 말해도 조금만 더, 하고 말하며 한동안 움직이지 않았다.

그녀의 눈에 담긴 빛은 호기심의 반짝임이었다.

나이를 먹어감에 따라 많은 이들이 현실을 알고 잃어가는 쓸쓸한 반짝임이었다.

그러나 그녀는 지금도 그때의 빛을 조금도 잃지 않은 채 가지고 있었다.

"훌륭해……! 그 만족할 줄 모르는 호기심! 그거야말로 정점에 서는 이가 지니는 자질이야!"

하디 슌은 그와 적대하는 이라면 눈을 의심할 정도의 온화한 웃음을 지었다.

"그래, 아직 너는 하나의 정점에 섰을 뿐이야. 아직도 산은 수없이 많지. 그리고 너는 세계라는 최고봉의 정점에 설 인간이야. 그런 너와 다시 함께 걸을 수 있다는 걸 나는 자랑스럽게 생각해."

"예. 히나도 그래요, 프로듀서님!"

소녀는 팔을 모으며 귀엽게 파이팅 포즈를 취했다.

——그녀의 이름은 '니지우치 키르스티 히나기쿠'.

15세의 나이로 아이돌의 정점에 선 천부적인 스타였다.

제1장 쿠로하의 제안

*

'헤아려줘, 군청' 사건은 사립 호즈미노 고등학교의 학생들 사이에 절대적인 임팩트로 받아들여졌다. 다음 날에는 전교생에게 이야기가 퍼져서 누구나가 이 화제를 입에 올렸다.

——그렇지만.

실은 화제의 대다수는 '스에하루와 테츠히코의 열애' 라는 내용이 아니었다.

"군청 동맹 여자애들에게 헬렐레하는 빌어먹을 마루 놈이 카이와 열애를 할 리가 없지."

"뭐, 그걸 거야. 그 자식, 팬클럽 생겼다고 우쭐했었으니까. 뭔가 일이 터져서 얼버무리려고 저지른 거겠지."

"그런 거겠지?"

일반 학생조차도 대다수가 이 정도는 당연하다는 듯이 '헤아리고' 있었다.

그래서 스에하루의 팬클럽에 있던 여자애들도 대부분이 스에하루가 일으킨 행동의 의미를 정확하게 이해하고 있었다.

"스뺑이 그런 행동을 할 정도로 고민이 많았었구나……."

"스에하루 선배님의 팬이지만 팬이기에 곤란하게 하고 싶지 않아요…….”

“마루 스에하루 총수 전개는 망상하는 편이 더 흥분되니까 이쯤이 물러설 때겠어…….”

“스에×테츠 커플링은 생각도 못 했지만 빠지고 말았어요! 감사합니다!”

그런 느낌으로 스에하루의 바람대로 ‘제대로 헤아려주고’ 있었지만 ‘제대로 헤아려주고 있었기에 누구도 그 사실을 스에하루에게 말하지 않는다’는 상태가 되어 있었다.

다만 일부는 믿어버린 이들도 있었다. 그 대부분이 스에하루나 테츠히코와 전혀 접점이 없었던 학생들이었다.

“와~ 그런 일도 있구나~!”

“내가 봤어. 거짓 키스설도 있지만 절대로 아니야. 그건 ‘사랑이 담긴 키스’였어.”

“그래~? 동영상으로 봤을 때는 그런 분위기는 없었는데 그랬구나~.”

그리고 아는 사이였어도 간단하게 믿어버린 이도 물론 있었다.

“야, 나바! 마루 녀석도 함께 밥을 먹어보니 생각보다 나쁜 녀석은 아니었지? 똑같이 어려운 연애를 하는 사이끼리 서로 힘이 되어주자고!”

“훗, 그러게 말이야…… 오구마.”

“후후후, 두 사람은 정말 단쑨하네요. 뭐, 그런 순쑤한 부분은 싫어하지 않지만요.”

이렇게 ‘헤아려줘, 군청’ 사건은 맹렬한 기세로 퍼졌고, 많은 이들의 선의와 배려로 세상에 알려지는 일 없이 급속하게 안정을 찾아갔다.

*

호즈미노 고등학교에 평온이 되돌아온 어느 날의 방과 후.
내가 부실에 들어가자 이미 군청 동맹 멤버가 앉아서 기다리고 있었다.
"스에하루, 지각이라고."
"미안, 테츠히코. 조지 선배에게 책 돌려주느라 늦었어."
"하루, 그 선배님이랑 어느 틈에 친해진 거야?"
클로버 모양 머리핀을 만지작거리며 쿠로하가 어깨를 으쓱였다.
다만 비난하는 듯한 분위기의 말투는 아니었다. 쿠로하는 누군가와 사이좋게 지내는 것을 마이너스라고 생각하는 애기 이니었다. 이건 분명 옥신각신했던 상대인데 쉽사리 사이가 좋아진 것을 보고 어이없어하는 것이리라.
"그렇게 말하자면 오구마 선배님과 나바 선배님과도 그래요."
마리아가 어깨를 타고 내려온 웨이브진 머리카락을 손가락으로 비비 꼬며 입을 내밀었다.
아무래도 마리아로서는 '조지 선배와 사이좋게 지내는 건 괜찮다' '하지만 쿠로하와 시로쿠사의 비공식 팬클럽 리더인 오구마와 나바와 사이좋게 지내는 건 탐탁지 않다' 는 심정인 듯했다.
"그렇게 사이가 안 좋았었는데…… 남자애들은 그런 도무지 이해가 안 되는 부분이 있단 말이지."
"드물게 동감이야."
시로쿠사가 나에게 싸늘한 시선을 보냈다. 무섭기도 하지만 아름다운 시선이었다.
거리가 가까워져서 친숙한 사이인 나조차도 이 시선을 정면에서 받으면 움츠러들 때가 있었다. 이러한 쿨한 부분이 교내에서 시로쿠사를 고고한 꽃처럼 만드는 요인일 것이다.
나는 일단은 변호를 해보았다.
"저번에 오구마와 나바가 밥을 사줬을 때 이야기를 좀 나눠봤는데 땀내 나는 녀석들인 건 맞지만 나쁜 애들은 아니었어. 쿠로와 시로에게는 예비 범죄자 같긴 하지만."
"하루, 그 '예비 범죄자' 같다는 게 문제야."
응, 뭐, 그렇긴 하지.
시로쿠사는 더 구체적인 예시가 필요하다고 생각한 모양인지 레나 쪽을 힐끗 보았다.
"스짱, 만약에 말이야…… 그렇지, 예를 들어 저기 있는 아사기가 스짱이 벗은 셔츠의 냄새를 맡으며 '후욱후욱!' 하고 있으면 어떨 것 같아?"
……그렇군. 이게 순진한 시로쿠사가 생각하는 '예비 범죄자의 행동' 인 듯했다.
"아니, 카치 선배님——."

터무니없는 예시에 말려든 레나는 말을 잇지 못하고 있었다.

나는 레나를 지그시 응시했다.

포니테일에 덧니. 쾌활하고 앳된 티가 남은 용모인데 누구나가 의식하게 되는 풍만한 가슴.

나는 레나가 후욱후욱 하는 모습을 머릿속에서 선명하게 그려 본 뒤에 결론을 내렸다.

"――나쁘지 않은데?"

"나쁘지 않긴 뭐가 나쁘지 않아요!"

등을 차였다. 손에 비디오카메라를 들고 있어서 다리를 쓴 듯했다. 뭐, 힘을 많이 뺐는지 가벼운 태클을 받은 정도여서 아프지는 않았다.

"선배님, 진짜 변태죠?! 이러니까 후배한테 바보 취급당하는 거라고요!"

"침착하게 들어보니――응, 그 매도도 나쁘지 않아. 아니, 오히려 좋게마저 느껴져. 테츠히코, 너도 그렇게 생각하지 않아?"

화이트보드 앞에 있는 테츠히코가 던진 펜이 내 머리에 명중했다.

"그러니까 나에게 동의를 구하지 말라고, 바보하루."

"다음에 또 그런 소릴 하면 성희롱으로 고소할 거예요."

허…… 너네 여전히 사이가 좋구나.

나는 별수 없지, 하는 느낌으로 흘려넘기며 빈자리를 찾았다.

군청 동맹에서는 지정석이 없었다.

그래서 나는 출입구 근처에 앉아 있던 시로쿠사 옆에 자리를 잡았다.

“그럼 모두 모였으니 군청 동맹의 다음 기획 회의를 시작하자.”

테츠히코가 화이트보드를 두드리며 주목을 모았다. 레나가 모인 멤버의 모습을 비디오카메라로 한차례 찍어나갔다.

‘……이 분위기도 익숙해졌는걸.’

그런 생각을 하고 있으니 시로쿠사가 몸을 가까이했다.

시로쿠사의 길고 아름다운 흑발이 눈앞을 스쳤다. 달콤한 향기가 콧속을 간지럽혀서 고동이 빨라졌다.

“스짱, 카이 군도 많이 진정되었다고 봐도 되겠지?”

“웬일이야? 시로가 테츠히코를 신경 쓰고……. 역시 불편하니까?”

“아, 응. 그것도 있지만…….”

시로쿠사의 목소리가 한층 더 작아졌다.

“메이코가 좀 신경 쓰길래.”

미네 메이코. 조금 통통한 체형의 동급생으로 시로쿠사의 유일한 친구라는 말을 듣는 온화한 성격의 여자애였다.

그나저나—— 그렇군. 시로쿠사 본인은 관심이 없지만 친구가 신경을 쓰고 있어서 그렇게 에두른 표현이 된 건가.

“미네가? 테츠히코와 친했던가?”

“그렇지는 않을 텐데……. 뭐, 그 애 성격으로 봐서 학급에 끼치는 악영향을 신경 쓸 거라고 생각해. 되도록 눈에 띄지 않게 알아보고 싶은 눈치였거든.”

그렇군, 미네가 걱정하는 것도 이해는 된다.

한때는 테츠히코의 위압 탓에 학급 분위기가 엉망이었다. 점심시간에는 평소에 교실에서 밥을 먹던 애들이 학식으로 도망치기까지 했으니까.

뭐, 그래도 지금은 시간이 지나서 진정되었다. 테츠히코가 무서워서인지 나에게 직접 깐죽대는 녀석도 거의 없어졌다.

그래도 테츠히코는 언제 무슨 짓을 저지를지 알 수 없는 폭탄 같은 녀석이니까 온화한 성격의 미네가 친구인 시로쿠사를 통해서 알아보려고 하는 건 있을 법했다.

"일단은 '헤아려줘, 군청' 사건만 언급 안 하면 괜찮을 거야."

"그렇겠지?"

현재 군청 동맹 내부에서는 이 화제는 언급해선 안 된다는 암묵의 룰이 생겨나 있었다. 뭐, 여성 멤버들은 모두가 사정을 알고 있었고 나도 잊고 싶은 화제라서 상관은 없었지만.

덧붙여서 테츠히코는 이번 일로 나를 비난하지는 않았다. 지금 상황에서는 언급하지 않는 게 최선이라고 판단했겠지.

만약 테츠히코가 섣불리 교실에서 나에게 화를 내거나 한다면 솔직히—— '의심받는다'.

거기에 더해서—— 다른 쪽으로 '헤아릴 것이다'.

그랬기에 테츠히코는 '헤아려줘, 군청' 사건을 없었던 일로 할 생각인 게 분명했다.

"거기 두 사람, 회의 중에 노닥거리지 않아 줬으면 하는데."

테츠히코가 싸늘한 눈으로 주의를 줬다. 벽 쪽에서는 레나가 카메라를 고정한 채 고개를 주억거리고 있었다.

나는 무심결에 반론했다.

"노, 노닥거린 적 없거든?!"

"마, 맞아! 괜히 트집 잡지 마!"
"흐음……."
쿠로하의 '흐음……'이 너무 무섭다만……. 마왕의 힘을 계승해버린 게 아닌가 싶어질 정도다…….
"자자! 너희는 오늘은 싸우지 말고! 오늘 중에 정할 일이 있으니까!"
쿠로하가 한숨을 내쉬며 자연스럽게 화제를 되돌렸다.
"그래서 테츠히코 군, 또 뭔가 이야기가 들어온 거야?"
쿠로하의 공사 구분과 배려는 언제나 고마웠다.
생긴 건 작은 동물 같은 쿠로하였지만 의견을 나눌 때는 냉정했고 귀여움 속에서 지성이 넘쳐났다. 이건 네 자매의 장녀로서 여동생을 이끌어온 경험이 길기 때문이겠지.
"맞아, 그게 말인데 크게 나눠서 스에하루와 마리아가 메인인 연기자 노선의 이야기와 아이돌 노선의 이야기가 들어와 있어."
"뭐? 또 아이돌 노선? 난 싫은데."
쿠로하가 미간을 찌푸렸다.
시로쿠사도 싫은 모양인지 눈을 감고 온몸으로 거절의 오라를 내뿜고 있었다.
"뭐, 투표로 가결되지 않으면 안 할 거니까 안심해. 다만 솔직히 말해서 의뢰의 숫자로 말하자면 이쪽 노선이 가장 많단 말이지."
"아이돌 노선의 의뢰라는 건 무슨 내용인데?"
잘 상상이 안 돼서 나는 자세하게 물어보았다.
"마이너 아이돌과의 합동 이벤트에 출연해달라는 의뢰라든가 악수회 같은 거. 그리고 비즈니스적인 의뢰도 있는데 모델하우스나 쇼핑몰 이벤트의 출연 같은 거야."

"아~ 그런 거구나."

뭐랄까, 우리가 학생이라서 싼 데다가 지명도도 그럭저럭 있으니 써먹기 쉬워 보일지도 모르겠다. 마이너 아이돌과의 이벤트 같은 건 단순히 마리아나 시로쿠사의 지명도가 목적일 테고.

"나는 그런 건 절대 싫어. 생각할 가치도 없어."

"그런 일 자체를 부정할 생각은 없지만 당장은 맡을 메리트가 거의 느껴지지 않는다고 할 수밖에 없네요."

시로쿠사와 마리아는 반대였다. 뭐, 당연하겠지.

"그리고 군청 동맹 전체에 대한 의뢰로는 위튜버나 버튜버의 합방 의뢰가 상당히 많이 들어왔어. 저번에 했던 다른 클럽 활동과의 대결 기획이 꽤 평판이 좋았거든. 대결하고 싶다는 의뢰가 많아. 뭐, 이쪽은 언제라도 할 수 있으니 상대와 내용을 보고 조금씩 맡는 것도 괜찮을 것 같은데 그래도 될까?"

"그 상대와 내용을 누가 어떤 기준으로 선택하는데?"

시로쿠사의 경계는 테츠히코에 대한 불신감에서 유래한 것이리라.

"누구냐고 묻는다면 난데?"

"불안한데. 이상한 사람들과 알게 되거나 불쾌한 콘텐츠를 찍는 건 사양이야."

시로쿠사의 지적은 지당했다. 여기서는 시로쿠사에게 편승하자.

"나도 시로와 같은 의견이야. 게임 대결 정도라면 언제라도 괜찮지만 느닷없이 먹방 같은 걸 하자고 하면 곤란하다고."

만약 몸 고생을 하는 콘텐츠를 하게 되면 여성진에게는 시킬 수 없었다. 그렇다고 테츠히코에게 시키면 교묘하게 도망칠 테고.

그렇다면 내가 하게 되는 패턴이 예상된다. 그런 건 싫었으므로 사전에 차단해두려는 생각이었다.

"뭐, 좋아. 나도 기획을 픽업하는 건 귀찮으니까. 앞으로는 의뢰를 전부 리스트로 뽑겠어. 그리고 그 리스트를 바탕으로 상의해서 유력 후보를 고르는 거야. 그런 다음에 맡을지 말지를 투표하는 거면 될까?"

"그런 거면 뭐."

가장 거부감이 강한 시로쿠사가 수락하면 결정된 것에 가까웠다. 쿠로하와 마리아에게서도 이의는 없었다.

"그럼 다음부터는 그렇게 하지. 레나, 리스트 뽑을 수 있지?"

"메일과 인터넷 관리는 원래도 제가 하고 있으니 문제없어요."

"……수고스럽게 해서 미안해, 아사기."

"아니에요. 테츠 선배는 이런 사람이니 카치 선배님이 걱정하시는 것도 당연하죠."

테츠히코는 희번덕거리는 눈으로 레나를 노려보았다.

"레나, 그게 무슨 의미냐."

"말 그대로의 의미인데요~? 테츠 선배는 평소의 언동을 고치는 편이 좋아요."

테츠히코는 부루퉁해지긴 했지만 반론하지는 않았다.

"테츠히코, 그러면 나와 모모가 메인인 연기자 일은 어떤 게 들어와 있는데?"

"드라마나 연극의 출연 의뢰야. 이쪽은 군청 동맹이 아니라 너희에게 프로로서 의뢰가 들어와 있어. 다만 내가 대충 훑어본 바로는 주역급인 건 없어. 뭐, 사무소에 소속되어 있지 않다는 건 아무도 영업해주지 않는다는 거니 특별한 지명 같은 게 아니라면 주역급은 어렵겠지."

"뭐, 그렇겠지."

본능적으로 좋은 배역을 맡고 싶었지만 괜한 욕심을 내는 것도 안 좋겠지.

"개인적으로는 괜찮지 않나 싶은데. 그게 주역급을 맡으면 학교에 제대로 오지도 못할 테니까. 너희는 고등학생일 때는 고등학생다운 생활을 하기로 한 것 아니야?"

"나도 알아. 적어도 나는 졸업까지는 이대로 괜찮다고 생각하니까."

"모모도 그래요. 적어도 지금은요."

마리아가 진지한 표정으로 고개를 끄덕였다. 다만 마리아의 경우에는 풍성한 머리카락에서 흘러넘치는 사랑스러운 오라가 엄청나서 시리어스한 느낌보다도 귀여운 인상 쪽이 강했다.

"주연이라면 고등학교를 졸업한 뒤에 언제라도 맡을 수 있어요. 그런 것보다도 현재 생활 쪽이 만 배는 더 공부가 되어서 나중에 도움이 된다고 생각해요."

"호오, 마리아는 여전히 자신감이 넘치는구만."

"사실이니까요."

"뭐, 그건 그렇다지만――."

테츠히코가 이야기를 반대로 돌렸다.

"스에하루와 마리아에 관해서는 커다란 무대에 서는 건 어렵더라도 어느 정도는 사람들 앞에서 연기할 기회가 있는 편이 좋다고 생각해. 무대감이라고 하나? 그런 감이 떨어지지 않도록."

"그건―― 그렇네요."

테츠히코는 여전히 콕 집어서 매력적인 이야기를 제시한단 말이지. 덕분에 마리아마저도 테츠히코의 페이스에 말려들었다.

무대감은 존재한다. 적어도 나는 그렇게 생각했다. 축구도 오랜만에 시합하면 따라가는 데 시간이 걸리는 것과 마찬가지였다. 실제 공연의 분위기와 긴장감은 특별하므로 수련할 수 있다면 하는 편이 당연히 낫다.

"그렇게 말하는 걸로 봐서 뭔가 제의하고 싶은 기획이 있나 보네?"

"오, 역시 시다야. 눈치가 빨라."

테츠히코가 손가락을 튕기고는 검은 펜으로 화이트보드에 적어나갔다.

"그런고로 이번에 내가 추천하는 기획은―― '대학교 축제에서의 연극' 이야."

"호~ 연극인가~."

그러고 보니 나와 테츠히코는 원래 학교 축제에서 연극을 할 예정이었지. 시로쿠사가 고백제를 이용한 기획을 제시해서 바꿔었지만.

"잠깐, 벌써 11월인데? 대학교 축제라면 일반적으로는 11월 중에 하잖아."

시로쿠사가 지적했다.

"맞아. 공연은 대략 열흘 후야."

"준비 기간이 너무 짧아! 배역처럼 정해야 할 것도 많고 각본과 무대 도구도——."

시로쿠사의 말대로였다.

연극을 한다면 일반적으로는 몇 달, 짧아도 한 달은 준비와 연습할 시간이 필요했다.

거기에 공연 1주일 전부터는 극장에 틀어박히는 것도 당연한 세계였다.

그렇게 생각하면 이제부터 우리가 처음부터 제작한다면 매일 학교를 땡땡이치고 온종일 연습과 준비를 해도 완성하지 못한다는 계산이 된다.

"카치, 잠깐 들어봐. 그 부분은 대부분 해결되어 있어. 그리고 사정도 있거든."

"……사정?"

"순서대로 설명할게. 레나, 나눠줘."

"옙."

테츠히코가 촬영 중이던 레나에게 턱으로 지시를 내리자 레나가 자기 앞에 있던 책자를 우리에게 나눠줬다.

"이건 케이오 대학의 광고 연구회와 연극 동아리 '차선(茶船)', 이 두 곳에서 들어온 의뢰야."

"오…… 대학교 축제라더니 케이오 대학이었냐."

"그래."

나는 입을 비죽였다.

"거기지? 케이오 대학은 돈 많고 잘생기고 머리 좋은 녀석들이 가는 데잖아. 예를 들어 아베 뭐시기 선배도 합격했다던데. 우리가 그런 뭐든지 가진 리얼충들의 눈요기를 시켜주러 가야 한다고?"

"네 그 비뚤어진 마인드는 싫어하진 않지만 딱 좋은 의뢰가 이것뿐이었어. 일이라는 걸로 납득해."

"칫, 할 말 없게."

쿠로하가 손을 들었다.

"아, 테츠히코 군. 나도 할 말이 있는데."

"뭔데?"

"이 기획을 할지 정한 건 아니지만 대전제라는 의미로."

"음? 뭐길래 그래?"

"작년에 친구랑 그 학교의 축제에 갔었는데 광고 연구회 사람들이 끈질기게 꼬셔댔거든. 솔직히 얽히고 싶진 않은데."

"……?!"

쿠로하는 그때 일이 떠올랐는지 벌레를 씹은 듯한 표정이 되었다.

그러고 보니 작년에 대학교 축제에 갔다가 꼬시는 사람이 많아서 고생했다고 했었던가……. 그게 케이오 대학이었나…….

으음……. 그런 이야기를 들으면 말이지……. 아무 일도 없었다는 건 알아도 찜찜한데…….

"아……."

테츠히코치고는 드물게 고민스러워했다.

"……알았어. 대전제로서 우리 멤버를 꼬신다거나 연락처를 물어보는 건 전부 금지라고 수락 조건에 넣어둘게. 그러고 나서 이야기를 진행해도 될까?"

"뭐, 그런 거라면……."

시로쿠사와 마리아도 이야기를 듣고 혐오감이 들었던 거겠지.

얼굴을 찌푸리며 제각기 말했다.

"만약 약속을 어긴다면 각오하라고 전해줘."

"그렇네요. 그게 최소 조건이에요."

여성진이 거듭 말하자 테츠히코도 필사적으로 달랬다.

"알았어. 이 부분은 분명하게 말해둘게. 그러니까 이야기를 계속해도 될까?"

겨우 납득한 여성진이 들을 자세를 취했다.

테츠히코는 헛기침을 해서 분위기를 환기하고는 설명을 시작했다.

"원래 이 기획은 연극 동아리 '차선' 출신으로 최근에 드라마로 유명해진 'NODOKA'라는 배우가 있어서 그 사람을 초대해 무대에 세운다는 이야기였어. 듣자 하니 처음에는 토크쇼 같은 걸 제의했는데 자신은 어디까지나 배우니까 토크쇼는 거절하지만 연극이라면 받아들이겠다고 한 모양이야."

마리아가 아~ 하고 말했다.

"NODOKA 씨, 직접 이야기를 나눠본 적은 없지만 열정적이고 성실한 분으로 평판이 좋아요. 대중적으로도 인기가 급상승 중인 듯하고요."

"그래서 되도록 부담을 주지 않기 위해 상연 시간이 짧고 그 배우가 동아리 대표 시절에 각본을 썼던 '인어공주'를 하기로 했었대."

그렇군. 그야 옛날에 자신이 썼던 각본이라면 내용은 어느 정도 기억하고 있을 테고 인어공주는 짧은 이야기니까 부담도 적겠지.

내가 물었다.

"상연 시간이 짧다는 게 어느 정도인데?"

"30분이래."

일반적인 연극으로 말하자면 풀타임 연극이 2시간 정도. 짧아도 90분은 된다. 확실히 많이 짧은 편이었다.

"그래서 NODOKA 씨가 맡기로 했었는데 왜 우리에게 의뢰가 들어온 거야?"

"NODOKA 씨가 아픈가 봐. 위독한 건 아니지만 한 달은 절대 안정이래. 그래서 갑작스럽게 대역을 찾게 되었는데 이런 빠듯한 스케줄로는 지명도가 있는 사람은 쉽사리 수락해주지 않으니까."

"아~."

아프다니 딱하게 됐네. 고사하는 것도 어쩔 수 없겠지.

시로쿠사가 한숨 섞인 목소리로 말했다.

"그런 이야기였구나. 처음부터 정해져 있던 연극이라서 무대 도구는 전부 만들어놨고 음향 등도 문제없다는 건가. 그래서 열흘 만에 가능하다는 거지?"

"그래. 물론 배역 연습은 힘들 거야. 그래도 그쪽에서는 스에하루와 마리아의 지명도와 화제성을 보고 의뢰해온 거니까. 뭐, 이 단기간에 할 수 있을 만큼만 해주면 충분하다는 느낌이야."

우리를 보고 의뢰했다고 하니 좀 기뻐지는걸. 지금까지의 연기가 평가받았다는 말이니까.

하지만 지명도와 화제성이 목적이라면 우리 둘뿐일 필요는 없었다.

"야, 테츠히코. 이번 의뢰는 나와 모모만이야?"

"음…… '너희 두 사람의 출연' 이 '최소 조건' 이야."

……여전히 뜸을 들이는구먼.

마리아가 확인했다.

"요컨대 테츠히코 선배님과 쿠로하 선배님, 그리고 시로쿠사 선배님의 출연도 상황에 따라서는 있을 수 있다는 거죠?"

"구체적으로는 시다와 카치에게도 연기를 해주길 바라는 모양이던데. 그렇지만 두 사람 다 연기 경험은 없지?"

쿠로하가 머뭇머뭇 말했다.

"나는 초등학생 때 한 번 해본 적은 있어. 공주님 역할이었던가? 하지만 솔직히 도움은 안 될 거야."

"나는 저번에 찍은 뮤직비디오가 첫 연기였어."

"뭐, 보통 그렇겠지. 그럼 만약 이 안건이 가결되면 일단 연습에 참가해 본 뒤에 연기자로 출연할지를 정하기로 하면 될까?"

"응."

"알았어."

테츠히코가 나눠준 자료를 두드렸다.

"그럼 정리할게. 연극 동아리는 동아리 출신 배우를 부르게 되었어. 모처럼 지명도 있는 동아리 출신자를 부르게 되었으니 좀 더 대대적으로 보여주고 싶었지. 그래서 광고 연구회에 협력을 구해서 선전을 강화했어. 대학 내에서 가장 큰 무대도 확보했지. 하지만——."

이야기를 일단 끊고 과장되게 어깨를 으쓱거린다. 테츠히코가 곧잘 하는 버릇이었다.

"그 배우가 급환으로 출연하지 못하게 되었어. 그래서 우리에게 이야기가 왔고. 스에하루와 마리아는 지명도에 화제성도 있어. 이 빠듯한 스케줄을 고려하면 아마 우리 이상의 대역은 바라지 못할 거야. 그러니 최대한 배려해 주리라고 봐. 예를 들면 아까 시다가 말한 조건 같은 건 확실하게 지키게 하겠지."

"……그러게. 확실히 그런 상황이라면 그렇겠어."

걱정하던 쿠로하였지만 이야기를 듣고 조금은 긍정적으로 생각하게 된 모양이었다.

"내가 괜찮다고 생각한 부분은 단기간의 기획이니까 공부에 큰 영향은 없을 거라는 점이야."

마리아가 바로 덧붙였다.

"그리고 아까 테츠히코 선배님이 지적하셨던 무대감이 떨어지지 않게 한다는 점도 빼놓을 수 없겠죠. 그렇죠, 스에하루 오빠?"

"응. 군청 동맹에서 했었던 연기는 전부 짧은 거였고 대사도 거의 없었으니까."

CF, 뮤직비디오, '차일드 킹'의 진 엔딩—— 하나같이 몇 분짜리였다. 복귀하고 얼마 되지 않아서 연기를 할 수 있는 것만으로도 고마운 일이었지만 슬슬 좀 더 스토리성이 있는 배역을 맡고 싶다고 생각한 것도 사실이었다.

"모모로서도 고마운 제안이에요. 열흘 만에 사람들에게 보여줄 수 있는 수준으로 완성하는 건 힘들겠지만 그것도 과제라고 생각하면 괜찮죠. 대학교 축제라면 프로의 연극이 아니니까 마음 편한 것도 있고요."

"그러게."

시로쿠사가 작게 중얼거렸다.

"스짱의 연극은 처음 보는 것 같아."

오, 말하는 걸로 봐서 시로쿠사는 이미 하는 쪽으로 기울어진 것 같은데.

시로쿠사가 관심을 보이길래 나는 조금 자랑하고 싶어졌다.

"나는 원래 극단 소속이어서 데뷔하기 전에는 연극 쪽이 메인이었어. 그때의 영상은 일반 대중들에게는 알려지지 않았겠지만."

흐흥~ 하고 경력을 자랑해 보았다.

시로쿠사가 눈을 빛내며 물었다.

"맞다, 그렇겠네. 무대 감각은 카메라 앞에 서는 것과는 달라?"

"물론 전혀 달라. 당연히 연기도 바꿔야 하고. 연극에서는 과장되게 포즈를 취하거나 긴 대사를 하며 돌아다니거나 하잖아. 카메라 앞에서 그러면 자연스럽지 않으니까."

"그렇구나! 스짱 대단해!"

"뭘, 대단할 것까지야~."

시로쿠사가 팬의 눈으로 봐 주는 게 끝내주게 기쁜걸?!

시로쿠사는 원래 동경하던 대상이기도 했고 작가 선생님이니까!

그런 애가 절찬을 해주니까 나도 모르게 얼굴이 풀어져서——.

"스에하루 오빠…… 연기자라면 일반 상식인 지식을 자랑하며 팬을 꼬시는 건 어떤가 싶은데요……."

"윽——."

마리아의 정론에 나는 고분고분 입을 다물기로 했다.

"잡담은 그쯤하고. 이 안건 말인데 회답 기한이 오늘까지야. 시간이 없는 만큼 우리가 맡아주지 않을 것 같으면 곧바로 다른 녀석에게 의뢰해야 한다나 봐."

"그럼 투표할까? 다들 얼굴을 봐서는 결론은 거의 나온 것 같지만."

쿠로하가 제안하자 모두가 차례차례 고개를 끄덕였다.

그렇게 투표가 시작되었다.

………………….

…………….

…….

“마지막 표도 찬성. 찬성 다섯 표로 만장일치로 가결되었어.”

짝짝짝, 하고 형식적인 박수가 부실 안에 울렸다.

이번에는 나와 마리아가 메인인가…….

“기대되지 않아? 모모.”

“예! 마침내 모모와 스에하루 오빠의 콤비가 부활했어요! 무적이나 다름없죠!”

마리아가 만면에 미소를 지으며 대답했다.

얘는 평소에도 웃는 얼굴일 때가 많지만 연기 중독 같은 부분이 있어서 이렇게 일이 관련되었을 때가 더 순수한 웃음 같단 말이지.

‘순수한 웃음’이라는 표현은 이상할지도 모르지만 마리아는 ‘지어낸 웃음인가?’ 싶을 때가 많았다.

그게 딱히 나쁜 건 아니었다. 언제나 붙임성이 좋은 사람은 지어낸 웃음을 짓는 구석이 있다. 그건 타인과의 원활한 교류를 위한 선의의 웃음이었다. 오히려 장점이라고 할 수 있을 것이다.

마리아가 바로 그랬다. 언제나 미소 짓고 있으면 성격이 좋아 보이고 사귀기도 편하다.

다만 그런 사람에게도 약점은 있었다. ‘자신의 속내를 숨기는 게 너무 능숙하면 주위 사람들이 본심을 이해하지 못한다’는 점이다. 실은 힘들어하고 있어도 놓칠 가능성이 있었다. 조금 전에 내가 '순수한 웃음' 이라고 표현한 이유는 마리아가 평소에는 감추고 있는 본심을 드러내고 있는 것처럼 느꼈기 때문이다.

"……모모, 잠깐 물어볼 게 있는데."

"뭔가요?"

쿠로하의 물음에 마리아가 고개를 귀엽게 갸웃거렸다.

"음…… 그냥 감인데 말이지."

"예?"

"이번 기획을 모모가 아무렇지도 않은 척하면서도 강하게 추천하는 느낌이 들었거든. 그래서 방금 핸드폰으로 좀 찾아봤어."

"뭘요?"

"모모와 NODOKA 씨의 드라마 출연 정보를."

"그게 왜요?"

"……모모 말이야, NODOKA 씨와 함께 출연한 적 있지?"

부실의 기온이 급하락한 느낌이 들었다.

"뭐? 그게 무슨……?"

시로쿠사가 당혹스러워했다.

솔직히 말하면 나도 예상 밖의 전개에 머리가 따라가지 못했다.

"아까 모모는 'NODOKA 씨와 직접 이야기를 나눠본 적은 없다' 고 했었던 것 같은데…… 내가 잘못 들은 거야?"

그렇군, 이해가 되기 시작했다. 요컨대 쿠로하는 '마리아가 NODOKA 씨와 이어져 있으면서 이어져 있지 않은 척하며 몰래 기획을 통과시키려고 했다' 는 생각에 캐묻고 있었다.

뭐라고 할까…… 대단한데.

그게 사실이라면 아무렇지도 않게 거짓말을 해서 기획을 통과시킨 마리아도, 그걸 깨달은 쿠로하도 말이다.

쿠로하가 내뿜어내는 냉기에 부실이 싸늘해졌다.

공기가 얼어붙어 있었다. 마치 부실이 돌연히 설산이 되어버린 것만 같았다.

눈보라 속에 있는 듯한 상황임에도 불구하고 마리아는 생긋 웃으며 고개를 갸웃거렸다.

"출연한 화가 달라서요."

"이전에 하루에게서 쫑파티 때는 연기자 전원을 부른다고 들은 적이 있는데."

"……뭐, 그럴 때도 있네요."

"내 예상인데, 모모는 NODOKA 씨에게 군청 동맹에서 의뢰를 받을 수 있게 해달라며 부탁받은 것 아니야? 모모로서도 연기 일이라면 하루와 같이 있을 시간이 많아지니 덥석 받아들이고는 테츠히코 군과 협력해서 이 기획이 가결되도록 유도한 거지…… 내 말이 틀려?"

"무슨 말씀이신지."

마리아가 딴청을 피우며 시치미를 뗐다.

미간을 찌푸리고 이야기의 추이를 지켜보고 있던 시로쿠사가 마리아를 매섭게 쏘아보았다.

"아…… 그런 거였어?! 묘하게 이야기가 빈틈없다고 생각했더니!"

두 사람의 힐난에 마리아도 더는 얼버무리지 못했다. 고개를 숙이고 잠자코 있을 뿐이었다.

"변명이라도 해보는 게 어때, 모모?!"

잠시간 침묵이 있었다.

그리고 다음 순간——.

"후후, 후후후후——."

""""……?!""""

마리아가 꺼림칙한 웃음소리를 냈다.

평소와는 다른 분위기에 모두가 입을 다문 채 마리아의 반응을 지켜보았다.

마리아는 천천히 일어서더니 뒤로 돈 채 얼굴만 비스듬한 각도로 돌리며 사악한 표정으로 말했다.

"아주 명탐정이신걸요—— 그래요, 모모가 범인이에요……!"

"…………?"

나는 고개를 갸웃거렸다.

어라, 어느 틈에 추리물이 된 거지?

"보셨나요, 스에하루 오빠! 모모의 이 명연기를! 미스터리와 서스펜스도 가능할 것 같지 않나요?"

"어어, 응, 좋은 연기였는데—— 뭔 얘기였더라?"

"하루! 저 기세에 속으면 안 돼! 모모가 뒤에서 손을 써서 이번 기획을 통과시켰다는 이야기야!"

아, 그랬지.

마리아의 연기가 너무 임팩트 있던 나머지 이야기가 머릿속에서 날아갔다.

"꽤 하시는걸요, 명탐정 쿠로느와르."

"그 이름은 뭐야?!"

"어?! 그 흐름이면 내 이름이 모 카페의 메뉴처럼 되어버리니까 거기서 멈춰!"

아…… *시로느○르 말이지. 나는 아주 좋아해.

"안심하세요, 시로쿠사 선배님. 감쪽같이 속아 넘어간 선배님은 왓슨도 되지 못하니까요. 기껏 해봐야 불평하다가 가장 먼저 살해당하는 아가씨A예요."

"정말이지 너란 애는——."

"잠깐, 거기까지!"

내가 끼어들며 제지하자 마리아가 곧바로 내 뒤에 숨었다.

"스짱, 비켜줘!"

"진정 좀 하고!"

"메롱~."

내 등 뒤에 숨은 채 마리아가 혀를 내밀었다.

나는 아이언 클로를 하는 식으로 마리아의 뺨을 붙잡았다.

"……야, 모모. 불난 데다가 기름까지 끼얹지는 말라고."

마리아의 얼굴이 생각보다도 훨씬 작고 뺨은 상상 이상으로 부드러웠다.

---

*시로느○르 : 일본 카페 체인점의 디저트 메뉴인 시로느와르.

나는 그 사실에 동요했지만 여기서 오냐오냐하면 같은 일이 되풀이될 뿐이었다. 독한 마음으로 계속해서 압력을 가했다.

그러나——.

"꺅! 그렇게 무서운 얼굴 하지 마세요, 스에하루 오빠. 멋진 얼굴이 아깝잖아요."

"여전히 뉘우치는 기색도 없구만?!"

그런 넉살을 어느 사이에 익힌 거냐! 옛날에는 인간 불신이었으면서!

테츠히코가 한숨을 내쉬었다.

"그럼 오늘은 이걸로 끝내자. 이제부터 바로 수락하겠다는 메일을 보내고 저녁에 대본 데이터를 받아서 모두에게 보내줄 테니까. 스에하루와 마리아는 이미 배역이 확정되어 있을 테니 대본을 읽어놓고."

"알았어."

"알겠어요."

"아, 그리고——."

테츠히코가 정말로 대단치 않은 일인 것처럼 말했다.

"아는 사람을 통해 마리아의 부모가 마리아를 만나러 올지도 모른다는 정보를 손에 넣었으니까 모두 협력해줘."

아무렇지도 않게 꺼낸 중요 정보에 나는 한순간 이해력이 따라가지 못했다.

"잠깐…… 뭐? 뭔 소리야……? 야, 테츠히코……."

이해가 되지 않아서 나는 말을 더듬었다. 시로쿠사가 냉정하게 물었다.

"모모사카의 부모님이라니 무슨 말이야? 그게 문제가 될 일이야? 언니와 둘이 살고 복잡한 사정이 있다는 건 듣긴 했는데."

표정으로 봐서는 아마도 이 멤버 중에선 시로쿠사가 가장 사정을 모르는 거겠지.

당연히 나는 전부 알고 있었다. 쿠로하는 옛날에 내가 마리아 이야기를 몇 번이나 한 적이 있어서 그걸 기억하고 있을 것이다. 심부름센터 일을 하며 독자적인 정보망을 가지고 있는 레나도 어느 정도는 알고 있다고 봐도 되겠지.

그렇기에 반대로 시로쿠사만이 바로 반응할 수 있었던 것일지도 모른다.

"모모, 어떻게 할래? 말할래?"

내가 묻자 마리아는 심호흡을 한 번 하며 천천히 눈을 떴다.

"여러분들에게는 신세를 지고 있으니까요. 모모가 가볍게 사정을 설명할게요."

그렇게 운을 떼며 다음과 같은 이야기를 했다.

『부모가 상당히 문제가 있는 사람들이어서 언니가 중학교를 졸업함과 동시에 자신을 데리고 도망쳐주지 않았다면 연예인은커녕 객사했으리라는 것.』

『유명해진 뒤에 부모가 사무소로 돈을 요구하러 온 적이 한 번 있었다는 것.』

『그때는 당시에 사무소의 사장이었던 니나 하디의 기지로 공갈의 증거를 확보해 사무소에서 압력을 가함으로써 얌전해졌다는 것.』

『사무소를 그만둘 때 그 증거를 넘겨달라고 교섭했지만 '잃어버려서 바로 주지는 못하고 찾아보겠다' 는 답변을 들었고 아마도 거짓말이리라는 것.』

『그런 이유로 이전부터 부모가 찾아올 가능성은 어느 정도 상정하고 있었다는 것.』

모르는 정보도 섞여 있어서 나는 확인해 보았다.

"모모, 부모가…… 사무소에 찾아온 적이 있었구나."

"예. 스에하루 오빠가 실질적으로 은퇴한 뒤였어요. 모모의 지명도가 급격하게 올라간 건 그때였으니까요."

마리아는 담담했다. 내가 더 머리에 피가 쏠렸을 정도였다.

그도 그럴 것이 열 받는 이야기였으니까.

폭력을 가해서 딸들이 도망쳤는데 유명해졌으니까 돈을 뜯어내러 왔다고?

마리아의 부모는 얼마나 쓰레기 같은 거냐. 분명하게 말해서 이 정도로 쓰레기 같은 인간들은 흔치 않다. 철저히 설교한 뒤에 평생 속죄하게 만들고 싶을 정도였다.

그런데—— 마리아는 불이 꺼진 것처럼 냉담했다.

"야, 테츠히코! 왜 '이제 와서' 인데?! 사무소를 그만둬서 다시 찾아온 거라면 좀 더 빨리 왔어도 됐잖아!"

"……내 생각인데 아마 그 망할 사장놈이 이 패를 쓸 타이밍을 노리고 있었을 거야."

"타이밍? 뭘 노리고?"

"당장은 억측에 지나지 않으니까 말은 삼갈게. 다만 마리아의 부모가 움직이고 있다는 건 틀림없어. 그러니까——."

테츠히코가 군청 동맹의 멤버들을 둘러보았다.

"우리가 마리아를 지키는 거야. 구체적으로는 우리 중에서 누군가가 등하교를 함께 해주는 게 좋을 것 같은데, 어때?"

……그렇군.

만약 마리아의 부모가 찾아오더라도 학교라면 우리가 모여 있다. 그리고 집이라면 언니인 에리 씨가 있다. 그러므로 가장 경계할 필요가 있는 건 등하교 때라는 건가.

"테츠히코 선배님, 감사합니다."

마리아가 깊게 고개 숙였다. 예의 바르고 기품있는 인사였다.

"하지만 그렇게까지 폐를 끼칠 수는 없어요. 그 제안은 사양할게요."

"모모!"

나는 분개를 참을 수 없었다.

"네가 그렇게 인간 불신이 되었던 건 부모들 탓이었잖아! 그런 사람들이 노리고 있다고! 우리에게 의지해도 되잖아!"

"……어디까지나 '노리고 있을지도 모른다' 이잖아요?"

마리아의 궤변을 테츠히코가 에둘러서 부정했다.

"한없이 '노리고 있다' 에 가까운 '노리고 있을지도 모른다' 야."

"그럼 노리고 있다고 가정하죠. 그래도 스에하루 오빠, 모모는 이제 열여섯이에요. 떨고만 있을 뿐인 어린애가 아닌걸요. 결혼도 할 수 있는 나이예요. 민폐 부모를 상대하는 것도 자식의 역할이겠죠. 스에하루 오빠는 모모가 그런 부모에 질 것처럼 보이나요?"

"아니…… 그렇지는 않은데……."

연예계의 세파에서 살아 남아온 마리아의 뻔뻔함과 교활함은 장난이 아니다. 평범한 상대라면 간단하게 말려들겠지.

하지만——.

"상대가 상대인 만큼 걱정된다고."

"나도 하루의 말에 찬성이야."

아무래도 나와 마찬가지로 쿠로하도 이야기를 듣고 마리아의 부모에 대한 화를 참을 수 없었던 모양이었다.

단호한 말투로 내 의견에 말을 더했다.

"확실히 모모는 수완가야. 하지만 조금 들은 것만으로도 모모의 부모님은 위험한 느낌이 들어. 쥐고 흔드니 하는 수준이 아니라…… 뭐랄까…… 애초에 얽히면 진다…… 그런 분위기야."

역시 쿠로하다. 제대로 표현해줬다.

쿠로하의 말대로 마리아의 부모는 얽혀서는 안 되는 부류였다. 마리아가 아무리 혼자서 잘할 수 있어도 홀로 대응해서는 안 될 것 같았다.

"나도 동감이야. 상대가 너무 안 좋아. 언제나 누군가가 곁에 있으면서 즉시 도와줄 수 있어야 해."

시로쿠사의 어조에서는 억누르지 못한 노기가 엿보였다.
"모모사카, 솔직하게 말하겠는데 네 부모님의 이야기를 듣고 최고로 기분이 안 좋아졌어. 정말로…… 정말로 말도 안 되는 이야기야……. 아빠에게 부탁해서 보디가드를 구하는 편이 낫지 않을까 싶을 정도인데……."
"아니에요, 시로쿠사 선배님! 그렇게까지는!"
더욱 적극적으로 말하는 시로쿠사의 제안에 마리아가 곤란한 표정을 지었다.
나로서는 좋은 생각 같았지만 마리아가 일을 크게 만들고 싶어 하지 않는 건 이 일이 가족의 수치라는 의식이 있기 때문일지도 모른다.
"그렇다면 우리가 협력할 수 있게는 해줘."
"그게요, 시로쿠사 선배님…… 그렇게 말씀해주시는 건 감사하지만 대처 정도는 모모 혼자서도 할 수 있는데요……."
"감사하면 제안을 받아들이는 게 어때?"
"그렇지만……."
완고하게 물러서지 않는 시로쿠사와 어떻게든 거절하려고 하는 마리아.
그사이에 끼어든 건 레나였다.
"모모치, 저희가 협력할 수 있게 해주세요."
"레나 양……."
마리아에게 있어서 레나의 포지션은 다른 군청 동맹의 멤버들과 조금 다르다.

레나는 군청 동맹에서 유일하게 마리아와 같은 학년인 동급생이다. 가장 대등하고 관계도 양호하다.

그런 레나의 말에 마리아도 크게 흔들리고 있는 듯했다.

어떻게 하면 마지막 결정타가 될지를 내가 생각하고 있을 때 쿠로하가 말했다.

"테츠히코 군, 그 이야기는 확실한 거지?"

"확실해. 언제 접촉해올지는 알 수 없지만 마리아의 부모가 움직이고 있다는 건 틀림없어."

"그럼 이렇게 하자, 모모."

쿠로하가 마리아를 똑바로 응시했다.

"——하루와 함께 등하교해. 그럼 문제없지?"

솔직히 나도 그 생각은 했다.

하지만 쿠로하가 말하는 건 완전히 예상 밖이었다.

"잠깐, 시다 양?! 무슨 말을 하는 거야?!"

시로쿠사가 놀라서 목소리를 높였다.

"무슨 말이냐니? 말 그대로의 의미인데."

"하지만——."

"모모와 가장 사이가 좋은 건 하루야. 그러니 모모도 우리가 함께 있어 주는 것보다 마음이 편할 테고 하루는 남자니까 일이 생겼을 때는 우리보다 도움이 되리라고 생각해."

"그, 그럴지도 모르지만……."

"그리고 이번 기획의 메인은 연기자로 참가하는 하루와 모모인걸. 앞으로는 두 사람끼리 상의하거나 연습할 일도 많아지잖아. 어느 쪽이 되었든 함께 있을 거라면 등하교하면서 처리하면 효율이 괜찮다고 보는데."

쿠로하의 논리는 대단히 납득되는 이야기였다.

—— '소꿉여친' 이라는 관계가 없었다면 그렇다는 거지만.

쿠로하는 나에게 분명하게 '좋아한다' 고 말했다. 남모르게 '소꿉여친' 이라는 여자친구에 가까운 관계이기도 했다. 그런 쿠로하의 입장에서는 나와 마리아가 매일 함께 등하교하는 건 당연히 싫을 것이다.

그랬기에 나는 몰래 귓속말을 했다.

"쿠로…… 괜찮아?"

"……괜찮으니까 제안한 건데?"

"그, 그래?"

"응. 모모를 도와줘."

"……알았어. 고마워."

나는 쿠로하의 이해심에 감사한 마음을 가졌다.

예를 들어 사귀는 사이였다면 아무리 사정이 있어도 상대가 다른 이성과 등하교하는 것을 인정하는 일은 없을 것이다. '소꿉여친' 이니까 막지는 못해도 불쾌함을 보이는 게 당연했다. 이번처럼 쿠로하 쪽에서 제안해주는 건 말도 안 되는 이야기였다.

그래도 정말로 고마운 일이었다.

나는 마리아의 부모가 돈을 뜯으러 온다는 이야기를 듣고 가만히 있을 수가 없었다.

부모가 접촉해옴으로써 만일 마리아가 옛날처럼 죽은 사람 같은 눈을 하게 되어버린다면—— 상상하는 것만으로도 등줄기가 얼어붙는다.

어떻게 해서든 마리아를 지켜야 했다. 그러므로 나는 쿠로하가 반대하더라도 마리아의 곁에서 도와줄 생각이었는데—— 역시 쿠로하다. 자랑스러운 소꿉친구였다.

"그래서…… 내 제안은 어때?"

마리아로서도 놀라운 제안이었겠지.

의심스러운 눈초리로 쿠로하를 관찰하고 있었지만 이윽고 작게 대답했다.

"그래도 괜찮다면 모모는 기꺼이 받아들이고 싶기는 한데요——."

"뭔가 더 하고 싶은 말이라도 있어?"

"……아뇨. 은혜를 입었다고 생각해서요."

"신경 쓰지 않아도 돼. 동정하는 마음에 협력을 제안한 것뿐이니까. 물론 은혜로 생각해준다면 고맙지만."

담담하게 말하고 있어서 쿠로하의 감정을 읽을 수 없었다.

정말로 걱정하는 것처럼도 보이고 뭔가 다른 속내가 있는 것 같기도 했다. 아마도 마리아가 걸렸던 것도 그런 부분이겠지.

"——알았어요. 감사합니다."

결국 마리아는 제안을 받아들였다. 요컨대 등하교를 내가 함께한다는 말이다.

나는 가슴을 쓸어내렸다. 이걸로 무슨 일이 있더라도 곁에서 도움을 줄 수 있다.

쿠로하가 덧붙였다.

"다만 일단은 기한을 정해두지 않을래? 예를 들어…… 그렇지, 하루가 함께 등하교하는 건 연극이 끝날 때까지로. 만약 그때까지도 모모의 부모님이 접촉해오지 않는다면 하루에게만 부담을 끼치는 것도 좋지 않으니 다시 한번 대응을 의논하는 게 어때?"

"뭐, 그쯤이 타당하겠지."

테츠히코가 찬동했고 아무도 반론하지 않았다.

그렇게 이날의 회의는 끝을 맺었다.

*

회의가 끝난 뒤에 쿠로하는 스에하루가 마리아와 함께 학교를 나서는 모습을 지켜보았다.

그리고 자신도 돌아가려고 했을 때 말을 거는 목소리가 있었다.

"시다 양, 좀 묻고 싶은 게 있는데."

시로쿠사가 양손으로 허리를 짚은 채 쏘아보고 있었다.

무시한 채 돌아가고 싶었지만 도망칠 수도 없을 것 같았다.

쿠로하는 어깨를 으쓱였다.

"……역까지로 괜찮다면."

"알았어. 자전거 가져올 테니까 잠시만 기다려줘."

시로쿠사가 달려가더니 바로 자전거를 타고 나타났다.

그렇게 두 사람은 나란히 학교를 나섰다.

"아까 그건 뭐야?"

"아까 그거라니?"

두 사람은 걸으면서 이야기를 나눴다.

"시치미 떼지 마. 스짱을 모모사카와 함께 등하교하게 한 것 말이야."

"그치만 모모도 힘들 텐데 도와줘야지."

"그래, 후배를 위해주는 훌륭한 생각이네. 네가 아니었다면 순수하게 받아들였겠지만…… 너는 그런 타입이 아니잖아."

"너무하네. 정말로 그렇게 생각하는데."

"그럼 바꿔 말하겠어. 후배를 위해주는 제안이지만 그것만으로는 그런 말을 안 하잖아?"

쿠로하는 한숨을 내쉬었다.

시로쿠사는 허당이지만 머리가 나쁜 건 아니었다.

"카치 양은 저번 팬클럽 사건을 어떻게 정리했어?"

"정리라니?"

"자신의 행동에 대한 반성 같은 것."

시로쿠사는 잠시 생각한 뒤에 입을 열었다.

"스짱이 그런 행동까지 하게 만든 건 후회했어. 좀 더 나은 방

법은 없었는가 하고 지금도 생각해. 물론 팬클럽과 관계를 끊고 우리 쪽을 우선해준 건 참을 수 없이 기쁘지만."

"……뭐, 나도 심정적으로는 비슷하지만 그런 전개가 된 건 우리가 손을 잡은 탓이라고 생각해."

시로쿠사는 걸음을 멈췄다. 자전거 손잡이를 쥔 손에 힘을 담으며 쿠로하의 등을 가만히 바라보았다.

"무슨 말이야?"

쿠로하도 멈춰 서며 돌아보았다.

"생각해봐. 우리가 손을 잡아서 뭔가 잘 풀렸던 적이 있어?"

"……아니. 시부야에서 미행했을 때도 결국 팬클럽 애들과 사이가 좋아져서 카이 군에게 교묘하게 이용당했지……."

"맞아. 우리는 공동전선을 펼친 탓에 적극성을 잃었어. 서로의 행동력과 발상력을 알고 있기에 그만 상황을 보고만 있거나 남에게 맡기게 된 부분이 있었다고 생각하지 않아? 사공이 많으면 배가 산으로 간다고 해야 하나. 아마도 셋이 각자 팬클럽에 대처했다면 좀 더 빨리 해결했을 거야."

쿠로하는 이를 갈았다.

그 말대로 손을 잡았다고 반드시 좋은 결과가 보장되는 건 아니다. 팬클럽 사건이 바로 그런 패턴이었다.

가령 승패로 판단한다면 세 사람 모두 실패하고 상대적으로 무승부가 되었다는 수준 낮은 승부였다.

'하지만 그렇기에 이번에는 그런 실수를 하지 않아——.'

쿠로하는 손을 꽉 움켜쥐었다.

"그럴지도 모르지만…… 그게 이번 모모사카의 일과 무슨 관계가 있다는 거야?"

"요컨대 나는 나대로 움직일 테니까 카치 양은 카치 양대로 행동하라는 것뿐이야. 나는 이번엔 선배로서 가능한 모모의 도움이 될 생각이야. 물론 모모가 하루에게 접근해도 방해할 생각은 없어."

"……뭐, 뭐어어어어어어?!"

시로쿠사가 놀라서 목소리를 높였다.

쿠로하는 주위의 시선을 신경 썼지만 시로쿠사는 눈을 끔뻑대고 있을 뿐이었다.

"잠깐, 뭐라고? 그 시다 양이? 농담이지? 네가 할 말이야? 뭐 잘못 먹기라도 했어? 아니면 또 기억상실?"

"카치 양, 소설가니까 좀 표현을 골라줬으면 하는데……."

"어? 아니, 그치만……."

"아무튼 나는 그런 방침이니까. 카치 양은 마음대로 해. 아, 그렇지만 모모 말고 다른 사람이 하루에게 들러붙으려고 하면 가차 없이 방해할 거야. 당연히 카치 양도 그 대상이고. 그건 기억해둬."

쿠로하는 담담하게 말했지만 시로쿠사는 여전히 혼란한 듯했다.

"뭐? 모모사카만 특별 취급한다고……? 너 무슨 생각인 거야……?"

"그걸 알려주면 손을 잡는 거나 다름없잖아."

시로쿠사와는 라이벌이다. 모든 걸 털어놓을 의리는 없었다.
쿠로하는 다시 걷기 시작했다.
"잠깐, 기다려 봐!"
황급히 시로쿠사가 뒤를 쫓았다.
"너답지 않아! 뭘 하려는 거야?!"
"그러니까 선배로서 후배를 도와주러——."
"그게 수상하다니까!"
"그럼 카치 양은 어쩔 건데? 방해할 거야?"
질문을 받을 때까지 자신은 어떻게 움직일지를 정하지 않았던 모양이었다.
시로쿠사는 눈을 내리깔며 조금씩 쥐어 짜내듯이 말했다.
"그, 그건……모모사카의 가정환경은 너무 딱하니까…… 도와줄 수 있는 건 되도록 해주고 싶은데……."
"그래? 그럼 그러면 되지 않아?"
"그러니까 그 태도가 수상하단 말이야!"
따지는 시로쿠사와 모른 척하는 쿠로하.
옥신각신하는 두 사람은 그 이상 진전은 없는 채 역에 도착해서 헤어지게 되었다.

*

내가 저녁 식사와 목욕을 끝내고 방으로 돌아와 보니 테츠히코가 보낸 대본 데이터가 와 있었다.

"아, 이게 NODOKA 씨의 본명인가."

대본의 표지에 '원작: 한스 크리스티안 안데르센' '각본: 카미데 노도카【연극 동아리 차선】' 이라고 적혀 있었다.

"생각해 보면 동화를 바탕으로 쓴 건 드문 일 같은데."

대학교 연극이란 오리지널 작품을 하고 싶어 하는 경향이 있다고 생각한다. 고등학교와는 다르게 대학교는 고문도 없어서 자유롭게 할 수 있기 때문이다.

그런 만큼 수준은 극과 극이어서 고등학교의 연장선에 있는 동아리에서부터 세미프로 수준까지 있다. 때때로 엄청난 재능이 있는 사람이 대학교에서 만든 극단이 크게 인기를 끌어서 그대로 극단째로 프로가 된 사례도 적지 않았다.

일단 전체적인 내용을 파악하기 위해 대본을 훑어보고 있으니 마리아가 전화를 걸어왔다.

"스에하루 오빠, 대본 보셨어요?"

"응, 마침 읽고 있었어. 아까 말한 것처럼 대본 리딩을 할까?"

"예."

회의가 끝난 뒤에 나는 결정된 대로 마리아를 집까지 바래다줬다. 그때 대본이 오면 함께 대본 리딩을 하지 않겠냐는 이야기가 나와서 받아들였었다.

대본 리딩이란 말 그대로 대본을 읽는 것이다.

포인트는 '실제로 목소리를 낸다' 는 부분에 있을 것이다.

지문을 연출가가 읽는다거나 처음에는 감정을 드러내지 않고 대사를 읽는다는 식으로 다양한 방식이 있으며 각자 의도와 취향이 있다.

뭐, 이번에는 나와 마리아뿐이니까 서로의 배역—— 내가 왕자님, 마리아가 인어공주를 읽는 건 정해놓고 나머지 배역은 적당하게 나눠서 맡았다.

"잠시만."

나는 핸드폰을 스피커 모드로 바꾸고 노트북을 조작해서 대본 페이지를 시험 삼아 몇 차례 넘겨 보았다.

"좋아, 됐어. 모모는 어때?"

"이쪽도 괜찮아요. 그럼 시작해 봐요."

그렇게 나와 마리아는 대본 리딩을 시작했다.

…….

………….

………………….

【인어공주 차선 버전】

어느 날 인어공주는 배 위에 있는 아름다운 인간 왕자를 보고 연심을 품는다.

그런데 그날 밤에 배가 폭풍우에 휩쓸려서 왕자가 바다에 빠지게 된다.

인어공주는 황급히 왕자를 구했지만 인간인 왕자를 바닷속으로 데려가는 건 불가능했기에 해변으로 데리고 갔다.

의식을 잃은 왕자를 살리기 위해 사람을 찾으러 간 인어공주는 수도원을 발견한다. 그리고 그곳에 있던 한 소녀를 유도해서 왕자를 발견하게 했다.

인어공주는 소녀가 왕자를 구하는 것을 확인하고 안도하며 그 자리를 뒤로했다.

바닷속으로 돌아간 인어공주는 왕자에 대한 마음이 점점 커져만 갔다.

인어공주의 부모는 '종족이 다른 인간과는 맺어지지 못하고 불행해지기만 할 뿐' 이라며 왕자와 만나는 것을 금지했다. 그러나 아무리 해도 왕자를 잊지 못한 인어공주는 고뇌 끝에 금기시되던 바다의 마녀가 사는 집으로 찾아갔다.

그곳에서 인어공주는 마녀에게 이런 말을 듣는다.

"너의 아름다운 목소리와 맞바꾸어 꼬리가 인간의 다리로 변하는 약을 주겠다. 하지만 왕자의 사랑을 받지 못한다면 너는 바다의 거품이 되어 사라질 것이다."

무거운 대가였지만 왕자를 사랑한 인어공주는 마녀가 준 약을 먹게 된다.

약을 먹고 격통에 휩싸여 해변에서 의식을 잃고 있던 인어공주를 왕자가 발견한다. 그때는 꼬리가 인간의 다리가 되어 있었다.

인어공주는 의식을 되찾았지만 목소리를 내지 못했다.

딱하게 여긴 왕자는 인어공주를 궁전으로 데리고 가서 간호했다.

인어공주는 왕자와 함께 궁전에서 살게 된 것을 기뻐했지만 어떤 사실을 알고 경악하게 된다.

왕자는 수도원의 소녀를 '생명의 은인'으로 착각해서 연심을 품고 있었다.

'왕자의 목숨을 구한 건 나였는데……. 어째서 이렇게 된 걸까…….'

그러나 인간의 다리를 얻은 대신 목소리를 잃었기 때문에 설명할 수 없었다. 인어는 문자가 없었기에 문장으로도 전하지 못한다.

인어공주는 고뇌했지만 울적해진 것을 목소리를 내지 못하기 때문이라고 착각한 왕자는 인어공주를 많은 곳으로 데리고 가줬다.

친밀해질수록 인어공주의 마음은 더욱 커졌다.

그럴 때 인어공주는 시녀로부터 왕자가 자신에게 잘해주는 이유를 듣게 된다.

"왕자님께는 어릴 적에 돌아가신 누이동생이 계셨는데 그분과 네가 꼭 빼닮았어."

자신에게 친근했던 행동이 가족을 향한 감정이었다는 것을 알고 인어공주는 충격을 받는다. 게다가 친밀한 존재가 됨으로써 왕자의 고민을 듣게 되었다.

"옆 나라 공주와의 혼담이 정해졌어. 나는 수도원에 있는 그 소녀를 사랑하는데……. 하지만 그녀는 수도원 사람이니 결혼을 할 수 없겠지……."

운명은 아이러니했다.

왕자와 혼담이 나온 옆 나라의 공주란 수도원의 소녀였다. 공주는 교양을 익히기 위해 수도원에 들어갔을 뿐이었다.

처음에는 어떻게든 혼담을 거절하려고 했던 왕자는 사랑하는 사람이 상대라는 것을 알고는 기꺼이 혼인을 받아들이며 공주를 왕자비로 맞이하기로 한다.

인어공주는 그 사실에 절망했다.

맺어지지도 못하고, 그렇다고 바다로 돌아가지도 못하고 해변에서 비탄에 빠진 인어공주 앞에 언니가 나타나서 바다의 마녀에게 받은 단검을 건넸다.

"왕자가 흘린 피를 뒤집어쓰면 인어의 모습으로 돌아갈 수 있어."

그렇게 바다의 마녀가 말했다고 한다.

언니에게서 단검을 건네받은 인어공주는 멍하니 칼날을 바라보며 한 가지 결의를 했다.

그날 밤 인어공주는 왕자의 침실에 숨어들었다.

왕자는 평온한 얼굴로 잠들어 있었다.

그런 왕자를 향해 인어공주는 단검을 치켜들었다.

그러나——.

왕자가 잠결에 사랑하는 공주의 이름을 불렀다.

그 말에 정신을 차렸다.

인어공주는 단검을 먼 파도 속에 던져 버리고는 그대로 바다에 몸을 던졌다.

거품으로 변하는 인어공주.

인어공주는 사랑하는 왕자의 행복을 망가트리지 못하고 죽음을 선택했다.

왕자와 공주의 결혼식 날. 바람의 정령으로 되살아난 인어공주는 거품을 옮겨서 축복했다.

그 신비한 현상을 보고 불현듯 왕자는 어느 사이엔가 사라진 인어공주를 떠올렸다.

왕자가 쓸쓸한 심정을 공주에게 전하자 공주는 "앞으로는 제가 있으니까요." 하고 위로했다.

…………………

……………

……

"슬픈 이야기인걸."

내용은 전부터 알고 있었다. 그렇지만 다시 읽어보니 느껴지는 게 달랐다.

가장 먼저 느낀 건 인어공주가 너무 불쌍하다는 것이었다.

그렇다고 왕자와 공주가 나쁜 것도 아니었다. 인어공주의 진실을 몰랐을 뿐이다.

그저 인어공주가 불쌍하게만 느껴졌다.

이 각본은 원래도 강한 인어공주의 【비극적인 사랑】이라는 측면에 초점을 맞춰서 현대에서도 이해하기 쉽게 설정을 어레인지한 듯한 느낌이었다.

"……인어공주는 '사랑하는 사람이 다른 사람을 사랑하는 모습을 보며 괴로워한 끝에 보답 받지 못한 이야기' 였네요."

인어공주에 대한 감상은 많겠지만 마리아는 그런 식으로 받아들인 건가.

"지금까지 네가 맡아온 배역과는 조금 거리가 있네."

마리아는 드라마 '이상적인 여동생' 에서 야무지고 완벽한 여동생을 연기했다. 이 배역은 평소의 마리아보다는 많이 얌전하지만 야무지다는 점은 비슷한 부분이 있었다. 그 밖에도 '차일드 킹' 에서는 쾌활한 투자가 소녀를 연기했었다.

작품들이 마리아에게 바란 건 '귀여움' '현명함' '여우 같은 부분' 이었다.

'귀여움' 은 어느 작품이든 대부분 바랄 것이다.

하지만 인어공주는 '현명함' 과 '여우 같은 부분' 은 그다지 없었다. 오히려 좀 더 현명하게 여우처럼 굴었으면 한다고 보는 쪽이 안타까울 정도였다.

"……그렇네요. 하지만——."

마리아는 맑은 목소리로 중얼거렸다.

"무척 감정 이입하기 쉬운 배역이에요. 연기하는 보람이 있겠어요."

"그래? 이미지가 많이 다른 것 같은데."

"차암, 스에하루 오빠. 실례라고요. 저에게는 오빠가 모르는 일면도 많이 있는 걸요?"

토라진 것처럼 말하지만 조금 어른스러운 말투여서—— 나도 모르게 가슴이 뛰고 말았다.

"그, 그래? 미안."

"……? 예, 아셨으면 됐어요."

마리아는 때때로 생각지도 못한 일면을 보일 때가 있어서 무섭단 말이지.

다만 그건 언제나 본인이 계산하지 않았을 때뿐이다. 마리아는 솔직한 모습일 때가 평소에 노리는 효과가 나오는 듯한 기분이 든다.

……왠지 마리아다운 이야기였다.

"오, 테츠히코가 추가 메일을 보냈네. 토요일에 멤버 전원이 케이오 대학에 인사하러 간대."

"……예, 모모도 확인했어요. 그러면 연출 담당에게 물어보고 싶은 부분을 지금 정리해둘까요?"

"그래."

나는 샤프를 들고 대본에서 신경 쓰였던 부분을 찾기 시작했다.

"아, 그건 그렇고 스에하루 오빠."

"왜?"

"다음에 저희 집에서 식사 안 하실래요?"

"그건 괜찮은데…… 너랑 둘이서?"

마리아와 둘만이어도 안되는 건 아니지만 한창때 남녀이니 상대의 집에 들어가는 건 좀 부끄럽다고 할까…… 저항심이 있었다.

마리아의 경우에는 식사에 수면약이 섞여 있어서 깨어났을 때는 양손이 수갑으로 구속된 채,

'스에하루 오빠, 각오하세요……. 지금부터 제 마음대로 할 테니까요…….'

하는 전개가 될 것 같아서——.

음? 그건 그것대로 괜찮나……?

아니, 역시 안 괜찮아!

"후후후, 스에하루 오빠. 모모와 둘만 있으면 의식하게 돼서 곤란한 거죠? 이해해요."

"전혀 이해 못 한 것 같은데."

"안심하세요. 모모는 전부 준비가 끝나 있으니까요."

"여전히 말을 안 듣는구만……."

"참고로 이 초대는 언니의 제안이에요."

"그래? 에리 씨가……."

미인에 귀엽고 털털한 술꾼 누님, 아주 좋아합니다.

"언니로서는 오키나와 여행의 답례를 하고 싶은 모양인데 모두를 부르는 선 준비할 것도 많고 조정도 힘드니까요. 일단 가장 친분이 있는 오빠를 부르자는 것 같아요. 영양 밸런스가 안 좋은 식사만 할 것 같고요."

"그건 고마운걸……. 솔직히 말하면 냉동식품과 레토르트가 대부분에 채소는 때때로 채소 주스를 마시는 정도라서 말이야."

"그렇죠? 이번에 등하교를 함께 해주시게 되기도 했으니까요. 부담을 끼치는 사죄도 겸해서…… 안 될까요?"

초대를 거절하는 것도 미안하고 에리 씨가 있어 준다면 이상한 분위기가 되지도 않을 테니까 문제는 없을 것이다.

"그럼 일요일은 어때요? 저녁 여섯 시 정도에 저희 집에 와주세요."

"알았어."

"모처럼이니 대본도 가지고 와주시면 둘이서 리딩을 할 수 있으니 괜찮을 것 같아요."

"그러게."

마리아가 상대라면 이야기가 빠른걸. 그만큼 서로를 이해하고 있고 리듬이 맞는다고 할까, 잘하고 못하는 게 잘 맞물린다고 해야 할까.

쿠로하와는—— 서로 모르는 게 없는 사이지만 연예계 일에 관해서는 어긋나는 부분이 있었다. 연기자로서의 기술 면의 이야기나 고민, 미묘한 인간관계 같은…… 그런 부분에 관해서는 객관적인 조언이나 격려는 해줘도 이해를 바라는 건 본질적으로 무리라고 해도 좋다. 물론 식사 면에서도.

시로쿠사와는—— 서로를 신뢰한다고 생각하지만 성격적으로는 꽤 정반대라고 생각한다. 담백하고 빈틈을 보이지 않는 시로쿠사와는 반대로 나는 허술하고 자존심이 없는 타입이었다. 그런 자신에게 없는 부분에서 끌리기도 하지만 어딘가에서 어긋나면 수복하는 게 힘들지도 모른다.

'그렇게 생각하면 아마도 마리아가 가장 상성이 좋을 것 같단 말이지…….'

나이는 내가 한 살 위고 '스에하루 오빠'라고 불리지만 마찬가지로 연기자이며 서로를 존경하고 플러스가 되는 관계라고 생각한다.

허술한 나에 반해 착실한 여동생 같은 마리아는 요리 등의 가정적인 부분에서도 제대로 서포트해 준다. 이 서포트력은 재주가 좋은 것도 있어서 시로쿠사보다 압도적으로 위였다. 애초에 시로쿠사와는 '시로쿠사가 나를 서포트한다' 기보다 '시로쿠사가 허술해지려고 할 때 내가 서포트한다' 는 관계 쪽이 잘 풀릴 것 같았다.

그리고 나를 한결같이 서포트해주는 쿠로하와는 다르게 때때로 토라져서 막 나가는 마리아는 내가 서포트하거나 격려해줄 때도 있다. 이렇게 일방적으로 돕는 구도가 되지 않는다는 점이 마리아와 상성이 좋을지도 모른다고 생각하는 부분이었다.

'모모와 스에하루 오빠는 최강의 파트너거든요!'

이전에 마리아가 했던 말이다.

이렇게 상성이 좋은 점을 꼽아보면 마리아가 좋은 파트너라는 실감이 새삼 들었다.

"아, 벌써 시간이 이렇게 됐네요. 그럼 스에하루 오빠, 내일 봬요!"

"그래, 내일 봐."

전화를 끊는다.

나는 책상에서 벗어나 침대에 누웠다.

"옛날부터 재능은 느꼈지만 그 모모가 이 정도로 크다니……."

옛날에 고생했던 나로서는 문제아라는 인상이 매우 강했다.

하지만 지금은 실질적으로 은퇴한 나보다 훨씬 지명도도 인기도 있었다. 솔직히 말하면…… 마음속 깊은 곳에서는 질투에 가까운 감정을 느낀 적도 있을 정도였다.

거기에 요리도 잘하고, 붙임성도 좋고, 청소에 배려도 할 줄 알고——.

'어라, 얘 최강 아닌가……?'

불현듯 떠오른 생각에 나는 고개를 내저었다.

"아니, 나는 뭔 생각을 하는 거지?! 좋아, 자자! 그렇게 하자! 내일 아침에 모모를 데리러 가야 하잖아!"

변명 같은 말을 허공에 쏟아낸 나는 불을 껐다.

그날 꾼 꿈은 6년 전의 마리아가 나에게 안겨 와서 등에 업고 있는 사이에 점점 나이를 먹어 깨닫고 보니 지금의 마리아가 되어 있었다는 영문을 알 수 없는 꿈이었다.

제2장 니지우치 키르스티 히나기쿠

*

케이오 대학의 정문은 토요일임에도 대학생들이 분주하게 오가고 있었다.

일주일 뒤에 대학교 축제가 기다리고 있기 때문이겠지. 이상한 티셔츠를 입거나 정체를 알 수 없는 짐을 든 사람도 있었다. 그런 모습이 축제다워 보이게 했고 두근거리는 분위기로 가득했다.

"……늦어서 죄송해요!"

모자에 패션 안경, 하늘하늘한 원피스.

그런 차림새의 마리아가 숨을 헐떡이며 달려왔다.

"웬일로 모모가 마지막이네."

마리아는 스케줄 관리가 철저한 타입이어서 보통은 약속 5분 전에는 준비를 끝내두었다.

참고로 오늘 내가 데리러 가지 않았던 이유는 휴일에는 에리 씨가 집에 있고 집을 나와서 바로 택시를 타고 케이오 대학으로 갈 테니 괜찮다고 이야기가 되었기 때문이었다.

"죄송해요, 스에하루 오빠에게 보여줄 복장을 생각하다가 정하지 못해서…… 어떤가요, 스에하루 오빠?"

치맛자락을 펼치며 마리아가 어필을 했다.

코디네이트에 시간을 들인 덕분인지 확실히 평소보다 더 힘이 들어가 있었다. 안경도 귀여움에 가려지기 쉬운 마리아 본래의 지적인 부분을 가감 없이 강조하고 있는 것만 같았다.

"……오, 그 안경은 처음 보네. 다만 너라면 잘 알겠지만 지각은 하지 마."

마리아는 입에 도토리를 가득 담은 다람쥐처럼 입을 부풀렸다.

"뿌우. 물론 잘 알고 있어요! 그래도 코디네이트에 시간을 들이는 여심도 이해해주셨으면 한다고나 할까……."

그렇게 말하면서 마리아가 나에게 접근했다. 그리고 내 손을 잡으려는 순간 시로쿠사가 그 손을 붙들었다.

"네가 가장 유명인이니까 눈에 띄는 행동은 참아줬으면 하는데."

"어머나, 시로쿠사 선배님도 계셨군요. 스에하루 오빠와 둘만의 세계에 빠져있느라 전혀 보이지 않았――."

"그래그래, 알았으니까 이쪽으로 와. 적어도 밖에서는 얌전히 있어 주면 좋겠어……."

"아, 아직 안쪽의 프릴을 보여주지 못했는데~!"

시로쿠사가 마리아를 끌고 갔다.

'시로도 모모를 다루는 게 익숙해졌는걸.'

그렇게 생각하다가 문득 깨달았다.

언제나 이럴 때는 함께 움직이던 쿠로하가 전혀 움직이지 않았다.

"쿠로……?"
"응? 왜, 하루?"
"아니, 그냥……."
"이상하긴."
이상한 건 쿠로하라고 생각했지만 차마 말하지는 못했다.
언짢은 것도 아니고 몸이 안 좋은 것도 아닌 듯했다. 평소와 같아 보였지만 조금 위화감이 남았다.
"뭐, 좋아. 이걸로 모두 모였지? 그럼 테츠히코, 가자."
현재 정문에 있는 건 나, 테츠히코, 쿠로하, 시로쿠사, 마리아, 레나로 평소대로의 멤버였다.
레나와 상의 중이던 테츠히코가 내 목소리에 돌아보았다.
"아니, 스에하루. 상대 쪽에서 마중을 와주려는 모양이야. 조금만 더 대기해."
"응? 그래?"
"오, 마침 집합 시간인가. 슬슬 올 것 같은데……."
그러자 가로수 너머에서 한 남자가 손을 흔들었다.
멀리서 봐도 알 수 있는 세련된 복장에 단정한 용모.
'저 사람이 마중 온 사람인가…… 응? 어디선가 본 적이 있는 듯한…….'
그런 생각을 했지만 다가올수록 당연히 얼굴이 확실히 보이게 된다.
금방 정체가 판명되었다.
"안녕, 군청 동맹 여러분. 내가 오늘 안내역을 맡은 아베 미츠루야. 잘 부탁해."

"어, 미츠루 선배?! 어째서?!"

시로쿠사가 가장 먼저 반응했다.

그러고 보니 아베 선배와 시로쿠사는 옛날부터 가족 단위로 알고 지내는 남매 같은 사이라고 했던가.

"그게, 우리 아버지가 광고 연구회 출신이었거든. 이 학교에 합격한 뒤에 광고 연구회 사람에게 연락을 해봤더니 놀러 오라고 해서 말이야. 이미 저번 달부터 얼굴을 내밀고 있어."

"그랬구나."

으음, 좀 떨떠름한데.

시로쿠사가 아베 선배와 사귀는 사이였다고 한 건 거짓말……이라고 본인에게도 들었지만 역시 친밀한 모습을 보니 마음속이 술렁였다.

다만 그래도 시간이 흘러서 냉정해진 걸까. 사귀는 분위기가 아니라는 건 알 수 있었다. 자세히 보고 있으니 들었던 대로 남매 같은 느낌이었다.

"……하아. 왜 이런 곳에서 이런 인간과 만나야 하는 건지."

테츠히코가 매몰차게 중얼거렸다. 운수가 꽝이라는 듯한 말투였다.

"박정하기는. 너희가 온다길래 내가 안내역을 자처했는걸?"

"……성가셔 죽겠네."

테츠히코의 대응이 장난 아니었다. 나도 아베 선배를 좋아하지는 않지만 일단은 선배여서 저렇게까지 막말하지는 않는다.

그러던 테츠히코가 돌연히 무슨 생각을 했는지 퍼뜩 고개를 들었다.

"……아니, 잠깐만. 설마 이번 의뢰는——."

아베 선배는 테츠히코의 예의 없는 태도에도 변함없이 웃는 얼굴이었다.

"그래, 맞아. 광고 연구회 분들이 곤란해 하시길래 내가 군청 동맹에 의뢰해보는 건 어떠냐고 제안했어. 그랬더니 뜻밖에도 찬동해주셨거든."

"설마 NODOKA 씨가 마리아에게 연락한 것도——."

"맞아, 원래는 내 생각이었어. 병원에 계신 NODOKA 씨도 모모사카 양이라면 맡길 수 있다고 메시지를 주셔서 군청 동맹에 의뢰한다는 이야기가 바로바로 움직이게 된 거야."

테츠히코가 들으라는 듯이 혀를 찼다.

"칫, 알았으면 받아들이지 않았을 텐데……."

"그럴 것 같아서 내 이름을 말하지 않고 의뢰한 거야. 처음에는 나를 통해 의뢰하자는 이야기도 나왔었거든. 예상이 맞은 듯해서 다행이야."

"정말이지 매번 그렇게——."

"또 네 패배한 얼굴을 보게 되다니 뭔가 득을 본 기분인걸."

……응? 어라?

뭔가 테츠히코와 아베 선배가 친해 보인다고 할까…… 잘 아는 사이인가?

나는 테츠히코를 팔꿈치로 찔렀다.

"야, 테츠히코. 너 어느새 아베 선배와 친해진 거야?"
"안 친하거든?!"
"아니, 그렇잖아."
"나는 스토킹을 당해서 곤란한 피해자라고!"
"엥? 스토킹?"
나는 아베 선배의 얼굴을 살펴보았다.
변함없이 생글거리며 웃고 있는 산뜻한 미남이다.
으윽…… 보기만 해도 자신의 용모가 얼마나 추한지를 알게 되는 것 같아서 열등감에 빠진다만……!
"가끔 이야기를 나누는 정도인데 카이 군은 솔직하지 못한 성격이니까."
"그런 수준이 아니라고 생각하거든요?!"
테츠히코의 비난을 가볍게 흘려넘긴 아베 선배가 나를 보았다.
"오랜만이야, 마루 군. 학교 축제 이후로 처음 보지?"
"그, 그렇죠."
이런, 이 사람 뭔가 좀 불편한데…….
그렇지 않아도 미남이라 질투심이 샘솟는데,
'요컨대 너는 도망친 거구나.'
'그건 너를 증오하니까.'
이랬던 인상이 너무 강해서 나도 모르게 저자세가 된다.
"저, 저기…… 사정은…… 카이 군과 시로쿠사에게 들었지……?"

내가 노골적으로 난감해하고 있어서인지 아베 선배가 허둥댔다.

"그, 그렇네요, 축제 때 있었던 일련의 일은 일단 들었어요……."

"그, 그럼 재회를 기념해서 악수라도 어때……? 사실 나는 옛날부터 네 팬이었는데……."

주저하면서 내민 손이 나에게는 함정처럼 느껴졌다.

그래서 나는 스르륵 물러나서 쿠로하의 등 뒤에 숨었다.

"마, 마루 군……?!"

"저기…… 제가 해도 되는 말인지는 모르겠는데 하루는 꽤 담아두는 구석이 있어서요……. 아마도 아베 선배님을 불편하게 느낄 거예요."

역시 나를 잘 안다.

나는 쿠로하 뒤로 몸의 반을 숨긴 채 고개를 주억거렸다.

"어, 어어…… 그, 그렇구나……."

아베 선배는 진심으로 충격을 받은 것처럼 보였다. 적어도 평소의 산뜻하고 잘생긴 얼굴이 어두워질 정도로는.

그렇지만―― 금방 평소의 웃는 얼굴로 돌아와서 말했다.

"그래도 그 뒤로 네가 다시 활약해주고 있으니까. 그 모습을 볼 수 있으니 후회는 하지 않아."

나는 테츠히코에게 다가가서 속삭였다.

"야, 테츠히코. 저 선배, 사람이 너무 좋아서 무섭다만."

"역서 너도 똑같은 감상이냐. 저 정도 수준이면 수상쩍단 말이지."
"네가 할 말이냐. 수상쩍은 거로 치면 너도 지지 않는다고."
"나는 자각하고 있으니까 괜찮다고. 하지만 저 사람은 인간미가 안 느껴질 정도로 수상쩍다고 할까."
"아~ 무슨 말인지 알겠어. 진짜로 위험해 보인다고 할까."
"그래, 그거야."
"얘들아, 전부 들리거든?"
아베 선배가 생긋 웃으며 지적했다.
똑같이 생긋 웃는데 쿠로하에게서 보이는 어둠의 오라는 전혀 없었다.
그래서 나와 테츠히코는――.
"봤냐, 스에하루. 역시 위험해 보이지?"
"그래, 이런 소릴 듣고 화도 내지 않다니 소름 돋잖아……."
질겁하고 있었다.
쿠로하가 손으로 이마를 짚었다.
"두 사람도 참……. 그래도 선배님인데……."
"스에하루 오빠도 테츠히코 선배님도 음지를 편하게 느낄 것 같으니까요. 밝게 빛날 것 같은 사람을 불편해하는 건 이해가 되기도 해요."
"표현이 절묘하네요, 모모치. 테츠 선배는 딱 봐도 어둠 속성이고 슨배님도 꽤 열등감이 강해서 반의 중심이 될 타입은 아니니까 말이죠~."
마리아와 레나가 아주 신이 났다. 최근에 이렇게 둘이서 이야기를 나눌 때가 많단 말이지.

"……얌마, 1학년 콤비. 특히 레나. 내가 열등감이 강하다는 게 무슨 말이야."

"예? 말 그대로의 의미인데요? 설마 슨배님, 자각이 없으셨어요? 아니, 그건 진짜로 위험한데요. 슨배님은 잘생긴 사람을 볼 때마다 풀이 죽잖아요. 보는 사람이 낯부끄러워질 정도라고요."

나는 반들반들한 레나의 뺨을 꼬집고 잡아당겼다.

"으흠~ 그런 말을 하는 건 이 주둥이냐~?"

"후배를 괴롭히는 것도 열등감의 발로라고요~!"

정말이지, 레나는 여전히 교육이 필요해 보인다.

그리고 가장 아베 선배를 잘 알고 있을 시로쿠사는——.

"이렇게 즐거워하는 미츠루 선배는 처음 보는 것 같은데……."

그런 아리송한 말을 중얼거리고 있었다.

*

아베 선배가 안내한 곳은 교내에 있는 극장이었다.

좌석 수는 200. 연극뿐만이 아니라 영화 상영과 댄스 공연, 콘서트에도 사용되는 모양이었다.

지금은 무대에서 댄스 동아리가 연습하고 있었다.

"저쪽에 있는 사람들이 광고 연구회와 차선의 사람들이야. 그럼 난 이쯤에서."

그렇게 말하며 아베 선배가 등을 돌렸다.

"엥? 안내만 하고 돌아가세요?"

너무 뜻밖이어서 나도 모르게 목소리를 높이자 아베 선배가 아쉽다는 듯이 어깨를 움츠렸다.

"할 수 있으면 연습까지 보고 싶은데 오늘은 드라마 촬영이 있어서 실은 시간이 빠듯하거든."

"그럼 왜 안내를 해주신 건데요?"

"너희와 이야기를 나눌 기회는 좀처럼 없으니까. 사정해서 내가 맡은 거야."

"야, 테츠히코. 이 선배 역시 너무 사람 좋은 티를 내서 소름 돋는데."

"완전히 동감이야."

아베 선배는 쓴웃음을 지었지만 금세 다시 생글거리면서 왔던 길을 홀로 되돌아갔다.

우리는 아베 선배가 알려준 대로 극장의 최후방에 모여 있는 사람들에게 말을 걸었다.

그러자 한 여성이 앞으로 나서며 우리에게 고개를 숙였다.

"아……안녕하세요…… 연극 동아리 차선의 대표고 연출 담당인 시마 라이사예요……."

장신의 여성이었다. 안경에 주근깨, 눈물점이 인상적이다.

뭔가 전체적으로 흐리멍덩한 인상이었다. 분명 언제 빗었는지 알 수 없는 부스스한 긴 머리카락 때문이겠지.

그리고 대단히 졸려 보였다. 머리가 휘청거린다.

"잘 부탁드려—— 쿨……."

아, 졸려 보인다 싶었더니 정말로 잠들었다.

옆에 있던 사람이 건드려서 시마 씨가 눈을 떴다.

"아, 죄송합니다. 밤낮이 바뀌어서요. 낮에 일어나 있을 때가 별로 없거든요……."

"그래서 생활이 되세요?!"

깜짝 놀랄 소리를 해서 나도 모르게 딴죽을 걸고 말았다만?!

"그렇지?"

"나도 해가 떠 있으면 몸이 안 움직인단 말이지……."

시마 씨 주위의 대학생들에게는 공감되는 이야기였던 모양이었다.

"대학생 너무 막 사는 거 아니냐고……."

"스에하루 오빠, 실은 어제 NODOKA 씨께서 메시지를 보내 주셨는데요……."

마리아가 내 소매를 잡아당겼다.

돌아보니 들이민 핸드폰 화면에 NODOKA 씨에게서 온 메시지가 표시되어 있었다.

『실은 내가 대표일 때와는 다르게 지금의 차선은 상당히 힘이 빠져있거든……. 정신을 차리게 해주려고 출연을 결정한 거야. 그런 탓에 이야기가 커져 버려서 내 대역을 적당한 사람에게 부탁할 수는 없었어…… 미안해. 모모사카 양과 마루 군이 하고 싶은 대로 해도 되니까 연상이라는 건 신경 쓰지 말고 마음대로 해.』

나와 마리아는 말없이 시마 씨와 다른 대학생들을 바라보았다.

"어디 보자, 대본…… 어라? 내 대본 어딨어? 요정님, 빨리 가지고 와줘~."

"…………."

"…………."

"아, 가방에 있었어! 죄송해요, 낮에는 영 머리가 돌아가지 않아서…… 쿨."

"……힘내자, 모모."

"……예."

꼬락서니가 너무 심해서 반대로 나와 마리아는 기합이 들어갔다.

"아앗~! 군청 동맹 멤버가 모여 있어!"

갑작스러운 목소리에 나는 어깨를 움츠렸다.

목소리를 낸 건 방금까지 무대에서 연습하고 있던 댄스 동아리의 여성이었다. 연습을 끝내고 홀에서 나가려던 참에 우리를 발견한 모양이었다.

"뭐? 진짜?!"

"아, 정말이네! 와~!"

어느새 이 정도로 우리의 지명도가 올라간 건가…….

조회수가 순조롭게 올라가고 있다는 이야기는 테츠히코에게 들었지만 댓글을 읽는 게 무서워서 영상 자체는 보러 간 적이 없었다.

그러고 보니 텔레비전 방송 때도 그랬던가. 평소처럼 눈앞의 연기에 매진했더니 학교에서 소란이 일었던 적도 있었지.

"시다 귀여워!"

"카치의 몸매가 장난 아니야!"

"마리아 세상에서 가장 귀여워!"

"야야, 이대로 괜찮은 거야……?"

극장에 대기하고 있던 다른 동아리에도 소란이 전염되었다.

이대로는 연습을 할 수 없을 것 같았다. 우선 대기실로 피난하는 편이 낫지 않을까 싶은데…….

그렇게 제안하려던 순간 시마 씨의 등 뒤에 있던 가벼워 보이는 대학생들이 보디가드처럼 우리를 둘러쌌다.

"거기까지! 군청 동맹이 있는 건 극비 사항이야! 사진도 금지! 만약 정식 발표가 있기 전에 정보가 유출되면 광고 연구회 쪽에서 항의할 거니까 그렇게 알아!"

아…… 가벼워 보이는 분위기의 사람들이 있다 싶었더니 광고 연구회 사람들인가. 쿠로하를 꼬셨다고 해서 걱정했는데 이렇게 제대로 행동해주는 모습을 보니 믿음직스러운걸.

"특히 군청 동맹의 여성진에게 실례되는 행동…… 예를 들어 꼬시려 들거나 장난치려고 하면 그 즉시 문제시할 테니까 각오하도록! 이걸 지키지 않으면 군청 동맹이 그만둔다고 하니까 협력해줘!"

좋아 좋아, 잘하는군. 확실하게 할 말을 해줬다.

덕분에 말을 붙여보려고 하던 남자 대학생들이 물러났다. 한숨을 내쉬거나 혀를 차는 등 행동은 제각각이었지만 충분히 억제된 듯했다.

"군청 동맹 여러분, 안심하세요! 이렇게 우리가 여러분들의 안전을 지켜드리겠습니다! 무슨 일이 있으면 언제든지 말해주세요!"

마지막에 하얀 치아를 반짝이는 모습은 뭔가 마음에 들지 않았지만 믿음직스러워 보이니 고맙기는 했다.

그때 불현듯 댄스 동아리의 여성이 다가와서 물었다.

"군청 동맹의 여자애들에게 말을 붙이면 안 된다는 건 알았는데 남자애들은 괜찮아?"

"그건 문제없음!"

"문제없는 거냐고!"

반사적으로 태클을 걸고 말았는데…… 확실히 그건 회의 때도 문제시되지 않았었군…….

"그러면 말을 붙여봐야지~."

말을 꺼낸 댄스 동아리의 여성이 나에게 다가왔다.

"와~ 정말로 마루야~! 실은 내 첫사랑이 차일드 스타의 뉴군이거든~."

"""……?!"""

"댄스 동아리에 들어온 것도 옛날에 뉴군 댄스를 연습하다가 댄스의 즐거움에 눈을 떴기 때문이고~."

다가온 여성은 춤을 추는 것도 있어서 스포티한 차림이었다. 거기에 대학생답게 색기가 가득했다.

"그, 그러세요…… 이거 영광이네요……."
나는 여성이 뿌리는 색기에 매료되어 깨닫지 못하고 있었다.
쿠로하, 시로쿠사, 마리아가 무서운 눈으로 보고 있다는 사실을.
"아, 치사해~! 나도 마루와 이야기하고 싶은데!"
"있잖아, 누나랑 잠깐 놀지 않을래? 좋은 걸 해줄 테니까!"
"뭐어~? 좋은 거라면 내가 잔뜩 해줄 건데~? 가슴은 내가 더 크고."
"그런 거라면 나는 사람들 앞에서 말하지 못할 걸 해줄 건데?"
"비겁해!"
역시 연상의 누님들…… 적극성, 색기, 정신적 여유—— 훌륭하다.
이러면 매일 놀러 오고 싶어지잖아——.
그렇게 생각하던 때였다.

"……하루."
"……스짱."
"……스에하루 오빠."

등 뒤에서 날아온 얼어붙는 파동에 나는 등줄기를 폈다.
……돌아보면 죽는다.
그렇게 생각한 나는 도움을 청하려고 테츠히코를 찾았다.
시선 가장자리에서 발견하고 목소리를 높였다.

"야, 테츠히――."

그렇지만 나는 거기서 말을 멈췄다.

"테츠 군~ 다음에 한잔하지 않을래?"

"저 미성년자인데요? 우롱차라도 괜찮다면요. 누나는 술 드셔도 돼요. 실은 제가 술 취한 사람을 끝내주게 잘 돌보거든요. 그러니까 마음껏 드세요."

"반대로 안심 못 할 소리잖아~. 너 날라리지?"

"자주 그런 말을 듣는데 어째서인지 아니라고 해도 믿어주지 않는단 말이죠~. 그러니 한 번 같이 놀아보실래요? 그러면 정말로 제가 날라리인지 알 수 있잖아요."

"되게 능숙한데 여자애들을 몇 명이나 울려본 거야?"

"기쁨의 눈물이라는 의미라면 셀 수 없을 정도네요. 뭐하시면 기쁨의 눈물을 흘리는 새로운 한 사람이 되어보실래요?"

"와~ 그런 농담을 표정 하나 안 바꾸고 말하는 거야? 후훗, 좀 흥미가 생기는데?"

"그럼 명함 드릴 테니 연락하세요."

"나, 나도 줘!"

"나도!"

"……………………………………………………………………………………………………."

나는 멍하니 테츠히코와 주위의 누님들을 바라보았다.

테츠히코의 주변에 있는 여자들의 숫자는 나보다 두 배 정도 많아 보였다.

……이상한데…… 나도 한때는 국민 아역이라고 불렸었는데…….

거기에 뭐야?! 저 주위의 반응은?! 말을 붙인 시점에서 반절은 넘어가지 않았나?!

"…………하아."

나도 모르게 한숨이 나왔다.

그러자 내 어깨를 짚는 손이 있었다.

쿠로하였다.

"하루, 침울해하는 기분은 이해하는데 말이지. 그건 그렇다 치고 언니들에게 둘러싸여서 헤벌쭉한 것으로 할 이야기가 좀 있는데……."

"나는 할 이야기가 없는데 말이지……."

그렇게 말하며 도망가려고 했지만 어깨를 단단히 붙들려서 꿈쩍도 하지 못했다.

"안 돼☆"

"——용서해주세요."

엎드려서 용서를 빌며 옆을 보니 시로쿠사와 마리아가 혼잣말을 중얼거리고 있었다.

"스짱…… 앞으로 2년만 있으면 내가 더…… 이건 아니야……. 지금 시점에서도 내가 이기고 있을 터…… 그렇다면 해야 할 말은……."

"모모는 아직 성장기…… 모모는 아직 성장기……."

두 사람은 그대로 내버려 두는 편이 나을 것 같았다.

그렇게 쿠로하에게 들들 볶인 나는 시키는 대로 교섭했고 나를 꼬시는 행동도 금지하게 되었다.

참고로 테츠히코는 금지되지 않았다. 나 운다?

"저기, 모처럼 무대를 쓸 수 있는 시간이니 연습을 할까요?"

시마 씨가 그렇게 말했다.

아, 이 사람도 일단은 대표라는 자각은 있었던 모양이다. 아무리 그래도 그런 말을 입 밖에 내며 지적할 수는 없었지만.

연출 담당이기도 한 시마 씨는 무대 도구와 조명, 음향 체크를 시작하도록 지시를 내리기 시작했다.

"그럼 대본 리딩을 하면서 장면마다 무대 도구의 배치와 포지션을 설명할게요. 아, 그리고 시다 양과 카치 양도 연기를 해본다고 하셨죠?"

"예."

테츠히코가 고개를 끄덕이며 대답했다.

"야, 테츠히코. 넌 배역 안 맡냐?"

"왕자역 말고 제대로 된 남자 배역은 왕자의 아버지인 왕이나 인어공주의 아버지 정도니까. 엑스트라로 병사역을 맡아서 서 있을 바에는 안 하는 게 낫지."

"뭐, 누구 한 명은 서포트를 해줬으면 하니까 고맙기는 한데."

테츠히코가 시마 씨에게 물었다.

"시다와 카치는 무슨 배역으로 하실 건데요?"

"시녀와 인어공주의 언니를 해보시겠어요? 뭐, 어려울 것 같으면 저희 멤버가 할 테니까 연습에 참가해서 출연할지 어떨지를 판단해주세요."

으음, 보통은 배역을 가지고 경쟁하는 법인데…… 아무리 우리가 손님이라고는 해도 역시 느슨한 느낌이 있는걸……. 도우미 입장으로서는 편한 면도 꽤 있으니까 상관은 없지만.

"그럼 일단 무대로 다 올라와서 자기소개를 해주시겠어요?"

시마 씨의 말에 차례차례 무대 위로 올라갔다.

모두가 빙 둘러섰고 중심에 시마 씨가 섰다.

"그럼 먼저 자기소개를——."

그렇게 말하며 시마 씨가 차선의 연기자분을 부르려고 했을 때였다.

'그 인간' 이 나타났다.

"——오, 마침 좋은 타이밍이었나 보네."

오싹, 하고 온몸에 닭살이 돋았다.

목소리 자체는 괜찮은데 한 번 들으면 잊을 수 없는 능글맞은 발음. 순간적으로 안 좋은 기억이 뇌리에 되살아나서 생리적인 혐오가 육체를 가로질렀다.

그 인간은 관객석의 중앙 통로로 걸어왔다.

여전히 취향이 의심되는 보랏빛 셔츠와 뾰족구두. 중년 호스트로밖에 보이지 않는 그 용모는 단정함에도 수상쩍었다.

"하디 슌……."

이전에는 저자세였던 나도 이제는 아첨할 생각이 들지 않았다.

CF 승부 때는 나도 감정적으로 와인을 끼얹은 과실이 있었지만 그 뒤에 다큐멘터리를 만들게 되었을 때는 저 인간이 음모를 꾸몄었다. 그래서 얼굴을 마주하는 것도 사양하고 싶었다.

"이건 또 뭐야…… 이런 곳에 무슨 용건인데…… 죽고 싶냐……?"

통로의 정면에 서서 슌 사장의 앞길을 막아선 건 테츠히코였다.

행동도 무섭지만 무엇보다도 표정이 장난 아니었다. 저번에 나에게 진심으로 화났을 때…… 아니, 그때 이상으로 무서웠다. 농담이 아니라 당장에라도 죽일 듯한 눈초리였다.

"……비켜라, 쓰레기."

슌 사장 쪽도 살의를 감추려고 하지 않았다. 감정이 담기지 않은 눈을 가늘게 좁혔다.

"그건 이쪽이 할 말이라고, 쓰레기야."

"어른에 대한 예의를 전혀 배우지 못했나 보군."

"공교롭게도 제대로 된 부모가 없어서 말이지."

"그렇군, 쓰레기다운 말이야."

……이거 진짜로 위험한데.

이전에 사무소에 찾아갔을 때도 이 두 사람은 적대하고 있었고 심상치 않은 분위기였다. 다만 그때는 마리아가 자연스럽게 CF 승부의 제안을 해줘서 이 정도로 맞부딪치는 일은 없었는데 —— 지금은 완전히 정면에서 대립하고 있었다.

"야, 테츠히코. 진정 좀 해."

나는 테츠히코의 어깨를 잡아당겼다.

이렇게 보니 테츠히코와 슌 사장은 좀 닮은 것 같은데. 키도 거의 같고 생김새도 어딘가…….

아니, 그런 생각을 할 때가 아니다. 싸움을 말려야 한다.

"이곳에 온 이유도 듣지 못했는데 싸움부터 해서 어쩌자는 거야."

"너도 이 인간에게 당한 게 있잖아."

"그야 그렇긴 한데……."

그런 대화를 하고 있으니 슌 사장이 내 쪽을 보았다.

"안녕, 마루야. 오랜만이야. 잘 지냈어?"

설마 저쪽에서 먼저 말을 붙일 줄은 몰라서 나는 흠칫하고 말았다.

"예, 뭐……."

"또 언제라도 사무소에 놀러 와. 와인 잔은 조심히 들어줬으면 하지만."

"윽――."

본인이 먼저 그 이야기를 꺼낼 줄이야―― 선공을 빼앗긴 느낌이었다.

여전히 능글맞아서 좋아질 것 같지는 않았지만 상상 이상으로 수완이 좋을지도 모르겠다.

"모모사카도 오랜만이야. 너도 언제라도 놀러 와."

"말씀은 감사하네요, 슌 사장님☆"

마리아가 생긋 미소 지으며 대답했다.

그러나 그 생긋은 '뻔뻔하기 짝이 없는 소리를 하시는구만, 이 자식이' 라는 빈정거림이 섞인 미소였다. 그 증거로 마리아의 등 뒤에서 분노의 오라가 엿보였다.

"모모의 부모님과 관련된 증거 영상은 찾으셨나요?"

"아~ 찾고는 있는데 말이지. 실은 아직 찾아내지 못했어. 미안한걸."

"되도록 빨리 찾아주세요. 전에 스에하루 오빠의 과거가 주간지에 게재된 일도 있었으니 행동으로 보여주셨으면 하거든요."

"어라라, 모모사카. 무슨 루머를 들은 거야? 마루의 과거와 관련된 일과 나는 전혀 관계가 없는데?"

"그런 식으로 말씀하시는 건가요……. 곤란하네요. 너무 속보이는 연기는 배우로서 간과할 수 없는데 말이죠."

"나도 한 사람의 프로듀서로서 생트집을 잡으면 가만히 있을 수는 없어. 곤란한 건 이쪽이거든."

두 사람 모두 표면적으로는 웃는 얼굴이었다. 그러나 불꽃이 튀고 있다는 건 누가 보아도 명백했다.

"프로듀서님, 싸움은 좋지 않아요!"

뒤에 있던 모자를 깊게 눌러쓴 작은 소녀가 슌 사장에게 한마디 했다.

이 애는 뭐지?

이 상황에서 말을 붙이는 것만으로도 놀라운 일인데 딸과 아버지 정도로 나이 차이가 있을 슌 사장을 나무라다니—— 상상도 하지 못한 광경이었다.
거기에 목소리가 귀여워서 놀랐다. 혹시 하디 프로에 소속된 성우인가?
슌 사장은 어깨를 으쓱이더니 소녀에게서 도망치듯이 걸음을 뗐다.
"비켜."
막아선 테츠히코를 슌 사장이 억지로 밀쳐냈다.
테츠히코가 또다시 격분했다.
"이 자식이!"
"죄송해요!"
또다시 소녀가 끼어들었다. 폭발할 듯한 테츠히코를 앞에 두고도 소녀는 조금도 당황하지 않았다.
"프로듀서님은 좀 싫은 구석이 있죠?"
"……뭐? 넌 뭐야…… 응?"
무언가를 깨달았는지 돌연히 테츠히코가 눈을 부릅뜨며 굳었다.
"히나도 심하다고 생각할 때가 많아요. 강압적인 데다가 밉살스럽고 취향도 별로니까요."
"……갑자기 무슨 말이니, 히나 양?"
사정없는 말에 슌 사장이 뗐던 걸음을 멈추고 돌아보았다.
이 애가 끼어든 뒤로 분위기가 일변했다.
신기한 애였다. 겁도 없고…… 태평한 건가?
"프로듀서님은 능력은 있지만 성격이 안 좋으세요……. 히나도 깨달을 때마다 화내고 있지만 말이죠. 듣고 계세요, 프로듀서님? 사람이 싫어할 말을 하는 건 좋지 않다고 생각해요!"

소녀가 뺨을 부풀리며 귀엽게 화를 냈다.

"아니야, 히나 양. 약점을 노리는 건 옛날부터 이어져 온 싸움의 상식이거든."

"그렇다고 해도 할 말과 못 할 말이 있다고 생각해요! 정말이지…… 히나는 흥칫뿡이에요! 비꼬는 건 아슬아슬하게 허용되지만 심한 말은 절대로 '떽!' 이에요! 은혜가 있는 프로듀서님이시지만 그 부분만큼은 확실하게 지켜주세요!"

"이거 참. 그래, 알았어."

신기했다. 이 애는 슌 사장에게 당당히 말할 수 있는 자격을 가지고 있다―― 그런 예감이 드는 무언가가 있었다.

기세가 꺾인 거겠지. 슌 사장이 무대로 와도 테츠히코는 뒤쫓지 않았다.

"친애하는 광고 연구회 제군. 연구회 출신인 하디 슈이야. 갑작스러운 방문인데 괜찮을까?"

광고 연구회의 대표로 보이는 남자 대학생이 아! 하고 목소리를 높였다.

"혹시 하디 프로의 사장님이신……?"

"맞아. 자주 찾아오지도 않으면서 실례가 될까 싶었는데."

"별말씀을요! 매년 미스콘 때는 여러모로 지원해주셔서 감사합니다!"

"뭘, 선배이자 연예계에서 일하는 사람으로서 당연한 거야."

"감사합니다! 그런데 오늘 갑자기 오신 이유는……."

"아, 맞다. 실은 NODOKA 씨의 급환으로 예정되어있던 연극이 곤란한 상황이라고 들어서 말이지."

"……?!"

나를 포함한 군청 동맹 멤버의 몸이 경직되었다.

슌 사장은 그런 우리를 보고 과장된 제스처로 말했다.

"그런데 우연히…… 그래, 정말로 우연인데 이 애의 스케줄이 조금 비었거든. 도와줄 수 있을 것 같다는 생각이 들어서 데리고 온 거야."

"이 애……?"

시선이 옆에 있는 소녀에게 모여들었다.

"벗어도 돼."

"예, 프로듀서님."

소녀가 모자를 벗었다.

그저 그것만으로 극장 안이 놀람과 절규로 가득 찼다.

"아…… 아아아아아아아아아아앗!"

"보, 본인이야?! 진짜로?!"

"히, 히나키?!"

"이게 꿈이라면 깨고 싶지 않아……."

빛을 받아 반짝이는 금색 머리칼. 빨려 들어갈 듯한 아이스블루의 눈. 아름다운 윤곽을 그리는 콧대. 수수한 옷을 입고 있는데도 아이돌 스타의 빛은 변함없었다. 오히려 이런 복장도 어울린다고 말하고 싶어지는 듯한 매력으로 가득했다.

그렇게 최대한 냉정한 척 분석했지만 실은 나는——.

"저기…… 누구야?"

누군지 잘 몰랐다.

"스짱, 진짜로 몰라?!"

뜻밖에도 시로쿠사가 흥분해서 나에게 말했다.

"니지우치 키르스티 히나기쿠! 현재 넘버원 아이돌이야! '혼혈 요정' 이라거나 '오랜만에 등장한 지고의 솔로 아이돌' 이라고 불리고 있어! 게다가 그저 귀엽기만 한 게 아니라 노래도 댄스도 잘하는 실력파야!"

"아, 아~ 어디선가 본 적이 있다 싶었어."

"하루는 사실상 은퇴하게 된 뒤로 텔레비전을 그다지 보지 않게 되었거든."

쿠로하가 사정을 설명해줬다.

"드라마, 노래, 댄스, 영화…… 이쪽은 안 좋은 기억이 되살아나서 나도 모르게 피하는 게 버릇이 되었어. 아, 그래도 예능은 봤어. 그리고 모모가 나온 방송만은 예외적으로 체크했었고."

"스에하루 오빠……."

마리아가 반짝이는 시선으로 바라보았다.

윽…… 뭔가 미안한데. 실은 마리아의 동향을 바쁠 때나 컨디션이 별로일 때는 체크하지 않았었다.

쿠로하가 시로쿠사를 빤히 보았다.

"카치 양, 묘하게 반응이 좋은데……. 혹시…… 이 애의 팬이야?"

시로쿠사가 몸을 움찔했다.

그렇지만 금세 의연한 표정으로 고개를 들더니 고개를 갸웃거리며 기다란 검은 머리칼을 가볍게 쓰다듬었다.

"어머나, 시다 양. 이상한 소리를 다 하네? 내가? 연하를? 그것도 아이돌의 팬? 설마 그럴 리가——."

바로 옆에서 듣고 있던 히나가 조금 풀이 죽은 표정으로 야무지게 미소 지었다.

"아, 그러시군요. 유감이에요. 히나는 시로쿠사 씨의 품위 있는 분위기를 좋아해서 만나서 기뻤는데……."

"히나키가 나를 알아?!"

시로쿠사가 눈을 크게 뜨며 히나에게 달려갔다.

"미안, 미안해! 거짓말이야! 사실은 히나키의 왕팬인데 조금 허세를 부려 봤어! 용서해줘!"

시로쿠사는 여전히 허당 같단 말이지…….

"그러셨군요! 그렇게 말씀해주시니 기뻐요!"

히나의 꾸밈없는 웃음에 시로쿠사의 얼굴이 자연스럽게 풀어졌다.

"그, 그건 그렇고 나는 어떻게 알아……?"

"잡지에서 화보를 찍은 적이 있는 아쿠타미상 작가는 시로쿠사 씨밖에 없을걸요. 거기에 군청 채널을 좋아해서 영상을 전부 보았어요."

넘버원 아이돌에게까지 알려졌다니 생시인가.

"와, 군청 채널이 엄청나게 퍼진 것 같은데, 테츠히코?"

"리서치를 해보니 10대에게 인기였어. 히나도 10대니까 취향에 딱 맞았겠지."

으음, 뭔가 균청 채널이 내 상상을 넘어선 수준이 되어가는 느낌인데…… 뭐, 잘나간다는 건 나쁜 일이 아니니까 상관은 없나.

"애, 10대라는 건 알겠는데…… 몇 살이야?"

이름으로 봐서 혼혈이라는 건 알겠다. 하지만 그렇기에 연령을 짐작할 수 없었다.

마리아와 비슷한 신장인데 팔다리가 길었고 풍만한 가슴과 잘록한 허리는 일본인과는 많이 달랐다. 얼굴이 상당히 동안이고 언동이 어려 보여서 처음에는 아오이와 아카네 정도의 연령이라고 생각했는데 그런 것치고는 몸매가 너무 좋았다.

테츠히코가 가볍게 말을 걸었다.

"히나 너 말인데, 열다섯이었던가?"

"맞아요. 학년으로 말하면 중3이고요."

"그렇다는데?"

"어떻게 처음 만나는 톱아이돌에게 친구처럼 말을 거냐? 감동스러울 정도로 강철 멘탈이구만."

시로쿠사가 그렇게 특별 취급하던 애라고! 보통은 좀 더 주저하지 않아?

내가 너무나도 범상치 않은 테츠히코를 보고 한숨을 내쉬고 있으니 히나가 나를 치뜬 눈으로 올려다보았다.

"저기요?"

"어, 나?!"

"예."

히나가 나를 보며 생긋 웃었다.

나는 직감적으로 확신했다.

'아, 얘 천사다…….'

아오이도 천사지만 아오이는 조심스럽고 상냥한 치유계 동양풍 천사.

히나는 머리 위에 고리가 있고 날개가 나 있는 천진난만한 서양풍 천사.

다만 마음속으로 생각할 때는 아오이와 구별하고 싶고 히나는 '혼혈 요정' 이라는 별명도 있으니 요정으로 정했다.

"마침내 만났네요, 마루 스에하루 씨. 히나는 옛날부터 당신과 만나보고 싶었어요."

"나를 아는구나, 고마워…… 응? 옛날부터?"

"예! 히나가 데뷔한 건 선배님이 사라지신 뒤였지만 줄곧 목표로 삼아왔어요! 선배님은 많은 현장에서 전설을 남기셔서 이름을 자주 들었거든요…… 아, 히나가 마음대로 선배님이라고 불러버렸는데 괜찮을까요?"

"그래, 괜찮아. 나도 히나면 될까?"

"예! 잘 부탁드릴게요, 선배님~!"

와, 얘 대단한데!

나는 굳이 어느 쪽이냐고 하면 귀여운 스타일보다 미인 스타일에 약한데 이 애의 '선배님~!' 은 가슴을 자극하는 게 있었다. 아양 떠는 듯한 애교 섞인 말투가 가슴 안쪽을 간지럽혔다.

마리아도 적극적으로 애교를 부리기는 하지만 마리아는 말의 곳곳에서 계산이 느껴진다. 야구로 예를 들면 제구력과 변화구로 승부하는 타입이다.

하지만 히나는 직구였다. 순수함 100퍼센트로 호의를 보내서 그 엄청난 강속구에 압도되는 부분마저도 있었다.

쿠로하네 집과 가족 단위로 알고 지내는 덕분에 연하의 여자애에게 면역이 있는 나이기에 평상심을 유지하고 있지만…… 세상 남자들이 홀딱 빠지는 것도 당연했다.

"크흠!"

들으라는 듯한 헛기침이었다.

이런 노골적인 행동을 할 만한 사람은 이 자리에서 단 한 명뿐이었다.

"히나 양, 슬슬 내가 말해도 될까? 시간은 한정적이거든."

"예~! 그럼 스에하루 선배님, 나중에 시간 날 때 느긋하게 이야기를 들려주세요!"

그렇게 말하며 히나가 발랄하게 슌 사장 옆으로 이동했다.

슌 사장은 과장된 몸짓으로 머리카락을 쓸어넘기고는 이 자리에 있는 일동을 향해 말했다.

"더 설명할 필요는 없어 보이는걸. 이 애는 내가 찾아내서 키운 아이돌인데…… 아까도 말했다시피 스케줄이 조금 비었거든. 그래서 제안하는 건데 이 애── 니지우치 키르스티 히나기쿠를 NODOKA 씨 대신 인어공주역으로 써주지 않겠어?"

그 한마디에 또다시 극장 안이 놀란 목소리로 가득 찼다.

"어……? 어어어어엉?!"

"나는 원래 히나 양을 아이돌만이 아니라 배우로서도 활약시키고 싶었거든. 연극 경험은 없지만 예전부터 연습은 시키고 있었지. 나도 슬슬 이 애를 연극 무대에 세우고 싶어. 서로에게 메리트가 있는 이야기라고 생각하는데 어때?"

……그렇군. 슌 사장은 군청 동맹의 일을 빼앗으러 온 건가.

히나는 톱아이돌이다. 지명도, 인기 모두 압도적으로 위였다. 히나가 하겠다고 나서면 군청 동맹의 자리가 사라지는 건 필연적이었다. 여전히 추잡하게 나오는걸.

이 발언에 바로 반응한 건 광고 연구회 멤버였다.

"오오오오오오, 최고잖아!"

"그럴게요! 그렇게 할게요! 부탁드리겠습니다!"

"이거면 군청 동맹과 비교가 안 될 정도로 화제가 될 거라고!"

"그렇지?!"

나는 싸늘한 눈으로 그들을 바라보았다.

"어라…… 이 사람들 몇 분 전만 해도 '무슨 일이 있으면 언제든지 말해주세요!' 하고 말하지 않았었나……."

뭐, 심정은 이해한다. 그야 히나가 나선다면 우리가 있던 건 감쪽같이 잊고 부탁하고 싶어지겠지…….

"저기요…… 잠시만요. 갑작스러운 이야기라서 놀랐는데요……."

느긋한 목소리를 낸 건 연극 동아리 차선의 대표인 시마 씨였다.

“그건 군청 동맹분들이 해주시기로 이야기가 되어 있어서 배역을 맡아주신다고 해도 난감한데요…….”

다행스럽게도 대학생 측에서 말해줬다. 우리 쪽에서 말하기에는 조금 힘든 말이어서 고마웠다.

“호오, 그런 이야기가 되었던 건가. 경합하게 되다니 곤란한걸…….”

슌 사장은 손으로 이마를 짚으며 과장되게 고개를 내저었다. 만약 이런 뻔히 보이는 연기를 무대 위에서 한다면 비난이 쇄도할 것이다.

“개인적으로는 그냥 다 귀찮아서 먼저 부탁드렸던 군청 동맹분들이 그대로 맡아주시면 편할 것 같은데 말이죠…….”

“자, 잠깐만, 시마 씨!”

광고 연구회 사람이 제지했다. 시마 씨를 에워싸고 설득하기 위해 ‘결론이 빨라’ 니 ‘히나 양이라면 여유롭게 만석이라고’ 등의 말을 열심히 쏟아냈다.

“아니…… 그래도…….”

“그래도, 가 아니라.”

“그러면 군청 동맹분들에게는 누가 설명할 건데요? 그쪽에서 해줄 거라면—— 쿨.”

“자지 마아아아!”

뭔가 콩트 같아졌는데…….

나는 어이없어하면서 마리아에게 귓속말했다.

“모모, 넌 어떻게 생각해?”

이 난입으로 가장 입장이 미묘해진 건 마리아였다.

문제가 된 인어공주역은 마리아가 맡기로 했었다. 마리아는 지금 배역을 빼앗기려는 상황이나 다름없었다.

"솔직히 말하면 배역을 양보하고 싶지는 않네요. 히나기쿠 씨가 넘버원 아이돌인 건 분명하지만 연기자로서의 실적은 모모쪽이 위에요. 아무리 지명도와 인기가 있다고 해도 문외한이 양보하라는데 '그러세요' 하고 웃으면서 대답할 수는 없는걸요."

"……그렇지? 하지만 저 사장의 성격을 생각하면 억지로 빼앗으려 들 텐데. 어쩔래?"

"저쪽에서 어떻게 나올지 조금만 더 지켜보도록 할까요. 그러고 나서도 대응할 수는 있을 테니까요."

"그래."

짧게 상의한 뒤에 우리는 슌 사장을 눈여겨보았다.

슌 사장은 옥신각신하는 시마 씨와 광고 연구회의 모습을 가만히 지켜보고 있다가 흥분이 가라앉는 타이밍에 끼어들었다.

"그럼 이런 건 어떨까?"

주목이 모인 것을 확인하고 나서 슌 사장이 이야기했다.

"나는 좋은 생각인 것 같아서 제안한 건데 설마 군청 동맹 제군들이 이미 대역으로 움직이고 있을 줄은 몰랐어. 그렇다면 확실히 연출 담당의 말을 따르는 게 옳겠지. 먼저 의뢰를 받은 군청 동맹을 냉대해서는 안 되니까."

"그거 감사하네요."

나는 무감정하게 말했다.

방금 발언만 들으면 옳은 소리를 하는 것 같지만 이때까지 험한 꼴을 당한 경위가 있어서 동의할 생각이 전혀 들지 않았다.

"그렇지만 모처럼의 기회니까 광고 연구회 제군들은 히나 양의 연기가 보고 싶겠지?"

"물론이죠!"

이미 히나의 팬클럽처럼 변해있는 대학생들을 향해 슌 사장이 파충류 같은 웃음을 지었다.

"그럼 히나 양을—— 공주역으로 기용해주지 않겠어? 공주역은 인어공주만큼 대사가 많지는 않아도 중요한 역할이지. 공주역을 맡기로 한 애에게는 미안하지만 이거라면 군청 동맹을 존중할 수 있고 나로서도 히나 양을 연극 무대에 세운다는 목표를 달성할 수 있으니까."

"오오오오!"

광고 연구회 사람들이 환희했다.

"그렇네요!"

"하지만 공주역으로 괜찮으신가요? 히나 양이 인어공주를 맡고 모모사카 양이 공주를 맡는다는 방법도 있는데 말이죠."

슌 사장은 그 제안에 웃어 보였다.

"상관없어. 이쪽으로서는 나중에 끼어든 입장이니까. 거기에 히나 양은 아이돌로서는 성공했어도 연극에서는 신인이야. 연기자로서 이미 유명한 마루와 모모사카를 우선시해서 경의를 표하는 건 당연한 일이지."

"이렇게 관대하실 줄이야!"

"그렇게 말씀해주시니 감사합니다!"

"면목 없네요! 덕분에 정리가 되었습니다!"

슌 사장에게 절찬이 쏟아졌다.

그런 광경을 우리는 싸늘한 눈으로 보고 있었다.

"테츠히코, 어떻게 생각해?"

"……일을 빼앗을 생각인 줄 알았는데 합동 출연을 노린 건 좀 의외야."

"무슨 목적인 걸까."

"저 아이돌의 연기에 어지간히 자신이 있어서 함께 출연시킴으로써 너와 마리아의 자존심을 짓밟을 생각이라는 게 가장 있을 법한데."

"아…… 뭐, 무슨 노림수인지는 알겠는데…… 나도 마리아도 밑바닥에서부터 기어 올라온 타입이라고. 실패를 모르는 엘리트라면 몰라도 우리는 아무리 상대가 연기를 잘해도 자존심에 상처를 입지는 않는데."

"……그렇단 말이지."

우리의 대화에 귀를 기울이고 있던 쿠로하, 시로쿠사, 마리아도 고개를 끄덕였다.

"군청 동맹 여러분도 히나 양이 공주역이라면 문제없나요?"

"아, 예, 뭐……."

광고 연구회 사람이 물어서 나는 그렇게 대답할 수밖에 없었다.

히나의 인기와 지명도라면 운영 측에서 공연을 부탁하고 싶은 건 당연했다.

다만…… 슌 사장의 제안이라는 게 역시 수상쩍었다. 솔직히 거절하고 싶은 마음도 상당했다. 그렇지만 기대에 찬 운영 스태프를 납득시킬 수 있을 정도의 거절 사유가 우리에게는 없었다.

"……마음에 안 드는 전개인데."

테츠히코의 중얼거림은 우리 군청 동맹 멤버의 심정을 정확하게 표현하고 있는 듯한 말이었다.

누구도 반론하지 않았다. 요컨대 우리 중에 슌 사장의 제안을 거절할 정도의 이유를 가진 멤버가 없었다는 말이다.

부득이한 선택, 자연스러운 흐름, 당연한 배려—— 그러한 이유가 쌓여서 현재 상태가 되었다. 그게 대단히 꺼림칙한 느낌이었다. 상대의 진의가 보이지 않는 것도 기분 나쁜 일이다.

"그럼 합동 출연하는 거로 결정된 거지?"

슌 사장이 결론을 내렸다.

지켜보고 있던 주위 사람들이 떠들썩해졌다.

"맞다, 이참에 이 합동 출연을 승부 형식으로 하는 건 어떨까?"

그럴 줄 알았다고 생각했다.

군청 동맹 멤버들끼리 시선을 교환하며 서로 고개를 끄덕였다.

"아, 이것도 '우연히' 인데 나와 군청 동맹은 이전에 CF 승부로 겨룬 적이 한 번 있거든. 군청 동맹은 최근엔 클럽 활동과의 대결 기획을 하는 듯하니 그 일환으로써 승부를 겨뤄보면 더욱 흥이 올라서 재미있어지지 않을까?"

"오오오!"

이 제안에 주위 사람들은 당연히 호의적인 반응이었다.

"뭘 걸자는 건데?"

환영하는 분위기 속에서 무서울 정도로 차가운 테츠히코의 목소리가 울려 퍼졌다.

슌 사장은 코웃음 치며 뜸을 들이듯이 머리카락을 쓸어올렸다.

"그렇지…… 뭐, 합동 출연만으로도 화제성은 충분해. 그렇다면 이 '기적적인 합동 출연' 의 인터넷 공개 권한 정도면 어때?"

"……구체적으로 말해."

"군청 동맹이 이기면 군청 채널에서 이번 연극을 공개하고 내가 이기면 하디 프로의 공식 채널에서 공개하는 거야. 뭐, 영상은 광고 연구회와 차선 측에서도 공개하고 싶을 테니 그쪽에서 양보해준다는 게 전제지만."

의외인데. 솔직히 말해서 서로에게 마이너스는 없었다.

그야 군청 채널에서 연극을 공개하면 히나와 합동 출연인 만큼 무시무시한 조회수가 되어 상당한 광고 수입을 기대할 수 있을 것이다.

하지만 반대로 말하면 그뿐이었다. 이겨도 져도 공개되는 건 변함없었다.

지면 수입이 없어도 지출이 생기는 것도 아니었다. 우리는 딱히 생활을 위해 영상을 공개하고 있는 건 아니었기에 타격은 거의 없다고 할 수 있을 것이다.

타당한 내기였다. 아니, 오히려 너무 타당해서 무서웠다.

'어른스럽지 못하다는 소리를 듣고 싶지 않아서 슌 사장은 타당한 내기를 한 건가?'

그렇다고 해도 이 정도라면 구태여 톱아이돌을 데리고 온 이유를 잘 모르겠단 말이지.

광고 연구회와 차선의 멤버가 상의를 했다.

결론은 금방 나왔다.

"저희는 사장님의 제안에 이의는 없습니다."

"그래? 다행이네. 그럼 군청 동맹 제군의 의견은?"

우리는 조금 떨어져서 둥글게 모였다.

"상대의 생각을 알 수 없으니 나는 굳이 말하자면 반대야."

시로쿠사가 가장 먼저 입을 열었다.

"저 사람은 영 호감이 가지 않고 불길한 예감밖에 안 들어. 분명히 말해서 엮이고 싶지 않다는 게 내 감상이야."

"나도 카치 양의 의견에 찬성이야."

쿠로하가 살짝 손을 들었다.

"테츠히코 군은 광고 수입에 메리트를 느낄지도 모르지만…… 솔직히 보이지 않는 리스크를 취하는 쪽이 싫어. 하루는?"

"조건은 타당하다고 생각하고 개인적으로 승부라면 불타오르는데. 히나의 실력은 모르지만 만약 투표로 승패를 정한다면 압도적으로 지명도가 있는 히나가 유리해. 그걸 연기로 넘어서는 건 재미있을 것 같아. 물론 쿠로와 시로가 걱정하는 이유도 이해하니까 적극적으로 찬성하는 건 아니지만."

"연기 승부라면 승산은 있냐?"

테츠히코가 물었다.

"응? 그야 해보지 않으면 모르는 일이지만 연기력으로 승부라면 완패당할 생각은 없어. 나만 있는 것도 아니고 모모도 있으니까."

"뭐, 그렇겠지…… 그러면 투표의 설문을 '좋다고 생각한 쪽' 이 아니라 '좋은 연기라고 생각한 쪽' 으로 하면 되나……."

어라, 좀 예상 밖의 반응인데.

"테츠히코, 받아들일 생각이야? 네 성격상 '저딴 쓰레기 자식의 제안을 받아들이겠냐!' 하고 말할 줄 알았는데."

"함정이라는 건 알지만 있다는 걸 알고 있으면 어느 정도는 미연에 방지할 수 있으니까. 일부러 밟아서 함정째로 짓밟는 것도 즐거울 것 같지 않아?"

아~ 싫으니까 묵사발을 내놓고 싶다는 생각이구만. 그건 그것대로 테츠히코다웠다.

"모모도 테츠히코 선배님의 생각에 찬성해요."

조용하지만 힘 있는 어조였다.

"슌 사장님은 끈덕지니까요…… 저번에 스에하루 오빠를 공격한 것도 있고요. 함정이라는 것도 알지만 군청 동맹에 손을 대도 이기지 못한다는 걸 깨우치게 할 필요가 있지 않을까요?"

그렇구나. 이번 승부를 피해도 슌 사장이라면 또 집적대겠지.

나는 물어보았다.

"그럼 차라리 조건을 더해서 앞으로 두 번 다시 집적대지 말라는 식의 내용을 넣는 건 어때?"

"그건 소용없지."

테츠히코가 단번에 부정했다.

"왜? 좋은 생각 아니야?"

"두 번 다시 집적대지 말라니…… 야, 저 쓰레기 자식이라면 져도 '집적대다니 누가?' 라며 시치미를 뗄 뿐이라고. 각서라도 쓰게 하지 않으면 의미가 없어."

"아……."

그것도 그런가. 지금도 내 과거를 주간지가 보도한 일의 증거는 나오지 않았다. 증거를 확보하거나 각서를 받는 식으로 확실하게 해두지 않으면 시치미를 떼고 끝이었다.

"이번에는 대학생들을 비롯해서 우리 말고 다른 사람들이 많이 관여되어 있어. 각서까지 쓰며 전면전을 하는 건 무리라고. 그리고 노골적인 뒷공작도 서로 못해."

이 자식, 아무렇지도 않게 '서로' 라고 하는구만. 가능했다면 상대가 싫어할 짓을 할 생각으로 가득했잖아. 뭐, 그런 테츠히코니까 믿음직스러운 거지만.

"이야기를 정리하면 이 승부—— 찬성은 나, 스에하루, 마리아로 세 명. 3대2로 승부를 받아들이게 되는데 괜찮아?"

쿠로하와 시로쿠사는 내키지 않는다는 느낌으로 고개를 끄덕였다.

"테츠히코 군이 리더이기도 하고 주연 두 사람이 찬성한다면 나로서는 조심하라고 밖에 할 수 없으니까……."

"그러게. 나도 시다 양과 비슷한 의견이야."

"그럼—— 가결인 걸로."

테츠히코가 멤버들 사이에서 벗어났다.

"승부를 받아주지."

"그거 다행이군. 군청 동맹 제군에게 감사를 전하겠어."

"켁, 말도 참 짜증 나게 하는구만."

"흠, 폭언을 들어도 내 마음은 바다처럼 넓으니 이 자리에서는 용서해주겠어."

이 둘은 정말로 사이가 나빠 보인다. 그냥 사이가 안 좋다는 수준이 아니라 전생에 철천지원수였던 게 아닐까 싶을 정도로 천적이라고 할까. 언제 서로 죽자 살자 싸워도 이상하지 않은 분위기였다.

"참고로 니지우치 씨도 지금부터 있을 대본 리딩에 참가해주실 건가요?"

시마 씨가 묻자 히나가 폴짝 뛰었다.

"물론 참가할게요! 그리고 니지우치 씨가 아니라 편하게 히나라고 불러주세요! 다른 분들도요!"

거참, 귀엽구만!

역시 아이돌…… 오라가 차원이 다른데…….

천진난만한 오라에 분위기가 정화되었다. 대학생들도 그 귀여움과 반짝임에 이미 넋이 나갔다.

“합동 출연이 결정되어서 기뻐요, 선배님~! 정식으로 잘 부탁드릴게요!”

어느 사이엔가 히나가 바로 곁에 와 있었다.

얘는 아이돌인데도 거리감이 무척 가까웠다. 초등학교나 중학교에 이런 거리감인 애가 있다면 장난 아니게 인기가 많겠지…….

톱아이돌이 될 정도로 귀여운 애가 가볍게 스킨십을 한다니——잠시 상상만 해봐도 누구나가 착각해서 사랑에 빠질 게 분명했다.

다만 그렇다고는 해도 상대는 연하에 오늘 처음 보는 애였다. 거기에 대학생들이 완전히 넋이 나가 있으니 나는 반대로 냉정해져 있었다.

“그래, 나야말로 잘 부탁할게.”

“그나저나 다행이에요. 지금까지 분했었거든요.”

분위기가 조금 달라졌다.

천진난만함은 그대로였지만 조금 장난꾸러기 같은 분위기라고 할까. 순진함에서 비롯된 잔망스러움이 겉으로 드러났다.

“히나는 선배님보다 데뷔가 늦어서 지금까지 승부를 겨뤄보지 못했으니까요.”

“승부?”

“예, 승부요. 연예계는 잡아먹느냐 잡아먹히느냐예요. 특별히 입 밖에 내지 않아도 자연스럽게 승부를 겨루고 그 결과는 지명도와 오퍼라는 형태로 드러나잖아요?”

상당히 과격한 표현이었지만 부정할 마음은 들지 않았다. 왜냐하면 그 말대로라고 생각했기 때문이다.

"히나와 같은 세대 중에서 히나보다 지명도가 높을 가능성이 있는 건 지금은 스에하루 선배님과 마리아 씨 두 분뿐이에요. 그래서 저 혼자서 라이벌처럼 생각하고 있었어요!"

"아니, 그건 과찬이지."

히나는 누구나가 인정하는 톱아이돌. 지명도와 인기로 이길 수 있을 것 같지 않았다.

"……그렇군요. 겸손해하시는 게 아니네요. 하지만 그렇기에 무서움을 느껴요."

"히나는 모모와 닮은 구석이 있구나."

"그런가요?"

"프로 의식이 강하고 끝없는 탐구심을 가졌다는 느낌이라서 왠지 그렇게 보여."

두 사람 모두 찬사를 받는 게 당연함에도 거기에 안주하지 않았다. 오히려 그런 건 아무래도 좋고 최고의 활동을 하고 싶어 한다는 게 전해졌다.

일에 대한 자부심과 자세가 담백하단 말이지. 그런 부분이 닮았다.

불현듯 마리아가 내 옆에 서더니 싸늘한 시선으로 히나를 보았다.

"모모는 그렇게 생각하지 않지만 스에하루 오빠의 생각을 부정하지는 않아요. 다만―― 아까부터 히나 씨가 저희를 이길 수 있다는 식으로 말하는 것만큼은 그냥 넘겨듣기 어렵네요."
대화에 끼어드는가 싶었더니 그렇게 공격적으로 나오는 건가……. 마리아도 완전히 불이 붙었는걸.
"히나는 연기자로서는 신인이에요. 연극에서는 두 분이 선배님이라고 할 수 있으니 한 수 배우고 싶습니다!"
"……그렇네요. 현실을 알려주는 것도 선배의 역할이니까요. 한 수 가르쳐 드리죠."
노골적인 도발에── 히나는 도리어 즐겁게 웃었다.
"멋져요! 그렇게 말씀하시는 분들이 최근에는 전혀 안 보여서 두근거리기 시작했어요!"
"어머, 그러세요. 다행이네요."
마리아가 뿜어내는 강렬한 적대심에 '네가 시누이냐' 하고 생각했지만 말하지는 않았다.
"앞으로는 경의를 표하는 의미로 마리아 씨도 선배님이라 불러도 될까요?"
"마음대로 하세요."
입장과 일에 대한 자세 등이 많이 닮은 구석이 있는 두 사람이어서 친해지지 않을까 생각했는데 반발하는 쪽으로 가버렸나…….
다만 반발하는 건 일방적으로 마리아 쪽이고 히나는 전혀 신경도 쓰지 않는 게 참으로 뭐라고 할지……. 이게 뒤쫓는 쪽과 뒤쫓기는 쪽이 느끼는 심경의 차이인 걸까.
"아, 하지만 한 가지 부탁드리고 싶은 게 있어요!"
폴짝 뛰어오를 듯한 기세로 히나가 손을 들었다.

"어머나, 뭔가요?"

"저를 얕보시는 건 상관없지만 건성으로 하지는 말아주세요! 히나는 진심으로 맞붙는 승부가 하고 싶어요!"

히나가 귀엽게 주먹을 쥐었다.

"특히—— 스에하루 선배님."

"어, 내 얘기였어?!"

나도 모르게 나 자신을 가리켰다.

"고등학생이 되신 뒤에 찍은 영상을 전부 보았는데 왠지 선배님은 더 대단하실 것 같다고 느꼈거든요……. 그러니 부디 진심을 보여주세요, 선배님~!"

"……?!"

나는 지금까지 건성으로 한 적은 없다고 생각한다.

그렇지만 히나가 보기에는 아니라는 걸까.

"언제나 전력이었다고 생각하는데 말이지……."

"그렇게 생각하고 계시는군요. 과연, 스에하루 선배님은 자연적인 연기자고 마리아 선배님이 계산적인 연기자셨나요."

이 애의 눈에는 대체 뭐가 보이는 거지…….

용모에 오라. 이 애는 넘버원 아이돌에 걸맞은 것을 가지고 있다.

하지만 이야기를 나눠보니 알겠다. 이 애는 그것만이 아니었다. 이 애의 진정한 강점은 좀 더 심층적인 영역에 있었다.

외면이 아니라 내면. 멘탈에서 어딘가 무시무시함이 느껴졌다.

"저기, 그럼 슬슬 대본 리딩을 하고 싶은데 괜찮을까요?"

시마 씨의 말에 나는 상념에서 빠져나왔다.

테츠히코가 군청 동맹 멤버에게 지시했다.

"스에하루와 마리아, 너희는 대본 리딩에 집중해."

"그래."

"그렇게 할게요."

"시다와 카치는 지금부터 연습에 참가해 보고 연극에 나갈지 어떨지를 정해줘."

"응."

"알았어."

테츠히코는 등 뒤에 있는 슌 사장을 엄지로 가리켰다.

"나는 저 자식과 세부적인 조건을 교섭하고 올게. 아, 레나는 대본 리딩을 촬영하고."

"아뇨, 저는 테츠 선배를 따라가서 촬영할게요. 저 사장은 무슨 짓을 꾸밀지 모르니 여럿이서 가는 편이 나을 거예요. 거기에 촬영하고 있으면 증거도 남고요."

테츠히코는 눈을 감더니―― 바로 다시 떴다.

"……알았어. 날 따라와."

"옙."

슌 사장이 의기양양한 웃음을 지으며 턱짓으로 테츠히코를 불렀다.

테츠히코의 관자놀이가 씰룩였지만…… 다행히도 자제하고 있었다.

무서운 건 테츠히코가 냉정함을 잃는 것이었다. 아까보다 차분한 건 레나가 곁에 있기 때문이라는 점이 클 것이다.

"히나기쿠 씨도 대본 받으셨죠? 그럼 첫 장면부터. 포지션은 ──."

테츠히코와 레나를 보낸 뒤에 나는 시마 씨의 지시에 귀를 기울였다.

*

대본 리딩을 중심으로 한 무대 연습은 1시간 정도로 끝났고 그 뒤에는 차선이 자주 이용하는 대학 내의 빈방으로 이동했다.

빈방은 원래는 회의실이었던 모양이었다. 지금은 접은 책상과 의자를 벽 쪽으로 치워놓아서 연습장으로 변해있었다.

공연까지 시간이 없는 것도 있어서 동선을 어느 정도 확인한 뒤에는 감정을 담은 연기 연습으로 넘어갔다.

『설마…… 당신이 왕자님?! 저, 저기, 몸은 이제 괜찮으신가요?』

『그래. 그대가 간호해준 덕분이오.』

지금 연습하는 부분은 간호해줬던 소녀(히나)에게 반한 왕자(나)가 옆 나라의 공주와 혼약하게 되어서 거절하려고 했더니 반했던 소녀가 옆 나라의 공주였다는 장면이었다.

말하자면 【기적적인 재회】라고 할 수 있는 장면이다. 히나가 연기하는 옆 나라의 공주에게는 가련함이 요구되는 아주 중요한 장면이라고 할 수 있었다.

『아니에요. 제가 해드린 것은 별로 없는걸요…….』

『그보다도 묻고 싶은 게 있소.』

『예, 무엇인가요?』

『그대는 이 혼약을 승낙했소?』

『——예?!』

『나는 처음에는 거절할 생각이었소. 그게…… 간호해줬던 그대를 잊지 못해서…….』

『왕자님…….』

『하지만 그런 그대가 약혼자였지. 이건 운명으로밖에 느껴지지 않소! 그러나 그건 나만 그렇게 생각할 뿐이지 중요한 건 그대의 기분이오. 만약 그대가 나에게 아무런 감정이 없다면——.』

『아니요, 그렇지는…….』

『응……?』

『저도…… 당신을 간호했을 때부터 줄곧——.』

이 장면은 나와 히나 둘만 등장해서 히나의 실력이 그대로 느껴졌다.

대사를 주고받으면서 나는 이렇게 생각하고 있었다.

'얘—— 괜찮은데!'

잘한다기보다는 개성이 명확하고 그 개성이 무척 훌륭했다.

할리우드 스타도 무슨 배역이라도 할 줄 아는 사람이 정상에 서는 건 아니었다.

예를 들자면 '최강의 액션 히어로' 같은 캐릭터만으로 세기의 톱스타가 된 사람이 있다. 재주가 많은 사람보다 오히려 누구에게도 꿇리지 않는 단 한 가지 개성과 캐릭터를 지닌 사람 쪽이 정상에 설 수 있는 것일지도 모른다.

이 애의 개성은 청초와 순수—— 완전한 빛 속성으로 어둠이 전혀 없었다. 아마도 흐림 없는 반짝임이라는 의미로는 지금 일본에서…… 아니, 세계 수준에서 이 애 이상의 존재는 없지 않을까.

연기라는 것을 아는 나마저도 히나의 별을 담은 눈에 빨려 들어갈 것만 같았다. 만약 이 눈을 대형 스크린으로 보게 된다면 얼마나 많은 남자가 홀리게 될지…… 생각만 해도 무서웠다.

"컷!"

시마 씨의 목소리가 울려 퍼졌다.

"와…… 둘 다 대단하네요."

"시마 씨, 연출가 일을 해주시지 않겠어요?"

마리아가 딴죽을 걸었다.

뭐, 시마 씨의 말이 완전히 관객의 목소리 같았으니까.

"예에……? 그치만 둘 다 멋지고 귀여운 게 더 할 말이 없는걸요."

"아니, 그렇기는 한데요……."

마리아는 상대하기 어려워했다. 만났을 때부터 힘 빠지는 듯한 사람이었지만 연습이 시작되어도 똑같을 줄은 몰랐던 거겠지.

나도 솔직히 어떻게 대하면 좋을지 난감했다.

우리는 손님이기도 하고 나이도 아래였다. 역할도 원래는 지도하는 쪽과 지도받는 쪽이다. 자신의 배역에 대한 거라면 의견을 말하지만 타인의 배역에 참견하는 건 상당한 용기가 필요했다.

"마리아 씨는 어떻게 보셨나요? 만약 신경 쓰이는 게 있다면 거리낌 없이 말해주세요."

"……?!"

아무렇지도 않게 의견을 물어보기에 마리아는 눈을 동그랗게 떴다.

그렇지만 허락도 받았으니 금세 표정을 다 잡고 우리에게 시선을 보냈다.

"스에하루 오빠의 연기에는 그다지 지적할 부분은 없어요."

"조금이라도 개선할 부분이 있다면 말해줘."

"……알았어요. 그럼 사양 안 할게요."

마리아는 배우의 얼굴이 되어 눈을 빛냈다.

"스에하루 오빠 말인데, 개인적으로는 좀 더 감정을 드러내도 괜찮을 않을까 생각했어요."

"흠."

"왕자라는 캐릭터를 생각해서 일부러 감정을 약간 억누르신 거겠지만 관객의 이해를 우선시하는 편이 좋을 것 같아요. 어떤가요, 시마 씨?"

"응응, 동의해요."

시마 씨가 말을 하면 힘이 빠진단 말이지……. 마리아의 의견에 처음부터 그렇게 생각했던 건지 아이디어에 편승한 건지 도

무지 모르겠다. 아니, 아마도 편승한 것뿐이라고 생각하지만.

"다음으로 히나 씨말인데…… 솔직히 말해서 예상보다 훨씬 괜찮았어요."

"감사합니다!"

"그 정도로 할 줄 안다면 한 단계 위의…… 운명적인 느낌의 표정을 지어볼 수는 없나요?"

"……말씀하시는 바는 알겠는데 좀 더 구체적으로 부탁드릴게요."

히나도 진지한 표정을 짓는구나. 눈앞의 일에 집중하는 좋은 표정이었다.

"지금은 그저 귀엽기만 할 뿐이에요. 그것만으로도 충분하기는 하지만 표정으로 입체적인 모습을 보여줬으면 해요."

"입체적인 모습……."

"예. 공주는 왕자를 간호한 뒤로 줄곧 신경 쓰고 있었어요. 그렇다면 혼약 이야기가 나왔을 때 어떤 생각을 했을 것 같나요?"

"……왕자와 마찬가지로 거절하려고 했을까요?"

"인어공주가 발표된 건 1837년. 각본을 어레인지해서 연대에는 그다지 의미가 없을지도 모르지만 유럽에서는 나폴레옹이 죽고 왕정복고가 이루어지던 시대였다는 건 고려해둬야겠죠. 왕족 사이의 혼인이 스토리에 들어가 있으니까요."

"……예."

"그리고 당시에는 여성에게 발언권이 없었다는 것도 고려해야 할 거예요. 현대라면 몰라도 당시의 감각으로 공주 쪽에서 거절하는 게 가능했을지는…… 의문스럽네요."
"확실히 그렇네요."
"모모의 생각으로는 공주는 왕족으로 태어난 이의 책무로써 연심을 억누르고 각오한 채 왔으리라고 생각해요. 그런 상황에서 사랑하는 사람이 혼약자로 나타났죠. 이게 얼마나 기쁜 일일까요? 스토리의 배경을 생각하면 운명적인 기쁨을 느낄 거예요."
"그렇군요……!"
역시 마리아였다. 제대로 생각해주고 있다. 지적하는 부분은 나도 전면적으로 찬성이었다.
"스에하루 오빠에게는 운명적인 느낌이 있었어요. 인어공주가 주인공이니 이 장면에서는 왕자의 심경 쪽이 자세히 표현되죠. 반대로 공주 쪽은 출연이 적으므로 여기서 왕자보다 명확하게 캐릭터와 생각을 보여줘야 해요."
"왕자와 인어공주가 선으로 이어진다면 공주는 점…… 그 부분이 이어지는 듯한 연기를 염두에 두라는 건가요?"
"예. 공백을 메울 수 있는 표현을 해주세요. 오늘 처음 시작해서 이 정도로 할 수 있다면 가능하리라고 생각해요."
"……알겠습니다. 방금 조언을 의식하며 다시 한번 해볼게요!"
고조되고 있는걸. 연극을 한다는 실감이 드는 장면이었다.
히나는 솔직하고 이해력도 좋은 것 같았다. 대본을 이미 손에서 놓은 것으로 보아 기억력도 괜찮다.
톱아이돌이니 속으로는 조금은 잘난 척하는 구석이 있을지도 모른다고 생각했었는데 그런 느낌이 전혀 없었다. 순수하고 착한 애였다.

그런 애가 저 수상쩍은 슌 사장과 콤비를 짜서 잘 해나가고 있다는 건 조금 이상한 느낌이기는 한데…… 기회가 있으면 물어봐야겠다.

연습이 이어졌다.

주목할 부분은 쿠로하와 시로쿠사의 연기였다.

두 사람은 원래부터 연기 자체에는 적극적이지 않아서 화제성을 위해 일단 한번 해보자는 느낌으로 배역이 주어졌다.

그렇게 생각하면 히나가 찾아온 시점에서 화제성은 충분했으므로 두 사람이 출연할 필요는 많이 없어진다. 두 사람이 연기를 하고 싶은지 어떤지가 문제일 것이다.

시녀역의 쿠로하가 인어공주에게 말했다.

『왕자님께는 어릴 적에 돌아가신 누이동생이 계셨는데 그분과 네가 꼭 빼닮았어.』

……역시 쿠로하였다. 요령 좋게 해내고 있다. 다만 조금 딱딱한걸.

그래도 시녀의 대사는 이 정도로 끝이었다. 그 이후로는 뒤에서 서 있기만 하는 게 대부분이었다. 연습하면 충분히 괜찮아질 것 같은데…….

다음은 인어공주의 언니역인 시로쿠사였다.

『인어공주야, 이 단검으로 왕자의 가슴을 찌르거라!』

……이거 노리고 배역을 준 거겠지?

인어공주의 언니는 인어공주를 도우러 오는 역할인데 그 행동이 '단검을 건네서 왕자를 찌르도록 부추긴다' 는 오싹한 내용이었다. 그런 만큼 시로쿠사가 히스테릭한 느낌으로 연기를 하니 상당히 잘 맞았다.

상성이 좋은 배역인 건지 시로쿠사는 역할에 제대로 몰입해서 소리쳤다.

『왕자가 흘린 피를 뒤집어쓰면 인어의 모습으로 돌아갈 슈 있어!』

"……응?"

"응?"

"……슈?"

연습 중에 웃으면 안 된다…….

모두에게 그런 인식이 있겠지만 그렇기에 괜히 더 웃음이 나왔다.

"으읍……!"

억지로 속행하면 다음 대사를 이어서 말할 수도 있었겠지만 먼저 시로쿠사가 나가떨어졌다.

"아으윽."

"잠깐, 컷컷! 시마 씨가 컷하셔야죠!"

시마 씨의 반응이 너무 늦어서 내가 먼저 말하고 말았다.

"에잉, 그치만 스에하루 씨, 시로쿠사 씨의 귀여운 모습을 좀 더 보고 싶잖아요."

"시마 씨도 상당히 짓궂은 사람이네요! 확실히 귀엽기는 하지만요!"

그 뒤에 토라진 시로쿠사는 화장실에 틀어박혀서 한동안 돌아오지 않았다.

결국 시로쿠사를 제외하고 진행해서 마지막까지 한 차례 연습을 끝냈을 때 슌 사장이 돌아왔다.

“히나 양, 미안하지만 슬슬 가야 할 시간이야.”

이어서 테츠히코와 레나도 왔다. 테츠히코가 미간을 찌푸리고 있는 것으로 봐서 아무래도 승부 조건을 정하는 데 상당히 옥신각신한 모양이었다.

히나가 모자를 깊숙이 눌러썼다.

“선배님~! 오늘은 짧은 시간이었지만 많이 배웠어요!”

“나야말로 히나의 존재감에 압도되기만 했어. 역시 현역 넘버원 아이돌인걸…….”

이 선배는 연기라고는 해도 히나의 한결같은 애정 표현에 ‘이건 연기!’ ‘진짜로 사랑에 빠지면 안 돼!’ 하고 마음속으로 되뇌느라 힘들었단다.

“그건 제가 할 말이에요! 기대한 대로의 연기…… 앞으로의 연기를 생각하니 더욱 두근거리기 시작했어요!”

“윽, 과대평가가 무서운데…….”

“걱정하지 마시라니까요, 선배님~!”

‘선배님~!’ 하고 부르는 게 한없이 귀엽다. 역시 이 애는 요정이었다. 이 목소리만으로 백 분짜리 반복 영상을 위튜브에 올리고 싶을 정도였다.

“마리아 선배님도 감사했습니다! 역시나 대단한 연기였어요!

거기에 연기 지도도 감사합니다!"

"아뇨, 이쪽이야말로 고맙습니다. 승부를 걸어올 만한 실력이었다고 말씀드리죠. 다만 다음에는 좀 더 인정사정없이 할 거예요."

마리아는 여전히 히나 앞에서는 시누이 같았다. 연기 중독자로서 히나의 실력을 인정할 수밖에 없다고 생각하면서도 마음 속 어딘가에서는 인정하고 싶지 않다는 심경이 엿보였다.

"예, 부디 잘 부탁드리겠습니다!"

"흐, 흐응, 배짱은 좋다고 해드리죠."

시누이 같은 마리아의 말에도 히나는 어디까지나 싱글벙글한 얼굴이었다. 완전무결한 빛 속성이어서 밉살스러운 말이 적혀 먹히지 않는 듯했다.

그 때문인지 마리아의 뺨이 씰룩거리고 있었다.

"모모, 너 아까 나와 테츠히코를 '음지를 편하게 느낄 것 같다' 고 했었는데 너도 피차일반이거든?"

"그, 그렇지 않아요, 스에하루 오빠. 오호호."

"네가 '오호호' 하고 웃다니. 상당히 타격을 받았구나."

"전부 말하지 마세요……."

히나는 헤벌레한 대학생들의 배웅을 받으며 슌 사장과 함께 자리를 떴다.

테츠히코가 시계를 보았다.

"저 인간이 느닷없이 나타난 탓에 예상 이상으로 늦어버렸는걸. 우리도 슬슬 돌아갈까."

벌써 해 질 녘인가. 연기 연습을 하면 시간이 눈 깜짝할 사이에 흐른단 말이지.

"너희 귀가 시간은 괜찮아? 느닷없이 승부를 겨루게 되었으니 가능하면 패밀리 레스토랑에서 밥이라도 먹으며 앞으로의 일을 상의해두고 싶은데."

"뭐, 연락해두면 괜찮아."

가장 귀가 시간이 엄격할 듯한 시로쿠사가 그렇게 말했으니 다들 괜찮을 것 같았다.

그렇게 우리는 케이오 대학을 뒤로하고 패밀리 레스토랑으로 이동했다.

*

가을은 해가 짧다. 눈 깜짝할 사이에 해가 져서 패밀리 레스토랑에 도착했을 때는 이미 어두워져 있었다.

도착했을 때는 좌석을 둘러싸고 싸움이 발생할 뻔한 사태도 있었지만 결국은 남자 둘+레나와 여자 셋이 마주 보고 앉게 되었다.

"그래서 승부 방법 말인데——."

모두가 주문을 끝내자 테츠히코가 본론으로 들어갔다.

"케이오 대학의 축제에서는 정문에서 팸플릿을 무료로 나눠주는데 거기에 투표권을 포함시키게 되었어. 그래서 투표 상자를 교내 몇 군데에 설치해두고 군청 동맹과 히나 중에서 '좋은 연기' 였다고 생각한 쪽에 투표권을 넣게 할 거야. 당일 18시에 투표를 끝내고 20시에 결과를 공표할 거고. 그리고 일이 예상보다 커졌으니 극장 밖에서도 '인어공주' 를 볼 수 있게 지금 광고 연구회가 움직이고 있어. 빈 강의실을 써서 재상영회를 여는 건 거의 확정이야. 거기에 메인 회장의 대형 스크린으로 생중계하고 싶다고 벼르던데 이건 이미 스케줄이 잡혀 있어서 어려울지도 모르겠대."

"의외로 투표 방법이 아날로그구나."

먼저 내가 생각한 건 그 부분이었다.

최근에는 인터넷으로 투표하는 게 당연했다. 그래서 시스템을 구축하는 것도 어렵지는 않았다.

"인터넷을 쓰면 일본 전국의 '히나키스트' 가 쇄도할 가능성이 크다고 생각했어."

'히나키스트' 란 히나의 팬들을 칭하는 대명사인듯했다. 거기에 '히나키스트' 는 히나를 '히나키' 라는 애칭으로 떠받들고 있는 모양이었다.

"뭐, 그렇게 되면 백 퍼센트 진다는 거지."

"그렇구만……."

아이돌 팬의 전파력과 행동력을 떠올린 나는 바로 납득했다.

"하지만 그런 거라면 종이로 투표해도 똑같은 일이 벌어지지 않아?"

케이오 대학에 '히나키스트' 가 대량으로 몰려들어서 투표를 석권한다는 일도 충분히 있을 법했다.

"그 쓰레기 자식도 소란이 생기는 건 피하고 싶은 모양이더라고. 당일의 팸플릿과 투표권 배포까지 히나의 출연은 숨겨두게 되었어."

"그래도 돼?"

"뭐, 사전에 공표하면 학생의 힘으로는 버거우리라고 판단했겠지. 덧붙여서 군청 동맹의 출연은 내일 공표돼. 그래도 사람이 너무 몰리면 어쩔까 하고 의논했을 정도야."

"그걸로 대등한 조건이 되는 거야?"

"승산은 충분히 있어. 저쪽은 톱아이돌이고 지명도와 코어 팬의 수도 우리와는 급이 다르지. 하지만 승부는 사실상 2대1이야. 스에하루와 마리아의 지명도를 더하면 비슷한 수준은 될 거라고 계산했어."

"응? 2대1? 쿠로와 시로는 계산에 안 넣어?"

"애초에 지명도라면 너희 두 사람 쪽이 압도적으로 위야. 너희 둘을 더하면 시다와 카치는 오차 수준이라고."

실감은 들지 않지만 그런 건가?

"아, 카이 군. 그 이야기 말인데—— 나는 그만둘게."

시로쿠사가 선뜻 말했다.

"시로, 역시 아까 실수가……."

내가 반사적으로 그 화제를 입에 담자 시로쿠사의 얼굴이 빨개졌다.

"그, 그건…… 뭐, 스짱의 말대로 아까 실수가 전혀 관계가 없다고는 안 하겠어. 라이브인 무대에서 그렇게 해버린다고 생각하니 자신이 없어서……. 내가 출연할 필요는 그다지 없어 보이기도 하고.”

“미안, 나도 이번에는 관두고 싶어.”

쿠로하가 살짝 손을 들었다.

“나도 카치 양과 비슷한 이유인데 가장 큰 이유는 하루와 모모의 발목을 잡을 것 같아서.”

“누가 발목을 잡는다고 그래.”

나는 부정했지만 쿠로하는 고개를 가로저었다.

“해보고 알았는데 나와 두 사람은 수준이 달라. 물론 히나 씨와도. 테츠히코 군, 이번 투표는 ‘군청 동맹’ 대 ‘히나 씨’ 인 거지?”

“맞아.”

“그러니 내가 나가면 확실하게 평균점이 내려가게 돼. 이건 하루아침에 메울 수 있는 차이가 아니라고 생각해. 그건 하루와 모모가 가장 잘 알 것 같은데 내 말이 틀려?”

쿠로하는 냉정했다. 나와 마리아, 쿠로하와 시로쿠사의 차이는 역력하다.

이건 재능 같은 문제가 아니라 단순한 연습량의 차이였다.

쿠로하와 시로쿠사는 무대에서도 돋보일 용모이니 적성은 상당하다고 생각한다. 하지만 고등학생이 되어 야구를 시작한 사람이 초등학생 때부터 야구를 해온 사람을 금방 이기지는 못하는 것과 마찬가지였다.

테츠히코가 어깨를 으쓱였다.

"알았어. 이건 오늘 중에 내가 상대측에 전달해둘게."

쿠로하와 시로쿠사가 가슴을 쓸어내렸다. 테츠히코가 이의 없이 받아들여 준 것에 안도한 거겠지.

분위기가 조금 가벼워진 타이밍에 식사가 나왔다.

식사 시간이 되어 아무래도 좋은 화제가 나왔다가 흘러갔다.

불현듯 테츠히코가 물었다.

"야, 스에하루. 히나는 어땠냐?"

맞다, 테츠히코는 조건을 교섭하러 가 있어서 히나의 연기를 전혀 보지 못했었지.

"아마 순수한 연기력으로 말하자면 나와 모모 쪽이 위라고는 생각하지만 역시 현역 톱아이돌이라고 할까, 오라가 장난 아니야."

"호오……."

"솔직한 데다 톱아이돌이면서 겸허하고 자신감이 넘치지도 않아. 그래서 연습하는 사이에도 부쩍부쩍 늘더라고. 아무튼 향상심이 대단했거든. 그 앤 일종의 괴물이야."

"힘든 상대 같은걸."

"배역이 어울리는 것도 위협적이야. 공주역은 순진하고 가련한 캐릭터라 히나에게 딱 맞는 배역이거든. 그래서 아주 괜찮았어."

"뭐, 너는 왕자 같은 타입도 아니고 마리아도 인어공주라는 느낌이 아니니까."

마리아가 빰을 부풀렸다.

"그냥 흘려들을 수 없는 말인데요? 캐릭터와 조금 차이가 있을지는 몰라도 연기력으로 커버할 거라서 문제없어요."

"다만 정말로 넋 놓고 있을 수는 없겠어. '완벽한 캐스팅은 연기력을 뛰어넘는다' 는 건 흔히 있는 일이니까. 나도 그 애의 뜨거운 시선을 몇 번이나 받는 사이에——."

거기까지 말하다가 맞은편에서 쏟아지는 살기에 나는 입을 다물었다.

"받.는.사.이.에?"

"다음 말은 뭔데? 하루."

발이 아프다……. 테이블 아래서 공격을 받고 있었다.

시로쿠사는 내 발가락을 짓누르고 있었고 쿠로하는 시로쿠사보다 다리가 짧기 때문인지 발끝으로 정강이를 노렸다. 하나같이 최대한의 고통을 줄 수 있는 급소를 정확하게 노린다는 게 무섭다.

"아, 아니, 그게! 상대는 톱아이돌이니 그런 식으로 바라보면 남자는 누구라도——."

"누.구.라.도?"

"좀 더 자세히 듣고 싶은데, 스짱."

"응응, 나도 다음 말을 듣고 싶어. 응, 하루?"

"아파아파진짜로아파."

테이블이 흔들리며 식기가 소리를 냈다.

이미 식사를 끝내고 내 옆에서 테이블에 팔꿈치를 괸 채 바라보고 있던 레나가 한숨을 내쉬었다.

"정론이라고는 해도 변명이라는 최악의 수를 두는 게 슨배님답네요……."

"레나, 살려줘."
"구급차라도 불러 드려요?"
"다친다는 전제로 행동하지 말라고!"

*

다음 날인 일요일도 케이오 대학에서 연습했다.
히나까지 오지는 못했는데 다음에 확실히 올 수 있는 건 전날에 있을 총연습 때라고 했다.
참고로 총연습이란 실제 공연처럼 무대 위에서 이루어지는 최종 리허설, 예행연습을 말한다.
"내가 보기에는 순조로운 것 같은데 어때?"
연습이 끝난 뒤에 내가 탈의실 대신 쓰라고 한 빈방에서 옷을 갈아입고 있으니 테츠히코가 물었다.
"뭐, 순조로워. 이 페이스라면 나도 모모도 맞출 수 있을 것 같아. 시마 씨가 연출가 역할을 제대로 하고 있지 않은 건 좀 문제라고 생각하지만."
그 사람도 나쁜 사람은 아니었다. '좋은 연기네요~.' 하고 바로바로 말해주니까 사기도 올라가고.
그렇지만 연기 지도가 없었다. NODOKA 씨가 마음대로 하라고 말할 만했다.
그래서 사실상 나와 마리아가 연출을 맡고 있었다.
"히나는 이길 수 있을 것 같아?"

"그쪽의 인기를 고려해도 아마도……. 다만 히나는 어제 하루로도 연기가 늘었으니까 그 부분만큼은 정말로 방심할 수 없다고 생각해."

"……역시 모르겠는걸."

테츠히코가 머리를 긁었다.

"뭐가?"

"이 승부 말인데, '그 인간' 답지 않아."

"흐음."

확실히 그렇단 말이지. 이때까지와 비교해서 긴장감이 없었다.

CF 승부 때 우리가 졌다면 나는 와인을 끼얹은 일로 신고당했을 것이다.

다큐멘터리와 진 엔딩 제작 때는 내 과거를 주간지에 폭로해서 루머를 유도했다. 방치했다면 당시의 관계자에게 확실히 폐가 됐을 테고 대처가 조금 늦었다면 매스컴이 소란을 피워서 일이 커졌을 것이다.

그랬던 만큼 이번에도 악랄한 꿍꿍이가 숨겨져 있을 것 같은데 전혀 예측되지 않았다.

"네가 함께 있을 때 마리아의 부모가 나타난 적은 없었지?"

"어. 주의했지만 본 적은 없어."

"그럼 마리아에게 위화감은 있었냐?"

"아니. 너는 느꼈어?"

"모르겠으니까 물어보는 거야."

“적어도 나도 위화감은 없었어.”

테츠히코가 머리카락을 긁적였다.

“……하는 수 없지. 나도 좀 더 여러 가지로 떠볼게. 너도 계속 곁에서 지켜보며 승부에서 이길 수 있게 전력을 내줘.”

“알았어.”

“그리고 오늘 마리아를 집에 데려다주면서 그대로 밥을 얻어먹는다며?”

“얌마?! 어떻게 그걸 아는 거야?!”

비밀로 하고 있었는데 이상한걸…….

물론 떳떳하지 못한 마음은 조금도…… 아니, 에리 씨의 섹시한 사복 차림은 좀 기대했었지만…… 뭐, 쿠로하와 시로쿠사가 눈치를 채서 소란스러워지는 게 싫었기에 입을 굳게 다물고 있었다.

그랬는데 어째서.

“아까 네가 없을 때 마리아가 자랑하며 시다와 카치에게 우쭐대더라고.”

“어째서 다들 자진해서 지옥을 만들어 내는 거야?!”

속이 쓰리다…… 집에 돌아가고 싶어졌어…….

“뭐, 네가 나중에 달달 볶이는 건 아무래도 상관없다만.”

“상관있거든?! 야 이 쓰레기야! 가끔은 좀 도와줘 봐!”

테츠히코는 내 말을 무시하고 이어서 말했다.

“마리아의 집에 갔을 때 에리 씨에게 좀 물어봐봐. 너나 내가 위화감을 못 느끼더라도 에리 씨라면 느꼈을지도 모르니까.”

"아하, 그런 말이었냐. 그건 알겠는데—— 너 '이미 모모의 부모가 접촉을 해왔고 모모가 숨기고 있다' 는 가능성을 상당히 의심하고 있는 거지?"

"마리아가 어떻다기보다 정보 제공자가 상당히 믿을 수 있는 사람이거든."

"그렇구만."

테츠히코는 그 '정보 제공자' 를 가장 신뢰하고 있어서 오히려 마리아 쪽이 신뢰도가 낮다는 건가.

"그 말을 듣고 보니 모모는 꽤 고집스러운 구석이 있어서 문제를 혼자 끌어안는 면이 있다 보니 나도 간단하게 말도 안 된다고는 할 수 없단 말이지……."

"그런 거니까 제대로 알아봐봐."

"알았다니까."

이야기는 거기서 끝났다.

다 함께 케이오 대학을 나와 역에서 다른 애들과 헤어졌다. 다만 나는 마리아를 데려다주면서 그대로 저녁을 얻어먹으니까 마리아와 함께였다.

가는 길에 슈퍼에 들러서 장을 봤다.

마리아가 식재료를 대량으로 사들여서 나는 짐꾼이 되어 양손에 비닐봉지를 들고 옆을 걷고 있었다.

"무거워…… 너무 많이 산 거 아니냐……."

"맛있는 요리를 잔뜩 만들 생각이니 기대해주세요, 스에하루 오빠♡"

마리아가 사는 아파트까지 가는 길은 역 근처를 지나자 인기척이 사라졌다.

나는 테츠히코가 경계심을 높였던 것을 떠올리고 직접 물어보기로 했다.

"모모, 너희 부모가 접촉해온 적은 없는 거지?"

"예, 다행히도요."

막힘없는 대답이었다. 거짓말을 하는 것처럼은…… 보이지 않았다.

"그 사람들과는 두 번 다시 만나고 싶지 않고 감사하는 마음도 전혀 없어요. 그렇지만 지금 이렇게 스에하루 오빠와 단둘이서 집까지 돌아갈 수 있는 계기가 되어준 것만큼은 감사해도 좋을지도 모르겠네요."

마리아는 검지로 턱을 짚으며 귀엽게 웃어 보였다.

"……뭐, 네가 그렇게 납득하고 있다면 괜찮은데 만약 무슨 일 있으면 바로 연락해. 무슨 일이든지 힘이 되어줄 테니까. 나는 옛날의 너를 알고 있으니까 때때로 걱정이 돼."

인간 불신에 고슴도치처럼 주위를 위협했지만 어딘가 외로워 보였다. 전부 끌어안기 힘든 아픔을 문제 행동이라는 형태로밖에 발산하지 못했고 재능은 있어도 전혀 살리지 못하고 있었다.

그랬던 애가 지금은 '이상적인 여동생' 이라고 불리는 신진기예의 인기 배우였다. 무엇을 해도 요령 좋게 해내고 당찬 것으로 말하자면 쿠로하와 시로쿠사에게도 꿀리지 않는다.

그래도 때때로 불안해지는 건 마음속 깊은 곳에 있는 마리아의 약한 모습을 알고 있기 때문이겠지.

"고마워요, 스에하루 오빠."

마리아가 진심으로 기쁘다는 듯이 웃었다.

"하지만 괜찮아요. 모모는 강해졌거든요."

"그럼 다행인데."

"그런 것보다도——."

"응? 뭔데?"

"이렇게 단둘이 걷고 있으니 신혼부부 같지 않나요?"

"푸웁?!"

나는 무심결에 뿜고 말았다.

"우리 고등학생이거든?!"

"3년 후에는 둘 다 졸업한 상태잖아요."

"나는 현재의 이야기를 하는 거라고!"

"미래를 조금 앞당긴 것뿐이에요. 요컨대 스에하루 오빠와 모모가 부부라는 결론으로 괜찮은 거죠?"

"여전히 사람 말을 안 듣는구만?!"

"무슨 말씀이신지."

후후후, 하고 마리아가 웃었다.

아, 빨간 불이다.

나는 양손에 든 비닐봉지가 무거워서 든 채로 바닥에 댔다.

"뭐, 그래도 다행이네."

"뭐가요?"

"너는 한 번 정하면 고집스러우니까. 웃고 있는 것만으로도

옛날과는 다르다 싶어서 안심돼."

"그건—— 스에하루 오빠가 있어 주기 때문이에요."

"……?!"

갑자기 마리아가 내 머리를 양손으로 붙잡았다.

평소 마리아의 신장으로는 그런 행동은 못 한다. 내가 비닐봉지를 지면에 대려고 숙이고 있었기 때문이다.

그리고 그대로—— 이마와 이마를 살짝 대었다.

"모, 모모?!"

이런 건 어릴 적에 어머니가 열을 재려고 했을 때 이후로 처음이었다.

숨결이 닿을 듯한 거리.

아무리 여동생 같은 애라지만 동요할 수밖에 없었다.

"——옛날에 스에하루 오빠는 이렇게 머리를 맞대서 제 눈을 뜨게 해주셨어요."

"……그랬었지."

——토 달지 마!!

당시에 '하지만……' 하고 고집을 부리며 앞으로 나아가려고 하지 않는 마리아를 보고 열이 올라서 박치기를 먹인 적이 있었다.

"스에하루 오빠는 자각이 없는 것 같지만…… 그날, 그때부터 저는 다시 태어났어요. 스에하루 오빠는 자포자기한 채 죽은 듯이 살아가기만 하던 여자애를 양지로 데리고 나와주셨어요."
"그건…… 네가 노력한 결과야."
"봐요, 또 그러시잖아요. 생색내지 않는 건 미덕이라고 생각하지만 감사하는 마음은 사양 말고 받아주셔도 된다고요."
바로 앞에서 눈과 눈이 마주쳤다.
저를 봐 주세요—— 그렇게 호소하는 듯한 눈이었다.
마리아의 눈이 살짝 젖어 있었다. 뺨이 붉게 달아올라 있어서 열이 전해져 오는 듯했다.
두근, 하고 가슴이 크게 뛰었다.
혈압이 급상승하며 사고가 정리되지 않았다.
'어라, 상대는 모모라고——.'
그런 생각을 하는 사이에도 손에 땀이 배며 호흡이 거칠어졌다.
이마를 맞대고 있는 것만으로도 호흡으로 내 동요를 들킬 것 같아서 조바심이 났다. 그런 것보다도 신경 쓸 게 있었을 텐데 어째서인지 호흡만 신경 쓰여서 최대한 억누르려고 할 때마다 심리적으로 궁지에 몰려서 고동이 더 크게 뛰는 악순환이 되었다.
"아까 무슨 일이든지 힘이 되어주겠다고 하셨었죠?"
"어, 어어, 그랬는데……."
"실은 허세를 부리고 있었는데 때때로 지쳐서 좌절할 것 같을 때가 있어요."
"모모……."

마리아의 시선이 뜨거웠다.

그 시선에 빨려든 나도 어쩐지 참을 수 없을 정도로 열이 올랐다.

"그러니 지금은…… 잠시만 기대게 해주세요."

그렇게 말하며 마리아가 콧등과 콧등을 맞대며 비볐다.

좀 더 가까워지면 키스하게 될 듯한 거리…… 그런데도 뭔가 낯간지러운—— 어린애들이 장난치는 듯한 스킨십이었다.

"이거 에스키모 키스라고 해요. 알래스카에서는 밖에서 키스를 하면 타액으로 입술이 얼어붙어 버리니 이런 키스로 애정과 친애의 마음을 표현했다나 봐요. 로맨틱하죠?"

"모, 모모……."

"저도 소녀라서 이게 최대예요……. 스에하루 오빠는 제가 아무리 진심을 말해도 믿어주시지 않으니까요……. 그래서 할 수 있는 최대한의 행동으로 친애의 정을 보여드린 거예요."

불현듯 마리아가 떨어졌다.

뭔가 소중한 반신이 멀어진 듯한 기이한 상실감을 느꼈다.

"뭔가 저답지 않은 말을 해버렸네요."

부끄럽다는 듯이 중얼거린다.

그리고 콧등을 맞대서 쑥스러웠던 건지 등을 돌렸다.

"그래도 덕분에 기운이 났어요."

나는 다행이라고 생각했다. 뭔가 낯부끄러워서 마리아의 얼굴을 정면에서 볼 수 없었기 때문이다.

마리아는 등을 돌린 채 가는 양팔로 파이팅 포즈를 취했다.

"자, 그러면 다음은 최고의 요리로 스에하루 오빠의 입맛을 사로잡아서 모모를 신부로 인정하게 해 볼까요."

"……야, 이야기가 엉뚱한 방향으로 날아갔거든."

"후후후……."

마리아가 미소 지었다.

그 미소는 어째서인지 신성하기까지 해서 내 고동이 다시 크게 뛰었다.

'어, 어라…….'

이상하잖아. 이렇게 두근거리면 안 된다고.

고양과 막연한 불안, 공포.

이 감각은 느낀 적이 있었다.

그거다, 독이 퍼지는 듯한 감각이다.

그래, 그렇구나.

나는 지금 인정한 것이다.

마리아가 여동생 같은 존재가 아니라—— 강하고, 당차고, 그러면서도 귀엽고도 연약한…… 한 사람의 매력적인 여자애라는 것을.

제3장 새로운 조건

*

주말이 지나 학교생활이 시작되었다.

나는 점심시간에 테츠히코와 밥을 먹으며 어제 에리 씨와 나눴던 대화 내용을 보고하고 있었다.

"결론부터 먼저 말하자면 에리 씨도 모모에게 위화감을 느끼지 못했대."

"흐음."

테츠히코가 돈가스 샌드위치를 한입 먹었다.

마리아에게 뭔가 이변을 느끼지 못 했냐고 물었을 때 에리 씨는 이렇게 표현했었다.

'위화감은 없었지만 내 의견이 백 퍼센트 옳다고 생각하지는 마.'

'아무리 자매라도 다른 사람이니까 깨닫지 못할 때도 있어.'

'특히 그 애는 옛날보다 거짓말이 능숙해졌으니까…… 정말로 모르겠어.'

그 이야기를 전하자 테츠히코는 우유를 비웠다.

"마리아의 부모가 접촉해올 가능성에 대해서는?"

"물론 이야기했어. 그랬더니 장난 아니던데……."

나는 그 때 일을 떠올렸다.

'그럼 되도록 마리아와 함께 있어야겠네.'

'미안한데 잠시만…… 전화 좀 하고 올게.'

'(통화를 끝난 뒤) 됐어, 아르바이트 관뒀어.'

이게 약 2분 만에 있었던 일이다.

놀라운 행동력이었다.

"중학교를 졸업하자마자 모모를 데리고 도망친 사람답다고 할까……. 에리 씨가 말하길 '그야 지금 아르바이트하는 곳은 인간관계도 양호해서 취직할 때까지 계속할 생각이었는데 마리아의 일대사라면 견줄 수가 없지' 라던대."

"그 사람 역시 보통내기가 아닌걸……."

테츠히코로서도 에리 씨의 평가는 상당히 높은 듯했다.

결국 나와 테츠히코, 그리고 에리 씨까지 세 사람이 위화감을 느끼지 못한 이상은 아직 마리아의 부모가 접촉해오지 않았다고 판단할 수밖에 없었다.

"스에하루, 밑져야 본전으로 평소와 다른 행동을 해보는 건 어때? 의외로 반응이 있어서 마리아가 허점을 드러낼지도 모르는데."

"너 아직도 모모가 거짓말을 했을지도 모른다고 생각하는 거야?"

"왜냐면 나는 마리아를 그다지 안 믿거든. 아니, 그보다는 나를 제외한 대부분의 인간을 안 믿어."

"뭐, 너답다면 너답긴 한데……."

테츠히코의 근본적인 부분에 인간 불신이 있다는 건 어렴풋이 느끼고 있었다. 솔직히 그런 경향을 가진 사람은 적지 않다.

그래서 비난할 생각은 없지만…… 태연하게 다른 사람에게 말하는 부분이 테츠히코답단 말이지. 뭐, 나는 신경 안 쓰니까 상관없지만.

"그러니까 스에하루. 평소처럼 부실에서 집합하지 말고 네가 느닷없이 마리아를 데리러 교실로 한 번 가봐."

——그렇게 되어서.

방과 후가 되자마자 마리아를 데리러 교실로 가봤다. 테츠히코의 계획은 실행해도 손해 볼 건 없었으므로 바로 해보기로 한 것이다.

우리 교실에 마리아가 온 적은 많지만 내가 마리아의 교실에 가는 건 처음이었다.

그런 탓인지 하급생의 교실인데도 이상하게 긴장이 되었다.

"음……."

몰래 뒷문을 통해 교실 안을 둘러보았다.

아, 찾았다. 가장 뒷좌석에서 동급생인 듯한 여자애와 담소를 나누며 가방에 짐을 챙기고 있었다.

담소를 나누는 상대가 레나라면 몰라도 모르는 여자애라서 말을 걸기가 꺼려지는데…….

그런 생각을 하고 있었을 때였다.

"아, 스에하루 선배님이다!"

"와, 진짜네?!"

교실에 있던 여자애들이 나를 깨닫고 목소리를 높였다. 그런 탓에 단숨에 주목이 모여들었다.

"아니, 저기, 그렇게 소란 피우지 않아도 되니까……."

하급생 여자애란 신기할 정도로 파워풀하단 말이지.

흥미와 기대의 시선이 따가울 정도로 강렬했다.

"선배님~ 정말로 좋아하는 사람이 테츠히코 선배님이라는 게 사실인가요?"

나는 질문을 해온 여자애를 흘겨보았다.

"너 상당히 도전정신이 투철하구나……."

"그치만 궁금하잖아요~."

다들 이 애 정도로 저돌적이지는 않아도 관심은 있는지 주변 애들이 귀를 기울이는 걸 알 수 있었다.

난감하게 되었다고 생각하고 있으니——.

"저기, 그런 건 '헤아려' 줘야 하지 않겠어요?"

교실 앞쪽에 있던 레나가 끼어들어 줬다.

고맙다고 생각한 것도 잠시뿐이었다.

어째서인지 나를 둘러싸고 있던 여자애들이 술렁이며 분위기가 무거워졌다.

"아사기…… 너 군청 동맹의 준멤버라고 이런 것까지 아는 척하지 않아도 되지 않아?"

"아뇨, 그럴 생각은 아니었는데요……."

"맨날 바쁘다며 모두가 놀자고 해도 거절하면서……."

으응……?

학급 내에서 레나의 포지션은 이런 느낌인가.

그렇군, 레나가 하는 '심부름센터' 란 건 잘 모르지만 언제나 아르바이트를 한다고 생각하면 자연스럽게 동급생들과 어울리는 시간이 줄어들 수밖에 없을 것이다. 그렇게 되면 학급 내에서 좀 고립될 수도 있는 건가…….

완전히 예상 밖이었다. 레나는 언제나 나에게 태연하게 딴죽을 거니까 반에서도 넉살 좋게 잘 지내고 있으리라 생각했었다.

선배로서 어떻게든 해주고 싶었지만 느닷없이 찾아온 상급생이 설교해도 악화하는 미래밖에 보이지 않는데 뭔가 좋은 방법은 없으려나…….

"어머, 스에하루 오빠. 웬일이세요? 모모를 데리러 와주신 거예요?"

소란스러워지려는 상황을 민감한 마리아가 깨닫지 못할 리가 없었다.

대외적인 웃는 얼굴로 무장한 마리아가 말을 걸어왔다.

"레나 양, 고마워요. 모모가 할 말을 대변해줘서."

"아뇨, 뭔가 한 것도 아닌데요, 뭘."

"아니에요. 헤아리지 못하는 사람에게 분명하게 알려 주셨잖아요."

교실에 있을 때의 마리아는 군청 동맹에 있을 때보다 '새침한 모드' 인 듯했다.

다만 지금은 새침한 웃는 얼굴이 경직되어 있었다. 아무래도 레나에게 무례하게 군 여자애에게 화를 전부 억누르지 못한 모양이었다.
"아니야, 나는 그러려던 건——."
여자애가 마리아의 중압감에 쩔쩔맸다.
역시 마리아다. 이미 학급을 지배하고 있는 듯했다.
마리아는 생긋 웃으며 내 팔을 끌어안았다.
"스에하루 오빠가 정말로 좋아하는 사람은 당연히 모모죠. 그 정도는 헤아려주세요."
"""뭐, 뭐어?!"""
교실 안이 소란으로 가득해졌다.
"그, 그 말은 테츠히코 선배님을 좋아한 척했지만 역시 모모사카를 좋아한다는 거야?"
"아, 그렇구나. 배우니까 카무플라주가 필요해서……."
"그럴듯해……."
"그치만 테츠히코 선배님과의 키스에는 사랑이 담겨 있었다고 본 애가……."
누구니? 테츠히코와의 키스에는 사랑이 담겨 있었다고 한 하급생은. 설교가 좀 필요해 보이니 나중에 마리아에게 확인해달라고 할까?
"저기, 선배님. 정말로 그런가요?"
조금 전에 마리아의 중압감에 쩔쩔맸던 여자애가 흥미진진하게 캐물었다.
그리고 나는 거기서 깨달았다.
'……어라? 어느 사이엔가 분위기가 괜찮아졌네?'

그렇군, 마리아는 '자신은 레나의 편이며 레나에 대한 무례한 말에 화가 났다' 는 것을 분명하게 보여줌과 동시에 커다란 화제를 던져서 뒤끝을 해소한 것이다.

내가 마리아의 배려에 감탄하고 있으니 마리아가 내 팔을 더욱 끌어당겼다.

"후후후, 그건 비밀이에요. 모모와 스에하루 오빠는 다른 사람에게는 말할 수 없는 관계거든요."

"""다, 다른 사람에게는 말할 수 없는 관계~?!"""

"그래요. 자세한 건…… 비밀이에요☆"

"""비밀스러운 관계~?!"""

아, 마리아는 마리아대로 꽤 즐기고 있구만.

평소와 다른 행동을 하면 뜻밖의 일면을 볼 수 있을지도 모른다는 테츠히코의 조언으로 와 본 건데 확실히 몰랐던 모습을 볼 수 있었다.

마리아는 같은 반 애들과 잘 지내며 학교생활을 즐기고 있었다. 그건 이렇게 마리아의 교실까지 와 보지 않았다면 몰랐을 사실이었다.

마리아의 수완에 도움을 받은 레나도 웃고 있었다.

마리아가 전학을 오는 계기가 된 오빠 같은 입장으로서는 무척 기쁜 일이었다.

*

"왕자님…… 어째서 저를 봐 주지 않는 거죠……? 저는 이렇게 당신을 사랑하는데……."

케이오 대학의 회의실에서 마리아가 연기를 했다.

이건 인어공주가 고백하는 장면이었다. 그러므로 마리아가 가진 배우로서의 실력이 유감없이 발휘될…… 터였는데…….

"모모, 이 부분은 좀 더 애달프게…… 으음, 좀 다른데. 좀 더 한결같은 느낌이라고 하면 되려나? 뭐라고 할까, 왕자가 사랑해주지 않는다는 사실에 '노여움' 이 담겨 있는 것처럼 보여."

나는 그렇게 지적했다.

연출은 사실상 나와 마리아가 맡고 있었다. 그래서 이런 지적은 드문 게 아니었고 서로 지적하면서 연기의 질을 높이고 있었다.

"……그렇네요. 알았어요."

납득해 준 모양이었다.

그렇게 바로 다시 해봤는데—— 마리아치고는 드물게도 잘 수정하지 못해서 몇 번을 되풀이해봐도 내가 기대하는 연기가 되지는 않았다.

나와 마리아는 다행스럽게도 함께 귀가한다. 그래서 귀가하는 중에도 인어공주의 각본에 대해서 상의하며 연극의 방향성을 확실하게 다듬기로 했다.

"우선 이번 인어공주의 방향성 말인데, 저번에 이야기한 것처럼 '한결같이 왕자를 사랑하는 인어공주의 보답 받지 못하는 마음' 을 뚜렷하게 묘사해서 관객을 감동시킨다는 걸로 괜찮지?"

"예, 그걸로 문제없어요."

전철 안에서 우리는 목소리를 낮추고 대화를 나눴다.

"그럼 내가 연기하는 왕자는 말이야, 역시 인어공주가 자신을 구해준 소녀라는 것을 전혀 깨닫지 못했다고 생각해?"

인어공주는 마음에 두던 왕자가 폭풍우에 휩쓸리자 그를 구해준다. 하지만 인어이기에 이름을 대지도 못하고 대신 도와줄 사람을 불렀다. 그러나 왕자는 그렇게 찾아온 수도원의 소녀가 자신을 구해줬다고 착각해서 반하고 만다. 이 '엇갈림'과 '진실이 전해지지 않는다'는 부분이 【비극의 근간】이라고 할 수 있을 것이다.

"전혀 깨닫지 못했다는 게 일반적인 해석 아닌가요?"

"으음, 나는 이 차선의 인어공주 대본을 읽는 사이에 왕자가 어렴풋하게 깨달은 게 아닌가 하는 생각이 들기 시작했어."

"그렇게 생각하신 이유는요?"

"인어공주의 원작을 읽었는데 말이야, 인어공주와 수도원의 소녀인 옆 나라의 공주가 꼭 빼닮았다고 나오더라고. 그렇다면 수도원의 소녀가 자신을 구해줬다고 착각하는 것도 어쩔 수 없는 일이고 그대로 반하는 것도 그럴 수밖에 없다고 생각해."

"뭐, 그렇죠."

"하지만 차선의 대본은 모모와 히나가 각각 연기하는 것처럼 전혀 닮지 않은 것으로 나와. 그렇다면 보통은 폭풍우에서 구해준 여성과 수도원의 소녀를 동일시할 리는 없을 것 같지 않아?"

이 부분의 논리가 개인적으로는 납득이 되지 않았다.

왕자는 막연하게 '목숨을 구해줘서 반했다' 라고만 나온다. 이 목숨을 구해줬다는 부분은 '폭풍우에서 구해줬다' 와 '간호해서 구해줬다' 중에서 말하자면 '폭풍우에서 구해줬다' 라고 추측하는 것이 자연스럽게 느껴진다. 그렇게 되면 어째서 수도원의 소녀에게 반한 거냐는 의문이 들게 된다.

"스에하루 오빠는 어떻게 생각하시는데요?"

"폭풍우 때는 죽을 뻔한 거니까 기억이 뒤죽박죽되었다고 생각하는 게 가장 납득되는 것 같아."

"그렇군요, 기억이 혼탁했기에 착각해서 수도원의 소녀를 좋아하게 되었지만 기억의 혼탁이란 건 애매하니까요. 그러니 왕자가 인어공주의 정체를 어렴풋하게 깨달았을지도 모른다는 거죠?"

"일단은 증거라고 할까 근거도 있어. 왕자는 인간이 된 인어공주를 구해줬지?"

"예."

"여동생과 닮았다는 이유가 있지만 생판 남이잖아. 아무리 목소리가 나오지 않는다고 해서 궁전으로 데려가 간호하거나 이곳저곳 데려가 주는 건 지나친 것 같지 않아?"

"아~ 그건 저도 그렇게 생각하긴 했어요."

끼이익, 하고 소리를 내며 전철이 흔들렸다. 급브레이크가 걸린 것이다.

뒤에 있던 사람이 휘청여서 나는 마리아를 위에서 덮는 모양새로 문에 손을 짚었다.

"스에하루 오빠…… 그런 건 모모의 방에서……♡"

"느닷없이 뭔 뚱딴지같은 소리야?! 놀랐잖아!"

진지한 이야기를 하고 있었는데 한순간에 분홍빛 분위기로 변해버렸다. 마리아, 무서운 애…….

"칫."

주위에 있던 회사원과 학생들이 혀를 찼다.

그래도 혀를 차는 정도로 끝나서 다행이었다. 우리의 정체가 들켰다면 최악의 경우에는 동영상으로 찍히고 인터넷에 올라가서 또 한바탕 소란스러워지는 전개도 있을 법했다. 마리아는 그런 스릴을 즐기는 구석이 있어서 방심할 수 없었다.

"아무튼 하던 이야기로 돌아가자."

"예~."

나는 기분 좋아 보이는 마리아를 보고 한숨을 내쉬면서 표정을 다 잡았다.

"나는 말이야, 왕자는 인어공주가 목숨의 은인이라는 것을 깨닫기 시작했고 마음도 끌렸던 것으로 가정하고 싶어."

"그러면 혼약자인 공주가 수도원의 소녀라는 것을 알았을 때의 감정이 조금 달라지겠네요."

"그렇단 말이지. 공주와 맺어지는 게 왕자로서는 옳은 일이야. 그래서 위화감은 있었지만 '억지로 좋아한다고 생각하려고 했어' —— 나로서는 그런 식으로 생각할 수 있지 않을까 싶었거든."

"그럼 지금까지는 왕자가 전혀 봐 주지 않는다고 생각했던 인어공주는 실은 상당히 기회가 있었던 게 아니냐는 느낌이 되어서 인상이 변하네요."

"맞아. 그리고 왕자가 바보 같다는 생각이 든단 말이지. 아니, 나라를 짊어지고 있으니까 결혼을 결단하는 건 지당한 선택이기는 해도 왕자가 제대로 깨달아주는 것만으로도 인어공주가 보답받는 전개가 되잖아? 그전보다도 해피엔딩에 가까워지는 만큼 좀 깨달으라고! 싶은 심정이 돼."

"하지만 스에하루 오빠, 인어공주는 배드엔딩이야말로 이야기의 중심축 아닌가요?"

"그렇기는 한데! 나는 해피엔딩을 더 좋아한다고!"

"진정하세요, 진정. 해피엔딩은 무리더라도 스에하루 오빠의 해석은 재미있었어요. 내일부터 바로 그 해석을 전제로 한 연기를 보고 싶어요."

"알았어."

좋아, 내가 걸렸던 부분은 대체로 다듬어졌다.

다음은 마리아의 인어공주에 대해서였다.

"모모, 방금 왕자의 해석을 전제로 하면 인어공주는 어떤 느낌이 좋을 것 같아?"

"……그렇네요. '왕자가 진실을 깨닫기 시작했다' 는 것을 인어공주가 눈치챘다면 그런 엔딩이 되지는 않겠죠."

"역산하자면 그렇게 되겠지."

기회가 있다는 것을 알고 있었다면 인어공주는 자살을 선택하지는 않았을 것이다. 좀 더 어필하거나 진실을 전할 수단을 모색하는 등의 다른 행동을 취하는 편이 자연스럽다.

"그렇다면 인어공주는 의외로 왕자를 잘 보고 있지 않았다고 할까…… 맹목적…… 바보…… 괜찮은 표현이 떠오르지 않네요."

"나는 인어공주가 '이타적인 성격' 이라고 생각해."

"이타적…… 그렇군요, 자신은 뒷전에 두고 누군가를 위해 헌신하는 것에 기쁨을 얻는 듯한 그런……."

"그래. 물론 인어공주는 보답받고 싶다는 생각에 괴로워하고 발버둥 치지만 말이야. 근본적인 부분에는 우선 왕자에 대한 사랑이 있어서 자신보다도 왕자의 행복이 최우선이라는 이타적인 성격이라고 봐. 그래서 공주와 맺어진 왕자를 단검으로 찌르지 못하고 뛰어내려서 거품이 된 거잖아?"

"예."

"나는 그렇게 해석했는데 그러면 지금 모모가 하는 연기는 좀 '강하단' 말이지."

마침내 이 이야기로 돌아올 수 있었다.

아까 마리아가 계속 걸리고 몇 번이나 되풀이해도 제대로 연기하지 못했던 장면. 잘못된 부분을 어떻게 표현하면 좋을지 계속 고민했었는데 마침내 도출해낸 결론이 '강하다' 는 것이었다.

마리아에게는 씩씩한 면이 있다. 적이 오면 그저 당하기만 하는 게 아니라 반격하고 농락해주겠다는 당찬 면도 있다. 인어공주처럼 '이타적' 인 행동을 하는 타입이 아니라 '이기적' 인 행동을 하는 타입이었다.

그건 한 사람의 인간으로서는 나쁜 점이 아니었다. '이타적'

에도 타인에게 의존한다는 단점이 있다.

다만 지금 요구되는 건 '이타적'인 인어공주였다. 원래 성격을 연기로 감출 필요가 있었다.

마리아는 현재 그걸 못하고 있었다.

재주가 좋은 마리아가 어째서 해내지 못하는지는 알 수 없다. 하지만 이건 아마 문외한이라도 깨닫는 부분일 것이다. 공연 전까지 개선해야 했다.

"……알겠어요. 스에하루 오빠가 무슨 말을 하는지 이해했어요."

"그래, 이해해줬구나."

"내일부터는 좀 더 '이기적'인 자신을 지우고 '이타적'이게 되도록 연기해볼게요."

"다행이네. 이걸로 방침은 정해졌어. 그걸 잘 해내면 관객을 울릴 수 있을 거야. 그러면 히나가 아무리 귀엽고 '순진무구한 공주님'을 연기하더라도 이길 수 있다고 생각해."

"그렇네요. 알겠어요."

하지만 이날 이후로—— 조금씩 마리아의 연기가 무너져 갔다.

*

공연이 내일로 다가와 있었다.

오늘은 총연습을 하러 케이오 대학에 간다. 무대 세트도 음악도 조명도 실제 공연과 똑같은 내용으로 하는 예행연습이었다. 그게 끝나면 앞으로 남은 건 본 공연밖에 없다. 히나도 첫 대본 리딩 이후로 처음으로 참가할 예정이었고 이렇게 말하는 나도 케이오 대학에 가기도 전임에도 긴장하고 있을 정도였다.

현재 우리는 호즈미노 고등학교의 체육관에 있었다.

케이오 대학에서 집합하는 시간은 19시. 평소에는 17시 무렵이었지만 오늘은 무대 도구의 설치와 음향 확인이 있어서 약간 늦은 시간에 집합하게 되었다. 그런 이유로 그때까지는 체육관의 무대를 빌려서 연습을 할 생각이었다.

"왕자님…… 어째서 저를 봐 주지 않는 거죠……? 저는 이렇게 당신을 사랑하는데……."

무대 위에서는 지금 마리아가 혼자서 연기를 하고 있었다. 되풀이해서 연습하고 있는 인어공주가 고백하는 장면이었다.

마리아가 연기를 하고 있으니 당연히 주목도가 높았다. 체육관을 이용하는 클럽 활동――배구부, 농구부, 배드민턴부, 탁구부――의 멤버들은 클럽 활동을 하면서도 시선이 끌려서 때때로 고문 선생님에게 혼나고 있었다.

"테츠히코, 모모의 연기가 어떤 것 같아?"

무대 옆에서 연기를 보고 있던 나는 옆에 있는 테츠히코에게 물어보았다.

"음…… 신인배우라면 이 정도라고 생각하겠지만 마리아의 실력을 생각하면 더 말할 것도 없지. 뭐라고 할까, 보기에는 괜찮은데 가슴에 와 닿는 게 없어."

"그렇단 말이지……."

"체육관에 있는 녀석들은 마리아가 연기하고 있으니 기뻐하지만 내용도 안 보고 있고."

내가 '이타적'인 연기가 필요하다고 말한 뒤로 며칠이 지났다. 마리아는 줄곧 과제로 삼아 도전했지만 오히려 안 좋아진 것처럼 보였다.

마리아 본인도 힘들어하는 걸 알 수 있었다.

자기 생각처럼 연기가 되지 않기 때문인지, 아니면 그런 연기라도 기뻐하는 애들을 본 탓인지.

어느 쪽이 되었든 본 공연이 다가옴에 따라 조바심이 더욱 현저해지며 연기에 악영향을 끼치는 최악의 순환이 되어 있었다.

"어라라, 마리아 선배님이 많이 고전하고 계시네요."

불현듯 옆에 선 소녀가 중얼거렸다.

쿠로하만큼이나 작은 체구. 모자를 깊숙이 눌러쓰고 있어서 얼굴은 보이지 않았다.

사복 차림으로 용케 학교에 들어왔다고 생각하고 있으니 테츠히코가 눈을 끔뻑였다.

"히나……?"

"……?!"

나도 모르게 눈을 크게 떴다.

세간에서 대인기인 톱아이돌이 학교 체육관에 있다는 건 말도 안 되는 일이었다. 너무 말도 안 되는 일이기에 틀림없이 히나라고 인식하고 있음에도 믿어지지 않았다.

히나는 순진무구한 웃는 얼굴로 나에게 몸을 가까이했다.
"일이 조금 일찍 끝나서 와 봤어요—— 선배님~!"
선배님이라고 말하면서 때때로 말꼬리를 끄는 게 여전히 귀여웠다.
다만 그렇다고 넋 놓고 있을 수는 없었다.
만약 애들 중에 누군가가 히나를 눈치채기라도 한다면 엄청난 소란이 일어날 것이다. 지금 학교에 남아 있는 녀석들 모두가 이곳으로 모여들지도 모른다.
나는 그런 상황을 상정하고 얼굴이 새파래졌다.
"왜 그러세요, 선배님~?"
히나는 태평했다. 정말로 톱아이돌인가 싶은 싹싹한 태도로 싱글거리고 있었다.
"야, 스에하루. 나는 막을 내리고 올 테니까 너는 히나를 조용히 시키고 있어."
테츠히코가 그렇게 말하며 자리를 떴다.
"어라, 내리시게요? 히나도 무대에 서고 싶었는데."
"아니, 네 지명도는 알고 말하는 거야?!"
"물론이죠. 히나는 톱아이돌이에요!"
양손으로 허리를 짚으며 신장에 비해 풍만한 가슴을 편다. 그 몸의 라인만 해도 일본인과 거리가 멀어서 나도 모르게 넋 놓고 보고 말았다.
"이런."
나는 황급히 이성을 발동시키며 자각이 없는 히나의 입을 손으로 막았다.

"일단 히나는 조용히 좀 해. 만약 누군가 목소리를 듣기라도 한다면 소란스러워질 거라고."

"후후후, 후후후후……."

어라? 히나가 묘하게 즐거워 보이는데…….

여자애의 입을 강제로 손으로 막았으니 솔직히 발버둥 쳐도 이상하지 않았다. 만약 싫어하더라도 그대로 끌고 가서 안전권으로 이탈할 결심을 했는데 즐겁다는 듯이 웃는 건 완전히 상정 밖이었다.

"언가 숨아오이 가타어 즐어어요."

"뭐라는 건지 모르겠거든!"

나는 비어 있는 손으로 머리를 짚었다.

하지만 다음 순간—— 나는 어떤 사실을 깨닫고 말았다.

어라, 지금 내 손이 톱아이돌의 입술을 만지고 있지 않나……? 이거 엄청난 일 아닌가……?

이 배덕감은 뭐지……?! 따듯한 숨결이 손에 닿아서 간지러운 게 묘하게 흥분된다고 할까……?!

"하루…… 뭐 해……?"

"스짱…… 왜 기쁜 표정이야……?"

테츠히코가 기계를 조작해서 막을 내리고 있으니 무대 반대쪽에 있던 쿠로하와 시로쿠사도 이변을 깨닫고 찾아온 상황이었다.

"——죄송합니다!"

나는 그 즉시 엎드려 빌었다.

"몹쓸 생각은 한 적 없어요……."

"그런 말은 몹쓸 생각을 했으니까 나오는 거지?"

"시다 양의 말에 찬성이야. 스짱, '몹쓸 생각' 에 대해 좀 더 구체적으로 듣고 싶은데."

"아하하, 선배님 재밌어요! 엎드리는 게 엄청 빨라!"

어째서인지 히나가 내 행동에 꽂힌 듯했다.

쿠로하가 히나를 힐끗 보았다.

"음…… 히나 양, 이라고 부르면 될까?"

"예, 편하게 불러주세요. 선배님의 소꿉친구이신 쿠로하 씨죠?"

"응? 나를 알아?"

"물론이죠! 군청 채널의 영상을 전부 보고 있는걸요!"

"아, 그렇구나. 그러고 보니 저번에 그렇게 말했었지."

"히나는 쿠로하 씨의 상냥함을 엄청 좋아해요. 쿠로하 씨는 몰래 도와줄 때가 많으시잖아요? '도움을 받은 사람이 미안하게 생각하지 않도록 도움을 받았다는 것조차 깨닫지 못하게 한다' 고 할까. 히나가 동경하는 상냥함이에요!"

"어, 그……그래? 응, 고마워."

쿠로하는 틀림없이 처음에는 한소리를 할 생각이었을 것이다. 그러나 잠시 대화를 나눠본 것만으로도 히나에게 악의가 전혀 없었다는 걸 깨달은 거겠지. 금방 독기가 빠진 얼굴이 되어버렸다.

"시다 양, 비켜 봐."

대신 시로쿠사가 앞으로 나섰다. 이어서 미간을 찌푸리며 말했다.

"잘 들어, 니지우치 양. 네가 귀엽고 노래를 잘 부르고 춤도 잘 추는 최고의 아이돌이라는 걸 나는 충분히 알고 있어."

"정말요?! 시로쿠사 씨, 감사합니다!"

험악한 표정을 짓고 있던 시로쿠사는 빛나는 듯한 웃는 얼굴에 압도되었는지 보기에도 쩔쩔매기 시작했다.

"우으으, 너 너무 귀엽단 말이야……. 너무 귀여워서 문제야……."

뭘까, 이제는 논리적으로 이상해진 것 같은데……. 아무튼 시로쿠사가 도움이 안 되는 상태가 된 건 확실해 보였다.

시로쿠사가 헛기침을 하며 표정을 다잡았다.

"요컨대 스짱에게 이 이상 달라붙는 건 그만둬줬으면 좋겠다는 소리야."

"달라붙어요……?"

히나는 잘 이해가 안 되는 모양이었다. 원래부터 거리감이 가까운 성격이구나…….

자신의 말이 잘 전해지지 않는 것에 곤란해진 시로쿠사는 눈을 데굴데굴 굴릴 정도로 고민한 끝에 말했다.

"우, 우으으…… 아무튼 왕팬이니 나중에 사인해주세요."

"그게 결론이냐고!"

나도 모르게 딴죽을 걸고 말았다.

히나가 생긋 웃었다.

"시로쿠사 씨, 히나도 사인을 받을 수 있을까요? 아쿠타미상 수상작인 '네가 있던 계절' 을 읽었거든요! 무척 재미있었어요!"

"……뭐?"

허를 찔린 시로쿠사는 어지간히 기뻤는지 입가가 풀어져 있었다.

"아, 그, 그랬어?"

"오늘 또 뵈니까 책을 가지고 왔거든요~."

예의상 하는 말이 아니었는지 가방에서 책을 꺼냈다.

시로쿠사가 활짝 밝은 표정을 지었다가 바로 머리를 부여잡았다.

"난감해졌어…… 너무 착한 애잖아……."

"카치 양, 너무 쉽게 넘어가는 거 아니야……?"

쿠로하가 한숨을 내쉬었다.

"팬을 소중히 생각하는 것뿐이야!"

그렇게 말하면서도 결국 시로쿠사는 대놓고 입가가 풀어진 채 정성껏 사인하기 시작했다.

그러자 그때 테츠히코에게서 사정을 들은 마리아가 다가왔다.

"아, 수고하셨어요. 마리아 선배님."

히나가 밝은 목소리로 말을 붙였다.

전부터 히나에게 시누이처럼 굴던 마리아는 언짢다는 듯이 말했다.

"왜 여기에 있어요?"

"일이 좀 일찍 끝났는데 조금이라도 함께 연습하고 싶었거든요!"

오, 그냥 와본 게 아니라 연습 참가가 메인이었나. 그건 고마운데.

연습은 오늘로 마지막이었다. 히나와는 지금까지 맞춰보지 못했으니 한두 시간 정도 더 함께 연습해보는 것만으로도 많이 달라진다.

마리아는 미간을 찌푸렸다.

"히나기쿠 씨, 매니저는요?"

"따돌리고 왔어요!"

"신나게 말할 일이야?!"

나는 매니저의 심정이 되어서 그만 머리를 부여잡고 말았다.

"지금쯤 매니저가 새파래져서 찾으러 돌아다니고 있을 거 아냐!"

"괜찮아요! 히나는 자주 이러거든요!"

"매니저를 자주 따돌리면 안 되지!"

지적할 데가 너무 많아서 대단할 지경이야……!

"그치만 매니저님은 잔소리가 많으신걸요. 적당한 걸로 의식을 돌려놓은 사이에 도망치는 거예요. 산에서 멧돼지와 만났을 때와 똑같은 방법이에요!"

자랑하는 건지 히나가 힘주며 파이팅 포즈를 취했다. 무진장 귀여웠다.

"멧돼지라니……."

쿠로하가 어이없다는 듯이 말했다.

"히나는 실은 무지무지 시골인 곳에서 태어났기 때문에 집에서는 멧돼지를 자주 봤었어요."

"용모와의 격차가 장난 아닌데……."

히나는 금발벽안이었다. 핀란드인과의 혼혈이라고 들어서 그런지 북유럽의 이미지가 강했다. 개인적인 상상으로는 별장이나 유럽의 고성 같은 집에서 살듯한 이미지였다.

"일본 말고는 핀란드의 외가댁에 놀러 가 본 게 전부예요. 언어는 부모님이 가르쳐주셔서 4개 국어 정도는 할 줄 알지만요."

"와, 스펙 좋네."

쿠로하, 시로쿠사, 마리아 세 사람도 스펙은 엄청 높았다.

하지만 이 애는 그 이상이었다. 엘리트 중의 엘리트…… 연예계의 신동이라고 할까…… 기준이 세계에 있는 느낌이었다.

"무지무지 시골인 곳이라니 어느 정도길래요?"

마리아도 히나에게 흥미가 있는 거겠지.

약간 차가운 말투였지만 이야기에 관심을 보였다.

"초중학교까지 산을 넘어서 한 시간이 걸리는 주위에 사람이 없는 환경이었어요."

"초중학교?"

낯선 표현에 나는 되물었다.

"초등학교만으로는 학생 수가 너무 적어서 중학교와 합쳤거든요. 9학년에 여덟 명밖에 없었어요."

"진짜로 비경이네……."

“부모님은 연구자셨던 모양인데 히나가 태어났을 때는 도회지에 신물이 나서 시골로 이주한 뒤였어요. 태어났을 때부터 거의 자급자족인 생활이어서 놀이 상대는 형제 정도였죠.”

아…… 톱아이돌이면서 스킨십을 좋아하는 순수한 애교쟁이인 건 분명 그 부분이 원인이겠군…….

“그래서 프로듀서님이 발굴해주시기 전까지는 완전히 야생아였어요.”

발굴해주셨다라…….

이 애와 이야기를 나눠보면 알 수 있다. 놀랄 정도로 귀여울 뿐만이 아니라 천진난만한 매력도 있고 어학 능력 등을 고려하면 머리도 확실하게 좋다. 도쿄 시내를 걷고 있으면 말을 거는 사람이 많아서 고생할 수준이겠지.

하지만 실제로 있었던 곳은 비경이라고 할 수 있을 정도의 시골이었다. 슌 사장이 어떻게 찾아낸 건지…… 그게 의문이었다.

어쩌면 나는 슌 사장을 ‘그냥 밉살맞은 인간’이라고 단정하고 있었을지도 모른다.

실력 없는 인간이 히나를 발굴하는 건 불가능할 테고 프로듀서로서 콤비를 맺어 톱아이돌로 만드는 것도 불가능한 일일 것이다.

좋고 싫음을 떠나서 슌 사장을 볼 필요가 있을지도 모르겠다.

마리아가 시계를 보았다.

“아직 시간이 있네요. 모처럼 히나기쿠 씨가 와줬으니 부실로 이동해서 연습하지 않으실래요?”

"찬성이에요!"

히나가 바로 손을 들었다. 여전히 리액션이 크다.

그렇게 우리는 다른 사람의 눈이 없는 부실로 이동하기로 했다.

*

우리는 중앙에 있던 테이블을 구석으로 옮겨서 좁은 부실의 공간을 최대한 확보했다.

테츠히코가 지시를 내렸다.

"레나, 택시 불러 놔. 히나를 데리고 전철로 이동하는 건 무리니까. 두 대를 부르고 시간은…… 한 시간 뒤면 되겠지."

"옙."

레나가 가볍게 경례하고 부실을 나갔다.

"시다는 여자 단역의 대사를 읽어줘. 카치는 지문을. 남자 단역은 내가 할게."

"응."

"알았어."

이렇게 히나라는 최적의 상대역을 얻어 총연습 전의 예행연습이 시작되었다.

"왕자님, 저는 행복해요. 수도원에서 잠든 당신의 옆얼굴을 보고 저는 처음으로 가슴의 두근거림을 느꼈어요."

히나는 확실하게 수준이 올라가 있었다. 저번에 지도했던 '운명적인 느낌' 을 표현할 수 있게 되었다.

히나의 앳된 모습은 한결같은 마음을 증폭시켰고 길게 자란 속눈썹은 사랑의 애절함을 돋보이게 했다. 히나가 공손하게 말하는 것만으로도 보고 있던 남자들은 왕자가 되어 도움이 되어 주고 싶다는 생각을 할 것이다.

"——연모하고 있습니다. 그저 당신만을."

조금 지도한 것만으로도 이 정도인가…… 무서울 정도야…….

연기라는 것을 아는데도 가슴이 뛰었다.

물론 재능만으로 이런 성장은 있을 수 없었다. 지도 내용에 관해 고민하고 자기 나름대로 이해한 뒤에 수련해온 증거였다.

다만 나도 질 수는 없었다.

마리아가 제 실력을 내지 못하고 있다면 내가 만회한다.

그런 마음으로 나는 왕자를 연기했다.

——짝짝짝짝!

부실을 박수 소리가 가득 채웠다. 예행연습이 끝나고 누가 먼저라 할 것 없이 박수를 친 것이다.

"선배님, 정말 대단했어요!"

히나가 달려왔다.

"저번보다도 퀄리티를 올리실 줄이야…… 솔직히 상상 이상으로 왕자님다워서 마음이 몇 번이나 흔들렸어요!"

그래그래, 내 이성도 네 가슴처럼 흔들리고 있단다——라는 말이 떠올랐지만 자제심을 발동시켜서 입 밖에 내지는 않았다.
"잠깐, 너무 가깝다고 할까……."
"예에? 이 정도는 괜찮지 않나요?"
"아니, 안 괜찮거든! 히나는 아무에게나 이런 느낌이야?"
"그렇지는 않아요."
"그럼 왜 나에게는 이러는 건데."
"히나는 자신에게 없는 것을 가진 사람을 정말 좋아하거든요! 공부가 되기도 하고 자극도 받아서 즐겁잖아요! 선배님은 연기를 잘하시면서도 연예계에 물들지 않았고 학교에서도 근사한 동료들과 재미있는 활동을 하고 계시니까요. 히나에게 없는 것을 이렇게 많이 가진 사람은 본 적이 없을 정도예요! 거기에 선배님은 히나의 오빠와 닮은 구석도 조금 있고요! 한마디로 말하자면 마음에 들었어요!"
그렇게 말하며 히나가 팔에 달라붙었다.
"……얘 뭐야?"
쿠로하가 지옥의 파수꾼 같은 눈으로 노려보았다. 무섭습니다만.
"끄으응……."
시로쿠사는 뭔가 갈등하고 있었다. 아무튼 무서우니까 모른 척하자.
히나의 이 행동은 옆에서 보면 연애적인 것으로 보일지도 모르지만 스킨십을 받는 나로서는 그저 장난치고 있을 뿐이라는 걸 이해하고 있었다.

왜냐면 팔이 좀 아팠으니까. 동물이 장난칠 때와 똑같다고 할까. 내 생각을 안 하고 그저 스킨십을 즐기고 있었다.

마리아가 달라붙는 것과는 명확하게 달랐다. 마리아의 경우에는 서로가 기분 좋을 한도를 계산했고 때때로 가슴이 닿는 면적까지 조정하기도 했다.

다만 그렇다고는 해도 톱아이돌의 스킨십은 당연히 기쁘지만 말이지!

"히나 양, 좀 떨어져 줄래……?"

쿠로하가 땅이 울리는 듯한 목소리로 중얼거렸다.

"아, 죄송해요. 오빠 이외의 남성에게 이러는 건 파렴치한 느낌? 이 되니까 좋지 않은 행동이었죠."

히나가 냉큼 떨어졌다. 부끄러워하는 분위기는 없었다.

떨어져 준 건 다행인데…… 방금 말은…….

나는 관심이 생겨서 작은 목소리로 물어보았다.

"있잖아, 물어보기가 좀 그런데……."

"예, 뭔가요? 거리낌 없이 말해주세요."

"그, 그럼 물어보겠는데 혹시 '파렴치' 라는 말의 의미를 알고는 있어?"

"음~ 뽀뽀 같은 거죠?"

"진짜로 모르는 거냐?!"

나는 머리를 부여잡았다.

사람이 없는 산골짜기에는 주위에 형제밖에 없고 학교에서도 사람이 적다. 그리고 도회지에 나온 건 아이돌로 스카우트되었기 때문이다.

요컨대 그쪽 교육을 받지도 못했고 텔레비전과 잡지를 볼 여유가 없었으며 이런저런 이야기를 나눌 친구도 없었다는 건가……?

뭔가 쿠로하와 시로쿠사가 상의하다가 결론을 내렸는지 히나를 불렀다.

"히나 양, 잠시 여자들끼리 내밀하게 할 이야기가 있는데."

"쿠로하 씨? 예, 뭔가요?"

히나가 천진난만한 표정으로 쿠로하에게 다가갔다.

그러자 양측에서 쿠로하와 시로쿠사가 단단히 붙잡으며 움직임을 봉했다.

"어……? 왜, 왜 그러세요……?"

"잠깐 이쪽으로——."

좌우에서 히나를 들어 올리고 복도로 나갔다.

그리고 몇 분 뒤——.

"선배님…… 실례했습니다……."

새빨개진 히나가 나타났다.

"앞으로는…… 남자와의 접촉은…… 그……."

거기까지 말한 히나가 뒷말을 흐렸다.

원래도 혼혈이라서 피부가 하얀 탓에 홍조가 눈에 띄었다.

공감성 수치로 이쪽까지 부끄러워지기 시작했다.

"아니, 그, 이쪽이야말로…… 감사했습니다."

"하루, 감사하다는 게 무슨 의미야?"

"스짱, 저런 순진한 애를 보고 파렴치한 생각을 한 건 아니겠지?"

"갑자기 배가 아프네…… 잠깐 화장실 좀……."

내가 변명을 하며 복도로 도망치려고 하자 쿠로하와 시로쿠사가 좌우에서 붙들었다.

조금 전 히나와 완전히 똑같은 구도였다.

"아, 여러분, 택시가 왔어요! 준비되신 분부터 와주세요!"

하늘이 나를 구했다!

"아차차, 옷을 갈아입어야겠네! 부실은 여자들끼리 옷 갈아입는 데 써!"

그렇게 말한 나는 쿠로하와 시로쿠사의 구속에서 탈출해 황급히 짐을 챙기고 부실을 뛰쳐나왔다.

"아, 하루, 도망치지 마!"

"스짱, 거기 서!"

서란다고 서는 사람이 있겠냐!

부리나케 도망친 나는 복도를 달려 체육관으로 돌아왔다. 무대는 오늘 엔터테인먼트부가 빌렸고 막도 아까 테츠히코가 내려놨으니 여기서 옷을 갈아입어도 딱히 문제는 없을 것이다.

체육복을 벗고 있으니 테츠히코가 찾아왔다.

"스에하루, 잠깐 이야기 좀 하자."

"뭔데."

"히나와 비교해보고 확실하게 느꼈어. 승부라는 면에서 보면 마리아를 병결로 빼서 출연을 보류하는 편이 나아. 그런 연기로 내보낼 바엔 너와 히나의 일대일 승부인 편이 그나마 승산이 있어."

역시 테츠히코답게 가차 없었다.

그래도 배려를 하기는 했나. 적어도 마리아 앞에서는 말하지 않았으니까.

예행연습 뒤에 누구도 마리아의 연기를 언급하지 않았던 건 모두가 비슷한 감상을 품고 있었기 때문일 것이다. 그리고 똑똑한 마리아가 그 사실을 깨닫지 못했을 리도 없어서 멍하니 대화에 끼지 못하고 있었다.

"……그거 모모에게는 말하지 마라."

"당연하지. 스에하루, 이유는 모르겠냐?"

"평소의 모모라면 쉽게 수정할 수 있는 문제인데 말이지……."

"에리 씨에게 무슨 정보 못 들었어?"

"전혀. 나도 연기 말고는 이상한 점을 못 느꼈어. 당연히 등하교 때도 모모의 부모는 본 적 없고."

"이거 진짜 안 좋은 상황인데. 수를 쓰지 않으면 확실하게 진다고."

테츠히코가 탄식했다.

"져도 동영상 공개권을 뺏기기만 할 뿐인데……."

무심결에 입 밖에 내고 말았다.

다음 순간에 복부에 통증이 내달렸다. 테츠히코가 주먹을 날린 것이다.

"야, 스에하루. 그런 말을 입에 담은 시점에서 진 거나 다름없다는 걸 알고 하는 소리냐?"

"……미안."

나는 부끄러워졌다.

테츠히코의 말대로였다. 테츠히코는 '수를 써야 한다' 며 개선해서 이길 생각이었는데 내가 한 말은 완전히 졌을 때의 변명이었다. 마음이 질 준비를 시작했는데 이길 수 있을 리가 없었다.

"아니, 잠깐만……. 그걸 노린 건가……?"

"느닷없이 무슨 소리야, 테츠히코."

"내가 전부터 이번 승부의 조건이 너무 무르다고 했었지? 그야 지고 싶지는 않지만 만약 지더라도 타격은 없어."

"그게 어쨌는데?"

"하지만 말이야, 무른 조건에 감춰져 있지만 마리아에게 있어서는 이번 승부에서 졌을 때 혹시 트라우마 수준이 되는 것 아닌가……?"

"자세히 좀 설명해봐."

테츠히코가 퍼즐을 하나씩 푸는 것처럼 이야기하기 시작했다.

"마리아는 극복해나가며 성공한 타입이잖아. 실력으로 하나하나 성과를 쌓아서 인정받아왔어. 그렇기에 프로 의식이 높고 지금처럼 사무소를 관두고 우리와 활동하고 있어도 장래적으로는 쉽게 복귀할 수 있다는 자신감이 있지."

"뭐, 그렇지."

적어도 마리아는 유명 연예인의 2세도 아니었고 거대 사무소의 강력한 백업도 없이 여기까지 왔다.

“그렇다면 ‘아이돌’ 에게 지는 건 자존심에 상처를 입는 일 아닌가?”

“아니, 그래도 히나는 아이돌로서 지명도가 있으니까 처음부터 진다는 가능성도 있었잖아.”

“그야 지명도로 졌다면 마리아도 자존심에 상처를 입지는 않았겠지. 그런 부분은 제대로 분석해서 납득하는 타입이라고 생각하니까. 하지만 지금 상태를 보라고. 승부를 받아들였을 때는 생각도 못 했는데 지금은── ‘실력으로 지고 있어’.”

“……맞아.”

승부를 받아들였을 때와 상황이 많이 변했다.

“게다가 이 급격한 실력 저하. 나는 역시 마리아의 부모가 접촉해왔을 가능성이 있다고 생각해. 마리아가 숨기고 있을 뿐이고.”

“그건…….”

충분히 있을 법한 일이었다. 솔직히 마리아의 연기가 이렇게까지 안 좋아질 이유가 달리 짚이지 않았다.

“전제가 잘못되어 있었어. ‘평소의 마리아’ 라면 만에 하나로 지더라도 괜찮아. 하지만 ‘쓰레기 같은 부모에게 발목을 잡혀서 정신과 컨디션이 엉망진창인 마리아’ 라면 졌을 때의 의미가 달라져. 문외한일 터인 아이돌에게 져서 쌓아 올려온 게 무너져 내리면 부모를 극복하지 못했다는 사실을 자각할 수밖에 없겠지. 만약 나라면 죽고 싶어질걸.”

“젠장, 그런 거였나…….”

슌 사장에게는 승부 내용 같은 건 아무래도 좋았던 거다. 승부의 형식으로 해서 승패를 의식시키고 싶었을 뿐이다. 아무리 무른 내기라도 지게 되면 마리아는 '부모 탓에 졌다' 고 생각한다. 내기 자체는 무른 조건으로 해서 방심시키고 시간이 지나면서 처음으로 대미지의 위력을 알게 되는 트로이의 목마 같은 꾀였다.

'이건—— 위험한데.'

마리아의 심경을 잠시 상상해본 것만으로도 마음의 혼란을 충분히 알 수 있었다.

죽이고 싶을 정도로 혐오하는 상대 때문에 또 인생이 망가졌다. 이제는 괜찮다고 생각했었는데 극복하지 못했었다. 졌다. 이기지 못했다.

만약 그런 식으로 생각한다면 그렇지 않아도 트라우마 수준인 상처가 더욱 커지는 것이나 마찬가지였다. 그때의 좌절감은 틀림없이 엄청날 테고 연기로부터 도망치고 싶어질지도 모른다.

그걸 나는 알 수 있었다.

무대에서 있었던 괴로움은——카메라 앞에서 있었던 어머니의 죽음은——6년간이나 나를 연기에서 멀어지게 했었으니까.

"……테츠히코, 뭔가 좋은 방법은 없어?"

"나는 마리아를 병결로 해서 출연시키지 않는 것도 괜찮을 것 같다는 생각이 들기 시작했어."

"뭐, 그거라면 히나에게 연기로 졌다는 사실은 남지 않으니까."

"질 것 같아서 도망쳤다며 자기 자신을 탓할 것 같기도 하지만."

"모모라면 자기 자신을 탓해버리겠지……. 나아가도 지옥이고 물러나도 지옥이라는 건가."

"병결로 할지 어떨지는 함께 출연하는 네가 정해."

"……알았어."

"하지만 최우선은 부모가 접촉해왔는지 어떤지를 마리아에게 듣는 거야. 솔직히 나는 이제 백 퍼센트 확정이라고 생각해. 그걸 마리아의 입으로 듣고 난 뒤가 아니면 앞으로도 뒤로도 나아가지 못한다고."

"……알았어. 나한테 맡겨."

나는 교복으로 갈아입고 체육복을 가방에 넣었다.

"음……?"

"왜 그래, 스에하루."

"아니……."

한순간 출입구 쪽에서 소리가 들린 것 같았다.

출입구를 확인해 보러 가봤지만 아무도 없었다.

*

총연습쯤 되면 긴장감은 지금까지와는 차원이 달라진다. 본 공연을 의식할 수밖에 없기 때문이다.

최종 연습인 총연습에서 제대로 못 한다면 중압감이 강해지는 본 공연은 더 안 좋아질 가능성이 컸다. 물론 개선될 때도 있지만 적어도 그런 예감이 들게 된다.

그 때문인지 몇 번이나 무대를 경험한 나조차도 총연습을 앞두고 의욕과 긴장으로 몸이 떨리는 걸 느끼고 있었다.

보고 있을 뿐인 군청 동맹의 멤버—— 테츠히코, 쿠로하, 시로쿠사, 레나에게서도 긴장이 엿보였다.

테츠히코는 표정을 무너트리지 않았지만 약간 초조해하는 것처럼도 보였다. 쿠로하, 시로쿠사는 마른침을 삼키며 지켜보았고 레나는 마리아가 나오는 장면에서 기도하듯이 가슴 앞에 두 손을 모으고 있었다.

그리고—— 총연습이 끝났다.

엔딩곡이 흐르며 무대의 좌우에서 출연진이 일제히 등장했다. 무대 인사다.

곡의 재생과 조명의 타이밍, 막의 작동 같은 사전 확인과 공연이 끝난 뒤의 무대 인사 연습도 당연히 필요했다. 그러므로 이 부분도 본 공연과 똑같은 순서로 진행했다.

하지만—— 일부 스태프는 긴장이 풀린 듯했다.

구체적으로 말하자면 광고 연구회 사람들이었다.

히나의 출연은 당일까지 비밀이었으므로 외부인은 전부 내보냈다. 그러나 광고 연구회는 운영 스태프로서 상연에 관여하고 있었기에 관객으로서 이 자리에 있었다.

그들은 연극에는 문외한이었다. 그런 만큼 반응이 솔직했다.

"어라, 마리아 양이 이상하지 않았어……?"

“히나키가 대단한 것뿐 아니야?”

“아니, 마루는 역시 잘하잖아.”

본인들은 속삭임이라고 생각했겠지.

하지만.

“으——.”

마리아가 몸을 떨었다.

틀렸다. 역시 마리아도 깨닫고 말았다. 깨닫지 못했으면 좋았을 텐데…… 괜히 예리하니까 안타깝게 되었다.

……반응을 보면 알 수 있듯이 마리아의 연기는 총연습에서도 좋지 않았다. 어쩌면 지난 일주일 중에서 가장 별로였다고 할 수 있을 정도로.

중압감을 발판으로 삼을 수 있었다면 좋았을 텐데 중압감에 그대로 짓눌리고 말았다는 인상의 연기였다.

“수고하셨어요. 총연습 끝이에요.”

시마 씨의 목소리에 관객석에서 박수가 울려 퍼졌다.

긴장이 풀리며 담소가 시작되었다.

“모모사카 양, 수고하셨어요!”

“아, 예, 수고하셨습니다.”

나는 마리아의 상태가 신경 쓰여서 말을 걸어온 사람의 상대를 하며 바로 옆에서 관찰하고 있었다.

“컨디션은 괜찮으세요? 오늘은 푹 쉬세요.”

“……!”

마리아에게 말을 건 여성은 그래도 신경을 써준 것이겠지.

그러나 연기가 별로였다고 받아들이기에는 충분한 말이었다.

"그, 그러게요…… 심려를 끼쳐서——."

입술을 떨며 거기까지 말했을 때 마리아의 눈에서 한줄기 눈물이 흘러내렸다.

주위가 술렁였다.

마리아도 황급히 얼버무리려 했지만 흘러넘친 눈물은 멈출 수 없었다.

"그, 그게…… 뭔가…… 큰일인 건…………… 죄송합니다."

무대 옆으로 달려간 마리아가 뒷문을 통해 나갔다.

"——죄송합니다, 잠시 나가 있을게요!"

나는 그렇게만 말하고 바로 뒤를 쫓았다.

'우선 무엇을 하더라도 지갑과 핸드폰이 없으면 멀리 가지는 못할 거야. 그렇다면 가장 먼저 가는 곳은—— 대기실인가?'

예상이 맞았다. 내가 대기실에 도착했을 때는 마리아가 지갑과 핸드폰을 들고 밖으로 나오는 참이었다.

"모모——."

"——내버려 두세요!"

몸끼리 부딪치고 말았다.

예상 밖의 행동에 나도 모르게 옆으로 빠져나갈 수 있을 만큼의 틈을 만들고 말았다. 마리아는 그대로 극장의 통로를 달려 나갔다.

"기다려 봐!"

나는 필사적으로 뒤를 쫓았다. 마리아는 건물을 지나 밖으로 뛰쳐나갔다.

대학교는 나무가 많아서 밤에는 주위보다 불빛이 적었다.

평소의 마리아라면 머리를 써서 나를 따돌리려고 했을 것이다. 그러나 지금은 일직선으로 케이오 대학의 밖—— 아마도 택시를 잡을 수 있는 곳으로 향하고 있었다.

그런 거라면 신체 능력이 우위에 있는 나에게 유리했다.

운동 신경이 좋은 마리아라고는 해도 직선 달리기는 내 쪽이 명백하게 빨랐다.

그래서 정문 근처에서 붙잡을 수 있었다.

"모모!"

내가 손을 잡자 마리아가 날뛰며 저항했다.

"놔요! 놔주세요, 오빠!"

"바보야, 놔주겠냐!"

"내버려 두시라고요!"

"어떻게 그러냐고!"

내가 아담한 어깨를 붙잡자 이제는 저항해도 소용없다고 생각했는지 마리아가 조용히 고개를 들었다.

두 눈이 눈물로 젖어 있었다.

"이제 됐다고요, 스에하루 오빠……."

"무슨 말이야. 됐긴 뭐가 됐어."

"하지만…… 이런 연기밖에 못하는 제가 있을 필요는 없잖아요!"

비통했다.

연기는 마리아에게 있어서 자신감의 원천이었을 것이다. 그게 무너져내린 지금은 그렇게나 강하게 보였던 마리아가――이다지도 약했다.

"생각처럼 연기가 안 될 때도 있잖아. 그럴 때도 있으니까 연기자가 힘든 것 아니겠어?"

"저도 알아요! 저도 안다고요…… 하지만!"

마리아는 눈을 치뜨며 나를 노려보았다.

"스에하루 오빠, 저를 병결로 해서 출연시키지 않을 생각이죠?! 다 알아요!"

"모모, 역시 아까 테츠히코와 이야기하던 걸 들었구나……."

기척을 느껴서 혹시나 싶었는데…… 뭐, 지금은 아무래도 좋나.

얼버무리는 의미가 없다고 생각해서 나는 밝히기로 했다.

"맞아. 네 말대로 그럴 준비를 했었어."

"그럼 스에하루 오빠도 은연중에 이번에는 틀렸다고 생각했던 거죠?!"

"준비는 해두는 편이 좋으니까. 그렇지만 나는 네 컨디션이 안 좋은 게 아니라면 그럴 생각은 없었어."

"……!"

"테츠히코의 말에 나도 여러모로 생각했었어. 어중간한 판단은 좋지 않다고 생각해서. 그래서 내린 내 결론은 '컨디션 문제가 아니라면 널 출연시킨다' 였어."

"…………."

"그도 그럴 게 도중에 스스로 배역을 관둔다면 연기자 같은 건 못 해 먹지. 도망칠 바에는 실패하는 편이 낫다고 생각했어. 하지만 솔직히 말해서 나는 걱정 안 해. 왜냐하면 너는 마지막에는 제대로 하는 녀석이니까."

"──────."

조용한 밤이었다. 인도를 따라 펼쳐진 나무 사이에서 벌레 소리가 들려오기만 할 뿐이었다.

마리아는 고개 숙인 채 미동도 하지 않았다. 내가 붙잡은 어깨 아래로 팔이 힘없이 늘어트려져 있었다.

여기서 도망친다면 마리아는 두 번 다시 연기를 못하게 될지도 모른다. 그럴 정도의 트라우마가 남아도 이상하지 않았다. 그만큼의 굴욕과 후회와 한심함이 틀림없이 몸을 짓누른다. 마리아 정도로 총명하고 책임감이 강하고 자존심이 높다면 더더욱 그렇다.

그래서 나는 독려했다. 그리고 아마 마리아 본인도 깨달았을 현실을 알려줬다.

──지금이 인생의 승부처다.

그 사실을 마리아가 떠올리고 분발해주기를 기대했기 때문이다.

"모모, 너는 고집스럽게 말하지 않지만 네 부모가…… 너에게 접촉을 해왔지?"

"…………."

"네가 왜 말하고 싶어 하지 않는 건지 나는 모르겠어. 하지만 네가 그걸 이야기해주지 않으면 앞으로 나아갈 수 없다고. 그러니까—— 솔직하게 말해줘."

마리아는 고개를 숙인 채 목에서 쥐어 짜내는 것처럼 말했다.

"스에하루…… 오빠……!"

"응."

"스에하루…… 오빠……!"

같은 말을 두 번 되풀이한다. 노여움과 괴로움이 뒤섞여서 주체하지 못하고 있는 것을 뼈저리게 느꼈다. 너무 딱해서 가슴이 찢어질 것만 같았다.

"그, 그게요, 저는——."

그렇게 마리아가 입을 떼려고 할 때였다.

——따르르르릉!

마리아가 손에 들고 있던 핸드폰이 울렸다.

다음 순간——.

"힉?!"

겁을 먹은 마리아가 핸드폰을 떨어트렸다.

나는 깜짝 놀랐다.

"모모……."

말도 안 되는 일이었다.

핸드폰이 울린 것만으로 저렇게 겁을 먹는다고……? 그 마리아가……?

무엇이든 할 줄 알고, 언제나 웃는 표정이고, 내가 화를 내도 시선을 피하며 딴청을 피우고, 따져도 적당한 말로 흘려넘기며 조금도 동요하지 않는—— 그 마리아라고!

연예계의 수라장에서도 살아 남아온 마리아가 이런 식으로 겁을 먹는다니, 눈앞에서 보지 않았다면 현실이라고 생각하지 못했을 것이다.

마리아는 떨어트린 핸드폰을 가만히 바라본 채 움직이지 않았다. 움직이지 못하는 것일지도 모른다.

그래서 내가 주웠다.

"아……."

패스워드는 모르지만 잠금화면에 떠오른 메시지는 읽을 수 있었다.

그리고 그 내용은 예상대로였다.

보낸 이의 이름은 '망할 아버지', 메시지는 '또 돈 좀 보내줘'——였다.

"모모…… 이게 무슨 소리야?"

내가 묻자 마리아가 어깨를 떨었다.

시선을 피하고 눈물을 글썽이며 이를 악문 뒤에—— 덧없는 웃음을 지어 보였다.

“후후…… 들켜버렸네요……. 아뇨, 딱히 큰일인 건 아니에요……. 상상하신 대로 문제 있는 저희 부모가 저에게 접촉해온 것뿐인걸요…….”

“언제였어……?”

“테츠히코 선배님이 저희 부모가 저를 만나러 올지도 모른다고 경고한 날의 전날이었어요.”

“전날이었다니……!”

젠장, 완전히 맹점이었다.

이전에 내 과거가 주간지에 폭로되었을 때도 테츠히코의 정보는 슌 사장의 행동보다 먼저였다.

그런 실적도 있어서 이번에도 테츠히코의 경고가 앞섰다고 착각했다. 아마 테츠히코도 그런 식으로 착각했을 것이다. 그래서 수상하다고 생각하면서도 계속 지켜보고만 있었다.

내가 계속 등하교를 함께 해줘도 의미가 없었다. 이미 연락처가 전해졌다면 압력을 가하는 것도, 돈을 융통하는 것도 만나지 않고 간단히 할 수 있다.

하지만 그렇다면 이때도——.

‘그럼 노리고 있다는 걸로 가정하죠. 그래도 스에하루 오빠, 모모는 이제 열여섯이에요. 떨고만 있을 뿐인 어린애가 아닌걸요. 결혼도 할 수 있는 나이예요. 민폐 부모를 상대하는 것도 자식의 역할이겠죠. 스에하루 오빠는 모모가 그런 부모에 질 것처럼 보이나요?’

그때도——.

'차암, 스에하루 오빠. 실례라구요. 저에게는 오빠가 모르는 일면도 많이 있는 걸요?'

그리고 그때도——.

'이거 에스키모 키스라고 해요. 알래스카에서는 밖에서 키스를 하면 타액으로 입술이 얼어붙어 버리니 이런 키스로 애정과 친애의 마음을 표현했다나 봐요. 로맨틱하죠?'

마리아는 속으론 부모의 그림자에 떨면서 말하고 있었다.

"딱히 큰일은 아니라구요……."

이 상황이 되어서도 마리아는 그런 말을 했다.

"그저 저희 부모가 돈을 요구하고 있는 것뿐이에요……. 그래서 처음에는 거절했는데 너무 끈질겨서요……. 그래도 안심해주세요……. 이 무대가 끝날 때까지 시간을 버는 것뿐이니까요……."

"그걸로 끝날 리가 없잖아……."

한 번이라도 돈을 건네면 그걸로 끝이다. 돈맛을 본 상대가 몇 번이나 뜯어내러 올 것이다.

'그런 건 나보다 똑똑한 마리아라면 당연히 알고 있었을 텐데——.'

알고는 있었지만 분명 부모에 대한 트라우마와 제대로 연기하지 못하는 것에서 비롯된 딜레마에 마음이 조금씩 피폐해져서 —— 일시적이라도 쫓아내고 싶었을 정도로 궁지에 몰렸던 게 틀림없다.

"하루아침에 다 쓸 수 있는 금액이 아니었어요……. 그런데…… 술이니, 옷이니, 도박이니…… 대체 뭘까요……. 저는 그 사람들이 이해되지 않아요……."

"모모……."

용서할 수 없었다. 마리아의 부모가 만약 눈앞에 있다면 당장에라도 후려치고 싶은 기분이었다.

나는 마리아의 양 팔뚝을 붙잡고 꽉 쥐었다. 마리아가 어디로도 가버리지 않도록.

"알아주지 못해서 미안해……!"

"아니에요, 스에하루 오빠……. 왜 사과하시는 거예요……? 스에하루 오빠가 잘못한 건 아무것도 없는걸요……. 제가 마음대로 다물고 있었던 거잖아요……."

"하지만 네가 나와 에리 씨에게 말하지 않았던 건 우리를 위해서였잖아……."

"…………."

"네 성격상 그 웃기지도 않는 부모를 나와 에리 씨가 만나서 힘들게 하고 싶지 않았던 거지……? 그리고 그 부모를 혼자만의 힘으로 이기고 싶었던 거지……? 여기까지 오면 바보 같은 나라도 다 안다고……!"

마리아의 눈이 점점 커졌다.

"스에하루, 오빠……."

눈에서 한줄기 눈물이 흘러내렸다.

마리아는 입을 굳게 다물고 내 품에 뛰어들었다.

"지고 싶지 않아…… 지고 싶지 않아요, 스에하루 오빠……!"

마리아가 내 셔츠를 꼬옥 쥐었다. 구깃구깃해진 셔츠가 마리아의 심경을 표현하고 있는 것 같아서 가슴이 찢어질 것만 같았다.

마리아는 내 품에 얼굴을 파묻은 채 목소리를 죽이고 울었다.

"흐윽…… 윽……."

이럴 때만큼은 큰소리 내서 울어도 될 텐데 목소리를 죽이는 그 강한 자존심과 마음 씀씀이에—— 울컥했다.

나는 마리아의 어깨를 감싸 안으며 말했다.

"——알았어. 나머지 일은 전부 나에게 맡겨."

*

나는 테츠히코에게 연락해서 군청 동맹 멤버를 모았다.

그리고 짧게 사정을 말했다.

"역시 모모의 부모가 모모와 접촉했었어."

"접촉이 시작된 건 테츠히코가 경계하라고 말한 날의 전날이었어."

"폐를 끼치고 싶지 않았기에 혼자서 해결하려고 했었던 거야."

"내가 보기에 모모는 한계에 가까워. 다들 도와줘."

그렇게 말하며 내가 고개를 숙이자 모두 힘차게 고개를 끄덕여줬다.

"쿠로, 시로, 레나에게 부탁하고 싶은데 여유 되는 애가 이대로 모모네 집에 가서 내일 공연까지 함께 있어 주지 않겠어? 그리고 모모의 핸드폰은 모모네 집에 가는 애가 맡아서 모모의 눈에 띄지 않는 곳에 보관해줘."

"스에하루 오빠, 그렇게까지는……."

나는 더 이상 마리아가 무슨 말을 하게 둘 생각이 없었다.

"됐어, 모모. 나에게 맡겨. 지금 상황에서 스스로 생각하며 행동하는 것이 얼마나 위태로운 일인지는 너라면 알 것 아니야."

"……알았어요."

다행이다. 순순히 물러나 줬다. 이런 점이 마리아의 가장 현명한 부분이었다.

만약 여기서 고집을 부리며 저항한다면 공연까지 회복할 가능성은 없다고 생각했다.

물러나는 것도 용기가 필요하다. 언제나 물러나기만 하면 승부를 걸 수 없지만 물러나야 할 때는 물러나지 않으면 안 된다.

이런 완급조절은 객관적으로 볼 수 있다면 어렵지 않지만 힘든 상황 속에 있을 때는 깨닫지 못하는 패턴이 많았다.

하지만 좋은 판단을 할 수 있는 객관성이 남아 있다면—— 돌파구는 있다.

나는 마리아의 핸드폰을 쿠로하에게 건넸다. 시로쿠사는 에리 씨에게 연락을 걸었고 레나는 긴장이 풀릴 화제를 마리아에게 던졌다.

"테츠히코, 히나는 아직 있어?"

"응? 대기실로 가는 모습은 봤는데."

“그럼 아직 있겠네. 다행이야, 전화번호를 모르니 그대로 가버렸으면 고생할 뻔했어.”

내가 몸을 돌리고 걷기 시작하자 테츠히코가 따라서 걸었다.

“야, 너 뭐 하려는 건데.”

“이대로라면 모모는 승부에서 이겨도 구원받지 못하고 지면 상처만 받을 뿐이야.”

“……승부?”

역시 테츠히코는 감이 좋았다. 내 생각을 눈치챈 듯했다.

“설마 지금부터 그 인간을 찾아가서 조건을 바꿀 교섭을 할 생각이냐……?”

나는 웃으며 말해줬다.

“――그래, 그 설마야.”

*

슌 사장과 만나게 해달라고 히나에게 중개를 부탁하자 간단하게 수락해줬다.

그 이야기를 듣고 있던 테츠히코가 자기도 가겠다고 해서 방해하지 말라는 조건으로 같이 가게 되었다.

히나를 위해 마련된 승용차에 함께 타서 하디 프로로 이동했다. 이전에 와인을 끼얹은 사건이 있었던 사장실로 셋이서 들어갔다.

“어서 와, 히나 양. 또 혼자 행동했지? 매니저가 울었어.”

"아하하, 매니저님의 경계가 허술하길래 저도 모르게요."

"정말이지……. 그래도 톱스타는 기행 한두 개 정도는 가진 법이니까. 자제해줬으면 좋겠지만 어쩔 수 없는 일이지."

"맞아요~ 어쩔 수 없는 일인 걸요~."

히나가 생글거리며 태연하게 말했다.

슌 사장이 수상쩍은 건 변함없지만 역시 히나에게는 꽤 다정했다.

상성이 좋은 건가? 아니면 톱아이돌이라서 배려하는 건가? 어느 쪽인지는 모르겠다.

어쨌든 우리에게도 다정하게 굴 생각은 없는 모양이었다.

슌 사장이 눈을 번득이며 나와 테츠히코를 보았다.

"그래서 손님을 데려오겠다고 했었는데 이 둘일 줄이야……. 이유를 설명해주겠어? 히나 양."

"그럼 선배님, 뒷일은 맡길게요! 히나는 선배님의 부탁을 들어드린 것뿐이거든요!"

히나가 길을 터주는 것처럼 옆으로 비켜섰다.

"히나 양은 정말 곤란하단 말이지."

"예에? 프로듀서님도 곤란한 행동을 많이 하시잖아요."

"뭐, 그것도 그런가. 알았어. 히나 양의 부탁이니 이야기 정도는 들어주지. 히나 양은 수고했어. 우리는 긴히 할 이야기가 있으니 나가 있어도 돼."

"예! 실례했습니다!"

히나는 기운차게 손을 들며 생글거리는 얼굴로 사장실을 뒤로

했다.

히나가 사라지자 슌 사장의 눈이 가늘어졌다. 냉철한 사업가로서의 얼굴이었다.

우선 예의라고 생각해서 나는 고개를 숙였다.

"시간을 내주셔서 감사합니다."

"……그런 건 됐어. 그래서 할 이야기란 건?"

"지금 저희가 겨루고 있는 승부…… 저와 사장님 사이에 조건을 더하고 싶어서요."

"호오, 조건을 더한다고?"

먹잇감을 노리는 파충류의 눈이었다. 뱀이 혀를 날름거리는 모습이 머릿속을 스치고 지나갔다.

"알고 있겠지만 나는 쉽게 거래하지 않아. 뭔가 조건을 추가하고 싶다면 상응하는 가치의 대가가 있어야지."

"사장님에게 무엇이 가치가 있는지 모르니 우선 제 조건을 들어주세요. 듣고 나서 대가를 제시해주셨으면 하는데요. 다만 대가는 제가 할 수 있는 범위로 한정해주시고요."

"……뭐, 좋아. 말해봐."

나는 숨을 깊게 들이마시고 단숨에 토해냈다.

"모모의 부모를 조용하게 만든 공갈의 증거…… 지금도 가지고 계시죠?"

"음? 아~ 그거 말인가."

슌 사장은 금방 내 의도를 이해한 모양이었다.

마리아의 부모를 막을 수 있는 최대의 무기는 하디 프로에 잠들어 있는 '과거에 마리아의 부모가 공갈을 했던 증거' 였다.

이것만 있으면 마리아도 좀 더 강경하게 나갈 수 있다. 마리아가 스스로 해결하고 싶다고 해도 무시하고 우리가 움직여서 막을 수도 있었다.

슌 사장은 턱수염을 매만졌다.

"마루야, 네가 찾는 건 잃어버렸지만 열심히 찾아보면 찾아낼 수 있지 않을까 싶기도 해."

음험한 말투였다. 분명 바로 꺼낼 수 있는 곳에 보관하고 있을 것이다.

"그럼 있기는 있는 거죠?"

"뭐, 아마도."

"제가 이겼을 때 주신다는 보장을 해주신다면 사장님의 조건도 가능한 받아들일 생각입니다만."

"흐음."

슌 사장은 나를 머리끝에서 발끝까지 핥듯이 바라보았다.

"그러면—— 내가 이기면 우리 사무소에 들어와. 그거라면 받아들이지."

"알았습니다."

"야, 스에하루!"

테츠히코가 제지했다.

"이길 수 있을 리가 없잖아! 마리아가 저런 상태라고!"

"내가 이길 수 있게 할 거니까 상관없어."

"멍청아…… 냉정해지라고!"

"나는 냉정해."

"그 말을 해놓고 냉정했던 녀석을 본 적이 없거든?! ……아니, 잠깐 있어 봐. 마리아가 내일 기권하면 승부는 너와 히나의 대결인가. 그거라면 승부가 될 테니——."

"——모모사카가 출연하지 않으면 대리인이 인어공주를 맡겠지."

슌 사장이 대화에 끼어들었다.

"그렇게 되면 히나 양과 마루&대역의 승부가 되는 건데?"

"이 인간이?! 그러면 이쪽이 압도적으로 불리하잖아!"

"모모사카의 상태가 좋든 말든 이쪽과는 상관없는 일이야. 너희의 관리가 소홀했던 거잖아? 그런데 어째서 굳이 일대일로 룰을 바꿔줘야 하는 거지? 만약 대역이 나온다면 이쪽으로서는 대전 상대가 바뀌는 거니까 사죄라도 한마디 듣고 싶을 정도인데?"

"이 자식……!"

테츠히코가 달려들려고 해서 나는 황급히 붙들었다.

"너도 진정하라고, 테츠히코!"

"시끄러워……!"

"나는 관대하니까 대역을 쓸 거라면 마음대로 골라도 돼. 시다라도 괜찮고 시로쿠사 양이라도 상관없어. 아, 그래. 애초에 두 사람은 대사를 외우지 않았을 테니 주최 측인 연극 동아리에서 골라야 하려나? 물론 그래도 승부의 약속은 지켜줘야겠지만."

"쓰레기 같은 인간이……!"

"테츠히코! 방해하지 않겠다고 약속했잖아! 저 사장님만 앞에 있으면 너무 쉽게 폭발하는 거 아니야?!"

"하지만……!"

나는 심호흡을 하고—— 고개를 끄덕였다.

"——알았습니다. 그렇게 하죠."

"야!"

"됐으니까 이 자리는 나에게 맡겨!"

"……칫, 마음대로 해!"

테츠히코는 이를 악물더니 혀를 차며 등을 돌렸다.

"저 쓰레기와는 다르게 마루는 그래도 이야기가 좀 통하는 것 같군."

"테츠히코를 욕하지 말아주시겠어요? 이런 놈이라도 친구거든요."

"뭐, 좋아."

이대로 돌아갈 수도 있었지만 나는 한 가지 더 물어보기로 했다.

"사장님, 어째서 제가 사무소에 들어가는 걸 조건으로 거신 거죠?"

"음?"

나는 슌 사장에게 와인을 끼얹은 이후로 줄곧 적대시하고 있었다.

그러나 좀 더 자세히 알지 않으면 진정으로 이기지는 못할 것 같다는 생각이 들기 시작했다.

"그도 그럴 게 제가 사장님의 말을 고분고분 들을 놈으로 보이세요? 저번에 와인을 끼얹었을 정도인데요. 사장님도 제 과거를 폭로할 정도니까 절 싫어하는 것 아닌가요?"

내가 돈이 되니까 사무소로 데려오고 싶다는 이유가 메인이라고 생각하지만 내가 싫었다면 이 사람은 좀 더 굴욕적인 말을 할 것 같았다. 예를 들면 '사무소에 들어와서 나에게 충성을 맹세해' 라거나.

하지만 그런 말까지는 안 했다. 신경 쓰이는 부분이었다.

흠, 하고 슌 사장이 입을 열었다. 뜻밖에도 담담한 표정이었고 악의는 느껴지지 않았다.

"그러고 보니 저번에는 차분히 이야기하지 못했었지. 소파에 앉아 봐."

슌 사장이 소파에 앉았다.

나는 시키는 대로 맞은 편에 앉았다. 테츠히코도 말없이 내 옆에 자리를 잡았다.

"우선 대전제로서 나는 일본에서 세계 제일의 스타를 배출하는 것을 목표로 삼고 있어."

"……?!"

수상쩍은 호스트로밖에 보이지 않는데 엄청나게 멀쩡한 목표를 가지고 있어서 놀랐다.

"그러기 위해서는 최고의 재능을 가진 인간을 어릴 적부터 타협하지 않고 단련시키는 게 필수라고 생각하고 있어. 예를 들자면 스포츠계에서는 그게 당연한 일이지. 신장이 평균보다 작은 야구선수는 아무리 운동 신경이 좋아도 세계 제일의 홈런 타자가 되지는 못할 거야. 농구와 배구도 마찬가지고. 반대로 2미터가 넘는 인간이라도 고등학생 때부터 운동을 시작하면 세계를 제패하는 건 불가능에 가깝지 않겠어?"

"그건…… 그렇네요."

"나는 노래, 춤 같은 예능도 그런 수준까지 끌어올려야 한다는 생각을 가지고 있어. 그 선구자로서 세계 제일의 스타를 배출하여 일본에서 진정한 엔터테인먼트를 완성하고 싶고."

"…………."

스케일이 큰 이야기였다.

솔직히 말하면 이 사람은 이익밖에 모르는 타입이라고 생각했었다. 이 말만 들으면 인상이 완전히 달라진다.

"하지만 저번에는 저에게 돈 얘기를 하셨잖아요."

"일에 걸맞은 돈을 제시하는 건 당연한 것 아니야? 돈이 아닌 걸로 성의를 보이라고 하는 쪽이 잘못되었다고 보는데? 너는 성과를 내지 못해도 열심히 하면 돈을 벌 수 있다는 허무맹랑한 소리를 할 생각이야?"

"아뇨, 그렇게까지는……."

냉정한 논리였지만 정론이었다.

일인 이상 돈이 아닌 걸로 보수를 받는 건 이상한 이야기였다.

"너는 내가 시다에게 한 말에 분개했었지만 나는 지금도 잘못했다고는 생각 안 해. 시다는 3년 안에 1억을 벌 수 있을 가능성이 있어. 그리고 그만큼 벌면 그 뒤의 인생을 자유롭고 충실하게 살아갈 수 있고 부모에게도 효도할 수 있지. 나는 그쪽이 더 좋은 인생이라고 생각해서 자신 있게 제안한 거야."

"쿠로는 어릴 적부터 단련한 게 아니라서 사장님이 목표로 하는 세계 제일의 스타는 무리라는 말이 되는데요?"

"역할이 다르지. 세계 제일의 스타를 만들어 내기 위해서는 거액의 투자가 필요해. 그러므로 사무소에 돈을 벌어줄 이는 많으면 많을수록 좋아. 시다는 지금이라면 확실하게 이익이 나오는 콘텐츠야. 그래서 데려오고 싶었어. 그 애만 괜찮다면 지금도 와줬으면 하고."

슌 사장은 쓸데없이 기다란 다리를 반대로 꼬았다.

"한편으로 히나 양은 명실상부하게 세계 제일을 노릴 수 있는 자질을 가지고 있어. 뭐, 이른바 간판인 거지. 다만 먼저 말해두겠는데 나는 히나 양과 다른 이들 사이에 귀천은 없다고 생각해. 그 사이에 있는 건 역할의 차이와 벌어들이는 돈의 액수뿐이야. 많은 일을 할 수 있는 인간이 더욱 많이 버는 거지. 그뿐이야."

목표는 뜨겁지만 과정은 차갑다. 이게 슌 사장의 방식인가…….

향상심이 강한 히나와 상성이 좋고 담백하게 보이지만 꽤 무른 구석이 있는 마리아와 상성이 좋지 않은 건 듣고 보니 대충 이해가 되었다.

슌 사장은 나에게 손을 내밀었다.

"그리고 그렇게 말하자면—— 마루, 너에게는 아직 세계 제일을 노릴 만한 가능성이 있어."

"저한테요……?"

"네가 지난 6년 동안 먼 길을 돌아왔는지 어떤지는 몰라. 연기

자란 특수해서 그저 단련한다고 좋은 게 아니야. 정서와 생활환경으로 연기력이 좋아지기도 하고 나빠지기도 하니까."

"…………."

"그리고 네 경우에는 연예계에 들어오는 게 빨랐지. 극단에 들어갔던 게 다섯 살쯤이었던가?"

"예, 맞아요."

"내가 히나 양을 찾아낸 게 열 살 때였어. 네가 6년 동안 시간을 헛되이 보냈다고 해도 수련한 시간은 히나 양과 그렇게 차이 나지 않아. 누적된 경험이 다르지. 나는 그렇게 보고 있어."

"그렇군요……."

그래서 나를 사무소로 데려오고 싶었던 건가.

"또 세계 제일을 노릴 수 있는 자질이 있는 건 모모사카인데…… 솔직히 이 정도로 무너질 연기자라면 세계는 무리지. 그 정도라면 나는 필요 없어."

"뭐라고요……?"

나는 눈썹을 치켜세웠다.

"그렇잖아? 나는 이래 봬도 배려를 해준 거라고. 사무소를 관뒀을 때 바로 공격하지 않았던 건 너희의 관계가 숙성되기를 기다렸기 때문이야."

"숙성……?"

생각지도 못했던 말에 나는 동요했다.

"그래. 한 번 생각해봐. 모모는 현재 인생에서 가장 충실한 시기라고 할 수 있겠지. 배우 일과는 조금 거리를 두고 있을지도 모르지만 돈과 인맥이 있으니 그럴 마음만 먹으면 언제라도 복귀할 수 있어. 집에서는 소중한 가족이 기다려주고 있고 학교에서는 너희라는 동료와 학교와 세간을 떠들썩하게 할 정도의 활약을 하고 있어. 말하자면 지금만큼 트라우마를 극복할 기회는 없는 거야."

"——!"

나는 노여움에 떨면서도 일어설 타이밍을 놓치고 말았다.

끔찍하게 제멋대로인 논리이지만 말이 되지 않는 건 아니었다.

그게 묘한 설득력이 되어 나를 낭패하게 했다.

"마루, 너는 과거가 폭로되었을 때 정면에서 받아쳤지. 그래서 가치가 있어. 그때 무너져 내렸다면 나는 지금 너를 원하지 않았을 거야."

"역시 당신이 내 과거를 폭로한 거지?!"

"——내 말부터 들어."

슌 사장은 한마디 말로 나를 제지했다.

"재능이란 건 정신적인 부분도 포함돼. 폭거를 저지르지 않을 정신, 얌전히 이야기를 들을 정신, 끝없는 향상심을 가질 정신, 고난을 극복할 정신—— 아무리 육체 능력과 센스를 타고난 선수더라도 기회를 거머쥐지 못하면 프로로 활약하지 못하는 것과 마찬가지야. 정신이 약한 이는 세계를 노릴 수 없어. 나는 그 약함을 극복할 계기를 준 것에 지나지 않아."

"나도 모모도 세계를 노리겠다는 소리는 한 번도 한 적 없어!"

나는 분개했다.

이 인간의 논리는 일리가 있었다. 그 때문에 빨려들 듯이 귀를 기울이고 말았지만—— 들으면 들을수록 '자신의 형편에 좋게' 가 전제였다.

그런 형편은 우리와는 아무런 관계가 없었다.

"당신이 멋대로 세계 제일의 스타를 찾으면서 우리에게 자질이 있는지를 확인해 보고 싶었을 뿐이잖아!"

"맞아. 그런데 그게 어쨌다고? 딱히 법에 저촉되지 않는데?"

"법을 어기지 않았다고 괜찮은 문제가 아니라고!"

"법은 규칙이고 지키는 게 의무야. 그 밖의 문제는 배려와 상식으로 움직이고 있지. 배려와 상식…… 하찮기 짝이 없어. 혐오스러울 정도의 단어야. 둘 다 세계를 바꾸는 데는 방해가 돼."

"그런 이기적인……!"

"조금 전에도 말했지만 한 번 더 말하지. 이래 봬도 배려한 거라고."

"그만 됐어! 역시 당신과는 말이 통하지 않아!"

이 이상 같은 공기를 마시는 것도 싫었다.

"내일 승부로 결판을 내죠."

"물론이지. 져도 모른 척하지 마."

"그건 이쪽이 할 말이거든요."

나는 그대로 등을 돌렸다.

"이봐, 쓰레기 사장."

등 뒤에서 테츠히코의 목소리가 들려왔다.

"댁과는 다른 방식으로 댁을 넘어서 주겠어. 기억해두라고."

"흥, 잔챙이 주제에 나대지 마라."

슌 사장이 코웃음 쳤다.

테츠히코의 관자놀이에 핏대가 섰지만—— 가까스로 참은 듯했다.

""실례했습니다! 이 쓰레기야!""

나와 테츠히코는 나란히 서서 문을 요란하게 닫으며 사장실을 뒤로했다.

*

하디 프로에서 돌아가는 길에 나는 테츠히코에게 말했다.

"테츠히코, 이번 승부에 대해서 모모에게 말하지 마."

"음? 왜."

"이 이상 중압감을 줄 수는 없잖아. 내가 '승부에서 이기면 모모의 부모가 폭주한 증거를 받아낸다는 조건을 추가했다' 고만 전할게. 그러면 모모에게는 좋은 연기를 하면 승부에서 승리하고 부모에게도 이긴다는 게 되어서 개선될 여지가 있을 거야."

마리아가 힘내지 못하는 데에는 목표가 확실하지 않은 것도 커다란 원인이라고 생각한다.

마리아는 지금 부모에 대한 대응으로 피폐해져서 제대로 연기하지 못해 괴로워하고 있었다.

순서대로 말하자면 부모를 격퇴해 연기를 개선하는 게 좋겠지.

하지만 이젠 그럴 시간이 없었다. 내일이 본 공연이었으니까.

그럼 우선 연기를 힘내야 하지만 죽을 각오로 명연기를 펼쳐도 부모 문제는 해결되지 않는다. 연기와 부모는 별개의 문제였으니까.

그렇게 피폐한 상태로 두 가지를── '연기 개선'과 '부모 격퇴'를 힘내라는 건 무리한 요구였다.

거기서 나는 조건을 추가함으로써 '연기를 힘내면 부모 문제도 해결되도록' 만들었다. 이로써 마리아는 '내일 연극을 잘 해내면 모든 게 해결되는' 상태가 된다.

"역시 목표의 통일이 목적이었냐. ……뭐, 기대하기는 힘들어 보이지만 목적은 납득했어. 하지만── 아까도 말했지만 여기서는 내기를 해선 안 되는 상황이잖아."

그 부분을 지적하면 나로서는 할 말이 없었다.

"대역을 세우면 승부조차도 되지 못해. 유일한 승산은 마리아의 부활이야. 하지만 그동안 개선되지 않았는데 본 공연에서 바로 어떻게든 해보겠다는 건 패배할 때의 발상이라는 건 아냐? 도박에서 계속 져서 마지막에 모든 걸 걸고 요행을 바라는 거나 마찬가지야."

"하지만 아무것도 하지 않고 내일을 맞이하면 모모는 확실하게 한동안 활력을 잃을 거야."

"단언할 수는 없잖아."

"단언할 수 있어."

나는 딱 잘라 말했다.

"어떻게 단언하는 건데."

"나에게도 비슷한 경험이 있었으니까."

"아, 그렇군……."

테츠히코는 납득이 된 모양이었다. 여전히 이해가 빨랐다.

나는 어머니의 죽음으로 트라우마가 생겼다. 그 결과로 연기를 하지 못하게 되었다.

마리아와는 사정이 다르니까 단순히 비교할 수는 없었다. 하지만 가족 문제로 트라우마가 생겨서 자신 있던 연기를 못하게 되었다는 상실감—— 그런 의미로는 비슷하다고 생각했다.

"나는 6년이 걸렸어. 친구들과 도와주는 사람들이 있었는데도 6년이야. 만약 모모가 지금부터 6년을 잃는다면 나보다도 손실이 더 커."

"……여배우라는 직업은 서른 정도까지가 가장 빛나니까."

"그런 거야. 지금부터 6년을 잃는다는 건 너무 무거운 일이고 한 번 잃었다는 사실이 있으면 더는 과거와 같은 위치로 돌아가지 못해. 새로운 자신을 만들어 낼 정도의 고난을 짊어지게 돼. 그건 너무 괴로운 일이잖아."

추가 조건을 고려해도 승산이 0에서 1퍼센트가 될 정도로밖에 늘어나지 않는다.

그런 건 나도 안다. 하지만 승산이 있고 없고의 차이는 컸다.

나는 이렇게 생각하고 있었다.

'승산이 거의 늘어나지 않는데 나는 인생을 건다' —— 그렇기에 기적이 일어날지도 모른다고.

트라우마를 극복할 수 있을 정도로 분발하게 하려면 '합리적' 인 말만으로는 불가능했다. 그래서 나는 리스크를 짊어지며 추가 조건을 제시했다.

"나는 두 사람 몫의 활약을 한다는 마음으로 마지막까지 이길 생각으로 연기할 거야—— 그러니까 하게 해줘."

"하아아……."

테츠히코가 땅이 꺼지도록 한숨을 내쉬며 머리를 긁었다.

"……네 생각은 알겠어."

"그럼——."

"인정한다기보다는 이미 정해진 일이니까 따지는 게 무의미하다고 생각했을 뿐이야. 그렇다면 나는 나대로 해야 할 일을 할 뿐이고."

"미안."

"딱히 방법이 없는 것도 아니야."

이 녀석의 '방법이 없는 것도 아니야' 는 왠지 무서운 느낌이었지만 이제는 맡길 수밖에 없었다.

그 뒤에는 어떻게 해도 마리아를 못 쓸 것 같을 때의 계획을 세웠다.

인어공주의 대사를 외운 사람은 연극 동아리에 있다. 동아리 출신자인 여배우가 나오지 못하게 된 시점에서 대역으로 인어공주를 하게 된 사람이었다.

다만 그 사람도 공연 당일에 느닷없이 하라는 말을 들어도 혼란할 테고 나와 히나도 다른 사람과 연기하게 되어서 당연히 당혹스러울 것이다. 그렇게 되면 군청 동맹으로서는 의뢰의 반절

밖에 달성하지 못하게 되니 많은 사람에게 고개를 숙여야 할 것이다.

요컨대 마리아가 나오지 못하는 시점에서 패배가 확정된다고 볼 수 있었다. 하지만 그래도 준비는 해둬야 했다.

"그럼 내일 봐. 늦잠 자지 말고."

"알고 있다니까."

테츠히코와 헤어져서 귀갓길에 올랐다.

머릿속에 계속 떠오르는 건 마리아의 우는 얼굴이었다.

'지고 싶지 않아…… 지고 싶지 않아요, 스에하루 오빠……!'

다시 생각해 보아도 속이 뒤집히는 듯한 기분이었다.

해낼 것이다. 전력을 다해도 부족하다면 자신의 한계를 넘어서라도.

가슴이 옥죄여졌다. 분개심이 마그마가 되어 온몸을 내달리고 있는 것만 같았다.

날뛰고 싶은 마음을 참을 수 없었다. 하지만 그런 감정을 이성으로 억누르고 순수한 에너지로 변환해서 연기하는 힘으로 이어가야 한다.

'모모——.'

내가 반드시 구해줄 테니까——.

그러니—— 또 웃는 얼굴을 보여줘.

나는 밤하늘에 빛나는 별을 보며 홀로 맹세했다.

제4장 에스키모 키스

*

침대에서 일어나자 시야에 위화감이 있었다.

"아……."

내 옆자리가 부자연스럽게 부풀어 있다.

이불을 걷자 여자애가 동면 중인 아기곰처럼 둥글게 몸을 말고 있었다.

무심결에 웃고 있으니 그 애도 눈을 떴다.

"아, 좋은 아침이에요, 모모치."

레나 양은 눈을 비비며 말했다.

"어라~? 시다 선배님과 카치 선배님은요~?"

"까먹었어요? 사람이 많으면 부산스러워서 잠들지 못할지도 모른다며 열 시쯤에 돌아가셨잖아요. 지금쯤이면 두 분 중 한 분이 스에하루 오빠를 깨우러 가셨을 거예요."

"아~ 그랬었죠~."

그렇게 말하며 레나 양은 이불을 풍만한 가슴으로 끌어당기며 다시 동면에 들었다.

시계를 보니 일곱 시가 되기 전이었다.

나는 레나 양을 깨우지 않게 방을 뒤로하고 거실로 이동했다.

"아, 마리아. 일어났구나."

"웬일이야, 언니?"

웬일로 언니가 부엌에 서서 요리를 하고 있었다.

아침에 약한 언니는 아침밥을 거를 때가 많았다. 아니, 정확하게는 1교시 수업이 없으면 백 퍼센트 걸렀고 그 이전에 일어나지도 않았다.

"오늘은 마리아가 공연이 있으니까 가끔은 만들어줄까 해서."

언니는 늦장을 부릴 뿐이지 요리가 서툰 건 아니었다. 나에게 요리를 가르쳐 준 것도 언니였다.

"샤워하고 잠 깨고 와. 나오면 레나도 깨워주고. 그쯤에는 완성되었을 거야."

"응."

욕실로 가려다가 돌아보았다.

재료로 보아 아침 메뉴는 프렌치토스트와 샐러드였다.

부모 밑에서 두려움에 떨며 살았을 때는 프렌치토스트가 가장 좋아하는 음식이었다. 퍽퍽해진 빵이 언니가 조리한 것만으로도 사치스러운 디저트처럼 맛있어졌다. 그게 마법처럼 보였다.

언니의 배려에 감사하며 욕실로 들어갔다.

물 온도를 조금 뜨겁게 해서 식은 몸을 천천히 데웠다. 피부 위로 쏟아지는 온수의 자극에 머리의 회전 속도가 빨라지는 게 느껴졌다.

'어제는 한계를 넘었었어…….'

지금이라면 알 수 있었다. 괴로움이 사고를 억압하고, 시야를

좁히고, 마음을 침식해서 감정에 휘둘리고 있었다.

"스에하루 오빠에게 기대길 잘했어……."

스에하루 오빠가 어제 말했었다.

'됐어, 모모. 나에게 맡겨. 지금 상황에서 스스로 생각하며 행동하는 것이 얼마나 위태로운 일인지는 너라면 알 것 아니야.'

그런 식으로 말해줘서 다행이었다.

만약 맡겨달라고만 했다면 나는 저항했을지도 모른다. 스스로 해결해야 한다는 생각에 빠져있었기 때문이다. '너라면 알 것 아니야' 하고 말해줘서 평소의 나라면 맡긴다는 판단을 했다고 깨달았다. 그래서 순순히 기댔다.

……스에하루 오빠가 그걸 계산해서 말한 건가?

좀 미묘했다. 오빠는 샘날 정도로 아무것도 모르면서 정답을 끌어낼 때가 있는가 하면 때때로 이해해주고 있어서 놀랄 때도 있었다.

어느 쪽도 있을 법한데……. 뭐, 어느 쪽이든 상관없지만. 좋아하니까.

나는 손을 천천히 쥐어보았다.

……조금 힘이 없었다. 몸 상태가 그리 좋지 않았다. 피로가 풀리지 않은 것이다.

머리의 회전도 어제보다는 많이 좋아졌지만 컨디션이 괜찮을 때와 비교하면 둔했다.

그 증거로——.

"……!"

등줄기에 싸늘한 오한이 내달렸다.

무슨 일이 있었던 건 아니었다.

——부모의 목소리가 떠오를 뻔했기 때문이다.

정신의 깊은 곳에 새겨진 공포가 있었다. 아무리 떠올리지 않으려고 해도 그렇게 생각하는 것 자체가 잊지 못한다는 것과 마찬가지였다. 그래서 불현듯 플래시백 되는 순간이 있어서——움츠러들었다.

"만약 공연 중에 이렇게 되어버리면——."

연기가 되지 않는다.

스토리와 상관없이 공포가 얼굴에 드러난다. 본래의 모습으로 돌아가 버린다. 그러면 그 이후의 연기는 꾸민 것처럼 보여서 전부 엉망이 될 것이다.

"그만두는 편이 나을까……."

폐를 끼칠 바에는 그 어떤 비난을 듣더라도 그만두는 편이 나을지도 모른다는 생각이 들었다.

그리고 자각도 하고 있었다. 이런 생각을 하는 시점에서 지금의 나는 글러 먹었다.

평소라면 생각도 안 한다. 생각대로 연기하는 걸 당연하게 여긴다. 다른 출연자도 서포트해 줘야 한다는 생각을 가질 정도의 여유가 있다. 사고의 한구석에 도피가 있는 시점에서 틀렸다고 할 수 있었다.

"스에하루 오빠…… 저…… 도망쳐도 될까요……."

그렇게 말하면 무슨 반응을 보일까.

그렇게 하라고 해줄까. 안 된다고 혼을 낼까.

둘 다 있을 법했고 그러는 의도도 이해가 되었다.

하지만 혼나는 쪽이 더 싫었다.

나는 겁쟁이였다. 그래서 무슨 의도가 있더라도 혼나고 싶지 않았다.

스에하루 오빠가 나에게 '완벽주의자' 라고 한 적이 있는데 내가 완벽을 추구하는 건 겁쟁이기 때문이다. 오빠가 주위 사람들에게 혼나거나 바보 취급당해도 태연한 모습을 보고 남모르게 그 강함을 동경할 정도였다.

"케이오 대학에 가기 전에 정해야 해……."

너무 오랫동안 샤워하고 있으면 이상하게 여길 것이다.

그렇게 생각해서 샤워를 끝냈다.

옷을 갈아입고 거실로 돌아가자 언니의 요리는 이미 8할 정도 완성되어 있었다. 바닐라 에센스의 좋은 냄새가 풍겼다.

"아, 레나 양을 깨워야지……."

해야 할 일을 깨닫고 다시 몸을 돌렸다.

그리고 침실 문을 열자 레나 양이 통화를 하고 있었다.

"……예, 모모치는 어제보다 안색이 좋아졌어요. 다만 오늘 갈 수 있을지 어떨지는——."

레나 양은 내 얼굴을 보고 재빠르게 허리 뒤로 핸드폰을 숨겼다.

"아, 모모치! 샤워하셨네요!"

얼버무리는 듯한 말이었다.

누구와 통화하고 있었는지는 예상이 되었다.

"통화 상대는 테츠히코 선배님이시죠?"

"아니, 그게요……."

반응으로 보아 아무래도 정답인듯했다.

"야, 레나! 마침 잘됐어! 마리아의 핸드폰에 메시지가 얼마나 와있나 말해줘!"

숨긴 핸드폰에서 테츠히코 선배님의 목소리가 들려왔다.

"아니, 테츠 선배!"

레나 양은 등을 돌리고 작은 목소리로 비난했다.

"됐으니까 말해줘!"

"하, 하지만……."

"레나 양, 눈치 보지 말고 말해주세요. 어차피 알게 될 일이니까요."

내가 그렇게 말하자 포기한 듯했다.

신중하게 말을 고르며 말했다.

"……아까 슬쩍 확인해 본 건데요…… 뭐라고 말하면 좋을지……. 메시지 상태가 너무 안 좋아서요…… 숫자도 오싹할 정도고…… 이쪽의 머리가 이상해질 것 같았어요……."

불현듯 부모의 그림자가 뇌리를 스치고 지나갔다.

그 순간 숨이 막혔다.

전신의 근육이 경직되었다. 몸의 중심에서부터 강렬한 한기가 덮쳐와서 경련하는 듯한 떨림에 휩싸였다.

"하아…… 하아……."

산소가 부족했다. 숨을 아무리 들이마셔도 호흡이 되지 않는 감각이었다.

춥고 무서워서 호흡이 멈추지는 않을까.

죽음이 다가오고 있었다. 그런 느낌이 들었다.

"모모치! 괜찮아요……?!"

"하아…… 괜찮……아요……."

안 되겠다. 얼버무리려고 했지만 입술이 떨려서 말이 제대로 나오지 않았다.

"테츠 선배, 일단 끊을 테니 그밖에 뭔가 용무가 있으면 메시지로 보내주세요!"

레나 양은 통화를 끊은 핸드폰을 내던지고 몸을 숙인 내 손을 잡았다.

"모모치! 모모치!"

의식은 있었다. 하지만 마음과 몸을 잇는 선이 어떻게 되어버린 것인지 힘이 들어가지 않았다.

레나 양이 언니를 부르러 갔다. 그런 목소리를 나는 멍하니 듣고 있었다.

*

나는 침대에 누워있었다. 졸리지는 않았지만 몸은 여전히 떨렸다.

"미안해요, 레나 양……."

"신경 쓰지 마세요. 일단은 좀 더 누워 계시고요. 지금 언니분이 수프를 끓이고 계시니 그것 좀 드세요."

이런 대화를 아까부터 몇 번이나 되풀이하고 있었다.

케이오 대학에 가기까지 아직 시간은 있었지만 그래도 한숨 잘 정도의 여유는 없었다.

그렇다면 무리해서라도 떨림을 멈추게 하는 편이 낫겠다고 생각했다.

"레나 양, 언니에게 뜨거운 물 좀 받아달라고 해주시겠어요?"

"그건 좋은 방법이 아니에요!"

"하지만 충격요법이라도 써야……."

"그럴 정도라면 제가 선배들에게 모모치는 오늘 무리일 것 같다고 설명할게요. 몸이 안 좋으니 어쩔 수 없잖아요."

그런 말을 듣고 마음이 안심되었다.

학교에 가고 싶지 않은 날에 열을 재봤더니 정말로 열이 있었을 때의 심정과 비슷했다.

하지만—— 정말로 그래도 괜찮은 거냐는 망설임이 남아 있었다.

그럴 때였다.

——딩동!

벨이 울렸다.

"아……!"

반응한 건 레나 양이었다. 우리 집 벨소리인데도.

레나 양이 황급히 일어나서 현관으로 달려갔다.

그리고 그 이유는 금방 판명되었다.

"마리아, 괜찮아? 레나에게 상황은 들었어. 아까 쓰러졌다며."

"테츠히코 선배님……."

그렇구나, 레나 양이 아무튼 누워있으라고 한 이유는 테츠히코 선배님의 도착을 기다리고 있었기 때문이었나. 테츠히코 선배님이라면 어떻게든 해줄 거라고 생각한 거겠지.

"그럼 시간이 촉박해졌으니 이쪽 상황을 짧게 설명할게. 지금부터 할 이야기는 솔직히 말하면 스에하루가 입막음을 했던 건데 나는 감추지 않고 말해야 한다고 생각했거든. 그걸 염두에 두고 잘 들어줘."

테츠히코 선배님의 이야기에 나는 할 말을 잃었다.

『스에하루 오빠가 슌 사장님에게 담판을 지으러 가서 승부에 새로운 조건을 더했다.』

『군청 동맹이 이기면 우리 부모가 공갈을 한 증거를 받을 수 있다.』

『군청 동맹이 지면 스에하루 오빠는 하디 프로에 들어간다.』

『내가 배역을 포기해도 대역을 세워서 승부를 속행한다.』

사태의 심각함에 나는 현기증을 느꼈다.

"그, 그런 게 어딨어요! 모모치는 한계라고요!"

레나 양이 나서서 제지하려고 했다.
그러나 테츠히코 선배님은 무시하며 말을 이었다.
"마리아, 스에하루가 말했었어. 여기서 지거나 도망치면 자신처럼 될지도 모른다고."
"아——."
나는 숨을 삼켰다.
"슨배님이…… 그런 말을……."
레나 양은 뜻밖이라는 얼굴로 다시 물러났다.
"스에하루가 이런 승산이 없는 싸움을 받아들인 것도 마리아라면 분명 포기하지 않고 재기해서 이길 수 있다고 생각했기 때문이야."
"스에하루, 오빠……."
최근 며칠 동안 폐만 끼치고 있었는데 아직도 나를 믿어주고 있었을 줄이야…….
게다가 말만 그러는 게 아니라 '인생의 일부'를 걸어줬다고도 할 수 있었다.
만약 스에하루 오빠가 하디 프로에 들어간다면 인생이 확실히 변할 것이다. 적어도 바빠져서 학교는 중퇴하게 되겠지. 그렇게 되면 군청 동맹도 소멸할 게 틀림없다. 그 정도의 내용이었다.
'이런 행동을 가족도 아닌 누가 해줄까——.'
아니, 가족이라도 우리 부모 같은 인간도 있었다. 이렇게까지 믿어주고 행동해주는 사람은 한평생 동안 거의 만나지 못할 것이다.

신뢰라는 이름의 무게가 등을 눌렀다. 그 무게가 어영부영하던 내 다리를 땅에 닿게 해주었다.

동시에 조금씩 가슴 안쪽이 뜨거워졌다. 그 열기는 전신으로 퍼지며 차가워진 손가락을 따듯하게 데워줬다.

말을 잇지 못한 채 눈에서 눈물 한 방울을 흘렸다.

"솔직히 말하자면 나는 스에하루만큼 마리아를 믿지는 못해."

"테츠 선배! 그거 꼭 해야 할 말이에요?!"

레나 양이 감싸줬지만 테츠히코 선배님은 조금도 사정을 봐주지 않았다.

"잘 모르겠으면 가만히 있어, 레나."

"테츠 선배!"

"해야 할 말이네요."

아직 입술이 조금 떨렸지만 그래도 분명하게 말할 수 있었다.

분명 스에하루 오빠가 내 마음을 따듯하게 데워준 덕분이다.

"'무른 생각'을 해버리니까요. 조직에는 한 사람 정도는 차가운 말을 해줄 사람이 필요해요."

"하지만 그런 식으로까지 말하지 않아도……."

"말을 골라서는 의미가 없어요. 방금 들은 말이 저는 딱 좋았다고 생각해요. 정신이 번쩍 들었거든요."

분노는 주사약 같은 것이다. 조금이지만 공포가 날아가고 다시 정신이 들었다.

"……하지만."

정말로 재기한 건지는 아직 불안이 남았다.

그런 망설임을 테츠히코 선배님은 놓치지 않았다.

" '하지만' ……? 마리아 말이야, 이미 틀린 것 같다고 생각하고 있지 않아? 뭐, 나도 그렇지만. 그리고 스에하루의 행동도 자업자득에 멍청한 짓이었다고 생각해. 하지만 한 가지 납득되지 않는 게 있어."

테츠히코 선배님은 이를 악물며 주먹을 움켜쥐었다.

"이대로라면 친구가 그딴 개자식의 노예가 된다고! 나는 말이야, 그것만큼은 용납 못 할 것 같거든?!"

이어서 테츠히코 선배님이 충혈된 눈으로 내 멱살을 잡았다.

"테츠 선배?!"

강제로 상반신이 들어 올려졌다. 움직이기 편한 옷으로 갈아입고 있었지만 멱살이 조여진 탓에 숨이 막혔다.

"잔말 말고 하란 말이야……. 부모에 대한 원망이든 나에 대한 분노든 뭐든 좋으니까……. 이기기만 하면 된다고, 이기면……. 지금이 네 인생의 분기점이잖아……. 침대에 누워서 약해빠진 척하지 말라고……."

"뭐 하시는 거예요?!"

레나 양이 테츠히코 선배님을 몸으로 밀쳤다.

두 사람이 서로 뒤엉켰지만 카펫 위여서 크게 부딪치지는 않은 모양이었다.

"무겁다고, 레나! 맞을래?!"

"진정 좀 하시라고요, 테츠 선배!"

"이쪽은 침착하다고! 현실을 모르는 멍청이를 혼내는 게 뭐 잘못이냐?! 적어도 스에하루의 마음을 헛되이 하지 말라고! 도망치려고 하면 내가 밧줄로 묶어서 극장으로 끌고 갈 테니까!"

남자에게 이 정도로 대놓고 매도당한 적이 없었던 나는 놀라고 말았다.

하지만 무섭지는 않았다.

테츠히코 선배님의 말은 지당하다고 생각했고 스에하루 오빠에 대한 우정도 강하게 느껴졌기 때문이다.

아마도 테츠히코 선배님은 자신이 연기를 할 줄 안다면 하고 싶다고까지 생각하고 있을 것이다. 그건 피가 맺힐 것처럼 굳게 쥐고 있는 주먹으로도 알 수 있었다.

나는── 화가 났다.

스에하루 오빠에 대한 마음이 우정에 질 것 같았던 자기 자신에게.

스에하루 오빠가 이렇게까지 판을 깔아줬는데 힘을 내지 못했던 자기 자신에게.

레나 양이 아무리 상냥하다고는 해도 그 상냥함에 기댈 뻔했던 자기 자신에게.

그거다, 자기 자신에게 화를 내면 된다. 지금 이 몸을 움직이게 하는 원동력은 뭐든지 상관없었다.

한 가지 확실하게 말할 수 있는 게 있었다.

지금은 움직여야 했다. 다른 누구도 아니라 사랑하는 스에하루 오빠를 위해서.

"레나 양, 부탁이 있는데요."

"……뭔가요?"

"기합이 들어갈 만한 영양 음료를 잔뜩 사다 주시겠어요? 저는 지옥불처럼 뜨거운 목욕물로 정신을 차릴 생각이에요. 아직 그럴 시간은 남아 있죠? 테츠히코 선배님."

내 눈을 본 테츠히코 선배님의 눈이 커졌다. 그리고 바로 손목시계로 시선을 내리더니 씨익 웃었다.

"――아슬아슬하니까 서둘러."

*

테츠히코 선배님의 말대로 우리가 탄 택시는 상당히 아슬아슬하게 케이오 대학에 도착했다.

이미 대학교 축제가 시작되어서 정문 앞은 엄청나게 북적이고 있었다.

나는 테츠히코 선배님과 레나 양, 그리고 언니의 보호를 받으며 극장으로 달려갔다.

"늦어서 죄송합니다!"

극장에는 이미 스에하루 오빠, 쿠로하 선배님, 시로쿠사 선배님, 스태프 여러분―― 모두가 모여 있었다.

물론 슌 사장님과 히나기쿠 씨도.

"어서 와, 모모사카. 제때 왔구나? 네가 꽁무니를 뺀 건가 싶어서 대역을 준비시키도록 말하고 있었던 참이야. 와줘서 다행인걸."

슌 사장님은 여전히 밉살스럽게 비꼬았다. 한때 같은 사무소에서 일했었는데도 봐주는 게 없었다.

이 사람은 적과 같은 편의 구별을 명확하게 나누었다. 옛날에 함께 일했다는 건 아무런 상관이 없었다. 지금의 나는 적이니까 비꼬고 공격한다. 이 무정한 일관성은 슌 사장님의 기본자세로 같은 편일 때는 나쁘지 않았다. 슌 사장님이 앞장서서 적을 공격해 반감을 한 몸에 모아주었기 때문이다.

뭐, 개인적으로는 그런 비꼬는 말투가 품위가 없어 보여서 전부터 호감이 가지 않았다. 그게 하디 프로를 그만두고 스에하루 오빠와 함께 걷기로 생각한 이유 중 하나이기도 했다.

그러나 적이 된 지금은 보통 짜증 나는 게 아니었다.

"슌 사장님이야말로 졌을 때의 준비는 해오셨나요? 제 부모와 관련된 증거를 잃어버렸다고 하셨는데 제대로 찾아두셨겠죠?"

슌 사장님의 관자놀이가 씰룩였다.

"아~ 미안하게 됐는걸. 만에 하나라도 질 거라는 생각을 안 해서 아직 찾아보지 않았어. 무의미한 행동은 하지 않는 주의라서 말이야."

"그럼 지금 당장에라도 찾으러 가주셨으면 하는데요, 슌 사장님."

무대 위에서 스에하루 오빠가 내려왔다.

"……너희의 연기가 기대되는걸."

그 말만을 남기고 슌 사장님은 벽으로 이동했다. 광고 연구회 사람에게 연극을 상연하는 장소와 스케줄을 확인하고 있는 모양이었다.

"모모, 괜찮아?"

스에하루 오빠가 말을 걸어왔다. 이미 왕자의 의상을 입고 있어서 나에게는 정말로 왕자님처럼 보였다.

"스에하루 오빠…… 죄송해요. 저 때문에 무리한 조건을——."

"……?!"

스에하루 오빠의 안색이 변했다.

"테츠히코가 말했어?!"

"그건 괜찮아요. 들어서 다행이라고 생각해요."

"하지만 너에게 괜한 중압감을——."

"——스에하루 오빠."

나는 마음속에 있는 마음을 천천히 입 밖에 냈다.

"저는 이번 연극을 줄곧 지고 싶지 않다는 마음으로 준비해왔어요. 슌 사장님에게도 부모에게도 절대로 지고 싶지 않다고요. 하지만 그런 생각은 관두기로 했어요."

"뭐? 관둔다고?"

"예. 더욱 중요한 게 있다는 걸 깨달았거든요."

스에하루 오빠는 나를 구하기 위해 인생을 걸어주었다.

지게 되면 스에하루 오빠는 하디 프로에 들어가고 분명 군청동맹은 소멸할 것이다.

테츠히코 선배님이 나에게 화가 났던 것도 당연했다. 스에하루 오빠가 건 조건에는 그 정도의 리스크가 있었다.

——하지만 그 사실이 참을 수 없이 기뻤다.

스에하루 오빠가 나를 소중히 생각해주고 있었기에 리스크를 짊어져서라도 손을 내밀어준 것이다.

모두가 걱정하고 여러 위기에 놓인 상황에서 이런 식으로 생각하는 건 잘못된 것일지도 모른다. 그건 알고 있지만 그래도 기뻐서 어쩔 줄 몰랐다.

나는 스에하루 오빠의 상냥함에 응하고 싶었다.

그게 내가 깨달은 승리보다 중요한 것이었다.

"스에하루 오빠…… 만약 이 승부에서 지면…… 저도 하디 프로에 들어가겠어요."

"모모?!"

"받아들여 줄지는 모르지만 어떠한 조건에라도 들어갈 거예요. 그리고 스에하루 오빠를 서포트하는 데 전력을 다하겠어요. 스에하루 오빠가 하디 프로에 들어가게 되는 건 저 때문이니까요."

"모모, 승부에 그런 조건은 들어있지 않으니 그렇게까지 하지 않아도……."

"만일의 이야기예요. 물론 저는 질 생각은 전혀 없어요."

스에하루 오빠는 입을 다물었다. 내가 질 생각은 없다고 딱 잘라 말하자 거절할 말이 없어진 모양이었다.

"이기든 지든 저는 스에하루 오빠와 함께 있겠어요. 그리고 이 무대는…… 스에하루 오빠에게 바치겠어요."

"모모……."

"아아—— 이제 알았어요. 이게 '이타적' 인 마음이군요."

나는 대기실로 이동해서 의상으로 갈아입으며 생각했다.

지금이라면 안다. 어째서 내가 인어공주를 제대로 연기하지 못했는지를.

나는 부모와 슌 사장님에게 지고 싶지 않다는 마음으로 연기를 해왔다. 물론 인어공주의 마음에 맞출 생각이었지만 밑바탕에 있는 그 마음을 전부 감추지 못했다. 그런 탓에 인어공주의 좋은 면에 흠집을 냈다.

하지만 지금은 다르다는 것을 안다. 지금이라면 인어공주의 헌신이 이해된다.

이제는 내가 이기고 지는 건 아무래도 좋았다.

공포심에 움츠러들어서 자승자박에 빠진 나 따위는 이제 뒷전이다. 인생을 걸어서까지 배려를 보여준 스에하루 오빠에게 보답하고 싶었다. 내 모든 것을 바치고 싶었다.

바로 그것이야말로 인어공주의 마음이자 스에하루 오빠가 말했던 '이타적' 인 마음이었다.

"마리아 선배님, 마침내 진심을 낸 선배님을 볼 수 있나 보네요. 무척 기대돼요."

히나기쿠 씨가 말을 걸어왔다.

의상으로 갈아입은 히나기쿠 씨는 더욱 빛이 났고 자신감으로 가득한 그 모습은 진짜 공주님을 넘어선 게 아닐까 싶을 정도로 눈부셨다.

하지만—— 나에게는 이제 관계없는 일이었다.

“저는 그저 스에하루 오빠를 위해 온 힘을 다해 연기할 뿐이에요.”

나는 그렇게만 대답하고 대기실을 나섰다.

*

레나는 배정받은 가장 앞 열의 관계자석에서 빌고 있었다.

“모모치, 걱정하지 말아요……. 그런 슨배님이지만 무대 위에서만큼은 제대로 하는 사람이니까요……. 테츠 선배도 뭔가 꿍꿍이가 있는 것 같고요……. 침착하게 평소처럼 연기하면 괜찮을 거예요…….”

그건 누군가를 향한 말이 아니었다. 작은 목소리로, 자기 자신을 진정시키기 위한 말이었다.

“고마워, 마리아를 위해서 그렇게 열심히 빌어줘서.”

레나의 어깨를 에리가 살짝 쓰다듬었다.

“너 같은 애가 있다니 마리아는 복 받은 애야.”

“친구니까 당연한걸요.”

에리는 눈을 한 번 깜빡이고는 천천히 표정을 풀었다.

“역시 마리아는 똑똑해. 사무소를 관두고 학교에 간다고 했을 때는 걱정했는데 소중한 것을 확실하게 찾아냈으니까.”

“그렇게 요령이 좋은 모모치라도 가족이 보면 걱정되나 보네요…….”

에리는 턱에 검지를 대며 천장을 올려다보았다.

"음…… 확실히 마리아는 요령이 좋지만 서툴고 고집스러운 면도 많아. 이번 일도 그렇고. 혼자서 해결하려고 하다가 저렇게 궁지에 몰렸잖아?"

"……뭐, 그렇네요."

"그러니 너 같은 친구가 있어 주면 안심된다는 게 솔직한 심정이야. 앞으로도 마리아의 친구로 있어 줘."

에리가 미소를 지어 보이자 레나는 자신의 풍만한 가슴을 탁 쳤다.

"오히려 제가 부탁하고 싶을 정도인걸요."

*

쿠로하는 일부러 가장 앞 열에 마련된 관계자석에 앉지 않고 극장 후방에서 입장하는 관객들을 바라보고 있었다.

조금 전에 있었던 테츠히코의 의뢰를 떠올린다.

'시다와 카치는 밖을 둘러봐 주지 않겠어? 가능하면 다른 회장과 메인 스테이지의 중계 상황을 확인해줬으면 해. 그리고 수시로 상황을 알려줘.'

'내가 알고 싶은 건 관람하는 사람들의 반응이야. 승패 예측을 하고 싶거든. 중반에 판단을 내릴 테니까 내가 됐다고 하면 그다음은 자유롭게 행동해도 돼.'

'미리 말해두겠는데 이건 위험할 것 같을 때를 대비한 최종수

단에 영향이 가는 행동이야. 스에하루를 망할 사장놈에게 어이없게 넘겨주고 싶지 않다면 확실하게 확인해 줘.'

쿠로하는 한숨을 내쉬었다.

"테츠히코 군이 부탁한 의뢰의 의미를 너는 알아?"

옆에 선 시로쿠사는 팔짱을 끼며 시선을 무대로 돌렸다.

"저런 남자의 생각을 알 리가 없잖아."

"아, 지금도 테츠히코 군이 불편한 거야?"

"지금도, 가 아니라 앞으로도, 야."

"아, 그래."

"또 뭔가를 꾸미고 있는 것 같은데…… 스짱을 구하기 위해서라면 시키는 대로 할 수밖에 없겠어."

"내 말이."

"뭐, 그건 그렇고 그보다도――."

시로쿠사는 쿠로하를 곁눈질했다.

"너 이번에는 정말로 얌전하게 구는구나?"

"정말로라니…… 거짓말이라고 생각했어?"

"그러게, 가능성은 반반이라고 생각했어. 그보다도 슬슬 말해주지 않겠어?"

"뭘?"

"스짱을 모모사카와 함께 등하교하게 한 이유 말이야. 그거 나는 아직 납득하지 못했거든?"

쿠로하는 무대를 응시하며 선뜻 대답했다.

"——만약 모모를 못 본 척할만한 애였다면 나는 좋아하지 않았을 거야."

시로쿠사는 입을 열었다가—— 하려던 말을 다시 삼켰다.

"모모에게 위기가 닥쳐오고 있다는 건 분명했어. 게다가 사정이 딱하다고 할까…… 그런 사정이라면 하루가 아니더라도 도와주고 싶어지겠지."

"……그러게."

"친한 사람이 곤란할 때는 전력으로 도우려고 하는 게 하루의 좋은 점이야. 그러니 막아도 소용없는 일이었지. 오히려 막았다면 자신의 속이 얼마나 좁은지를 증명하게 될 뿐이니까."

"……그건 그래."

"물론 나만을 전력으로 도와주면 좋겠다고 생각할 때도 있지만 나는 그걸 하루의 장점이라고 생각해. 그렇다면 방해를 할 게 아니라 응원을 해줘야지. 라이벌이 유리해지더라도 받아들일 거야. 그게 내 긍지니까."

쿠로하는 얼굴은 여전히 앞을 향한 채 시선만 돌려서 시로쿠사를 보았다.

"카치 양은 결국 나와 마찬가지로 방해하지 않았었지? 왜 그랬어?"

"그저 단순히 상대가 힘든 틈을 노려서 어부지리를 취하는 게 마음에 들지 않았을 뿐이야."

"그런 거야. 나도 하루 정도는 아닐지도 모르지만 이번 일은

모모가 딱하다고 생각해. 이래 보여도 말이지."

"그래, 스짱에 관한 일은 제쳐놓고 도와줘야 하지 않겠어? 동료로서."

"물론이지."

"슬슬 다른 회장을 보고 와주겠어?"

테츠히코가 와서 그렇게 말했다.

쿠로하와 시로쿠사는 서로 고개를 끄덕이고 극장을 뒤로했다.

*

"……뭐, 대체로 예상대로의 움직임인가."

테츠히코는 쿠로하와 시로쿠사를 보낸 뒤에 나직이 중얼거렸다.

"그 부분을 좀 더 자세히 듣고 싶은걸."

누군가가 테츠히코의 어깨를 두드렸다.

좋지 않은 예감은 들었지만 그렇다고 달려서 도망칠 수도 없었다.

돌아보니 역시 '매번 보는 그 남자' 가 있었다.

"아베 선배, 지이이이이이이이인짜로 한가하시네요."

"이런 일대 이벤트를 어디에 주목해서 볼지 상당히 고민되었는데 네 옆이 가장 많은 게 보일 것 같아서 실은 아까부터 조금 거리를 두고 대화를 듣고 있었어."

"아니, 진짜로 스토커냐고요. 진짜 깨거든요."

“신고할 거라면 증거부터 모아놔. 증거가 없으면 문전박대당할 테니까.”

“저 진짜로 바쁘니까 좀 내버려 두시면 좋겠는데요.”

“……뭐, 지금은 그렇겠네. 그래도 하나만 물어볼게. 마루 군과 모모사카 양의 패색이 짙어지면 무슨 짓을 할 생각이야?”

“글쎄요.”

짧게 대답한 테츠히코는 기대고 있던 벽에서 등을 떼었다.

“그럼 저는 대기실의 모니터로 볼 거라서요. 선배는 모처럼이니 라이브로 보는 게 좋지 않아요? 스에하루의 팬이라면서요.”

“그건 그렇지만 말이지.”

“절 따라다니는 것보다 여기서 보고 있는 편이 재미있을 거예요. 만약 제가 비상수단을 쓰게 되면 메인은 이 극장이거든요.”

“잠깐, 카이 군——.”

극장 안에 버저가 울려 퍼졌다. 공연이 시작된다는 신호였다.

테츠히코가 문밖으로 나가는 모습을 지켜보던 아베는 어깨를 으쓱이며 확보해둔 자리에 앉았다.

*

나는 무대 뒤에서 버저 소리를 듣고 있었다.

나레이션이 시작되었다.

“오늘은 연극 동아리 차선의 20주년 기념 공연—— ‘인어공주’를 보러 와주셔서 감사합니다. 공연이 시작되기에 앞서 찾아주신 관객 여러분께 부탁을 드리겠습니다. 휴대전화나 시계 알림 등의 소리는 연출의 방해가 되니 사전에 전원을 꺼주시길 바랍니다. 또한 극장 안에서 취식과 흡연은 삼가주십시오."

이 부분은 어떤 연극이라도 공연 전에 알리는 주의사항이었다.

그러나 그다음이 조금 달랐다.

"이번 공연에서는 게스트 출연진에 의한 연기 승부가 이루어집니다. 내용은 군청 동맹 게스트인 마루 스에하루 씨, 모모사카 마리아 씨 페어와 하디 프로 게스트이신 니지우치 키르스티 히나기쿠 씨의 변칙적인 2대1 승부입니다. 투표권은 정문에서 팸플릿과 함께 배포하고 있습니다만 만약 받지 못하신 분이 있으시다면 돌아가실 때 스태프에게 말씀해주십시오. 그리고 1인당 1표이므로 투표권에는 성함의 기입을 부탁드리겠습니다. 성함이 없는 경우에는 무효표가 되므로 반드시 기입해주십시오."

이 내용은 투표권에도 적혀 있었다. 그래도 부정행위를 전부 막는 건 어렵겠지만 이 이상은 관객들의 양심에 맡길 수밖에 없는 게 현실인 듯했다.

"그럼 대단히 오래 기다리셨습니다. 연극 동아리 차선 20주년 기념 공연—— '인어공주' 를 시작하겠습니다."

재차 버저가 울려 퍼졌다.

조명이 하나씩 꺼졌다.

공연이 시작되기 전 잠시간의 암흑. 기대와 긴장감이 감돈다.

익숙해지면 이 분위기가 참을 수 없이 좋다.

이 한순간을 느끼기 위해 다시 무대에 서고 싶을 정도로.

그래, 이것이 무대다. 그리운 전장이었다.
자아, 연극이 시작된다.
무대가 조명 빛을 받아 단숨에 밝아졌다.
나는 눈을 뜨며 무대 위로 뛰쳐나갔다.

*

케이오 대학 축제의 메인 스크린에서는 인어공주의 라이브 영상이 상연되고 있었다.
현역 넘버원 아이돌 니지우치 키르스티 히나기쿠가 나온다고 주목도가 엄청나서 억지로 스케줄을 조정해서 30분을 비운 것이다.
"마루는 왕자 연기도 할 줄 아는 건가."
"예전에 차일드 킹에서도 어린애가 왕을 목표로 하는 내용이었잖아."
"아~ 그렇게 생각하면 왕자 쪽이 가까울 정도인가."
"마루를 몇 년 만에 보는 건지 모르겠네. 저렇게 많이 자랐구나."
당연하지만 메인 스크린에서는 극장처럼 조용한 감상이 이루어지지는 않았다.
하지만 그런 만큼 시청자의 감정이 직접적으로 와 닿았다.
『그대들은 나처럼 유복한 생활을 할 수는 없을지도 모르겠지만 나라를 짊어질 책무도 없고 성실히 종자로서 일하면 생활이 곤란해질 일도 없어. 그뿐 아니라 그대들은 사랑하는 이를 찾아서 맺어질 수도 있지. 어느 쪽이 더 행복한 것일까? 다소 부럽게 생각하는 것 정도는 용서해줬으면 하는군.』

거리감이 가까운 왕자에게 공감했는지 관객의 잡담이 잦아졌다.

"그야 아무리 왕자라도 처음 보는 사람과 결혼하는 건 좀 그렇지. 타입이 아니면 어쩔 거냐고."

"몰래 하렘을 만들면 되지 않아?"

"그래도 되나? 하렘은 원래 이슬람권의 일부다처제에서 유래된 거잖아."

"뭐, 중세 유럽의 왕이 하렘을 만들었다는 소리를 그다지 들어본 적이 없네. 정부 정도는 있었을 것 같지만."

"그리고 사치스럽게 살 수 있는 건 좋아도 나라를 짊어져야 한다는 건 별로 좋아 보이지 않는단 말이지."

"그러게 말이야. 책임지고 싶지 않다고."

쿠로하는 그런 광경을 바라보면서 메시지를 입력했다.

『사람은 순조롭게 모이고 있어. 하루의 왕자 연기는 메인 스크린에서 충분히 반응이 좋아.』

그리고 그렇게 송신을 끝냈을 때였다.

"재 군청 동맹의 시다 아닌가……?"

눈에 띄지 않게 후방에서 몰래 관찰하고 있었는데 역시 지명도가 상당히 올라간 모양이었다.

쿠로하는 모자를 더욱 깊게 눌러쓰고 중지로 선글라스를 고쳐

쓰고는 그 자리를 떴다.

*

"오오오오, 마리아!"

"귀여워……."

"역시 이상적인 여동생이야……."

서브 회장――강의실의 스크린으로 영상을 틀고 있을 뿐인 곳――에서는 인어공주인 마리아의 등장으로 들끓고 있었다.

이 호응은 역시 스에하루 때와는 비교가 되지 않았다. 귀여운 여자애의 등장은 그게 영화든 뭐든 큰 반응을 보이는 포인트였다.

『안 돼…… 그분은 지상 나라의 왕자님…… 나와는 사는 세계가 달라……. 하지만――.』

사랑에 빠진 마리아의 눈에 보던 이들은 마음을 빼앗겨 여기저기서 탄식이 나왔다.

"예쁘다……."

여성들도 그런 목소리를 냈다.

시로쿠사에게는 명백하게 어제까지와는 다르게 보였다.

'어제까지는 맞서는 듯한, 말하자면 남성적인 강인함과 강경함이 있었어. 하지만 오늘은 단아하고 순수해――.'

자신도 첫사랑을 했을 때 이런 눈을 하고 있었을까…… 그런 생각이 들 정도로 애절했다.

시로쿠사는 무의식중에 마리아의 연기에 빠져들었다.

*

『응……? 누군가 계시나요……?』

마침내── 니지우치 키르스티 히나기쿠가 등장했다.

대기실의 모니터로 보고 있던 테츠히코는 극장에서 충격이 퍼져나가는 것을 느꼈다.

'무대에서는 존재감이 더 강해지는 거냐고……!'

그렇지 않아도 눈길을 끄는 용모에 몸매, 그리고 분위기인데 그 모든 게 일반인은 범접할 수 없는 영역이었다.

거기에 치장을 하고 조명을 받으며 아름다운 몸짓을 취한다.

이런 수준까지 되니 현실이 아닌 듯한 반짝임이 보이는 듯했다.

'그렇군, 재는 평소엔 누구나가 돌아볼 정도로 귀여운데 천진난만하고 전혀 아양을 떠는 구석이 없었으니까…….'

'비정상적일 정도로 귀여운 자연아' ── 그게 테츠히코의 인상이었다.

하지만 무대 위에서는 연기가 더해져서 더욱 세련된 아름다움을 보여주었다.

천성과 기술의 융합. 그야말로 이상의 구현화였다.

'이게 하디 슌이 생각하는 세계를 제패할 가능성이 있는 스타인가──.'

확실히 아직 기술은 성장 중일지도 모른다.

스에하루와 마리아 두 사람과 비교해보면 알 수 있다.

그러나—— 그녀는 연기의 열세를 날려버릴 정도의 압도적인 존재감을 가지고 있었다.

『안 돼……! 호흡이 약해……!』

그녀의 특별하지 않은 움직임을 남자들은 황홀한 기분으로 바라보았다.

'그야 남정네들은 연기 같은 것보다 이 압도적인 비주얼부터 보이겠지.'

테츠히코는 마리아의 연기에 의해 이쪽으로 기울어졌던 흐름이 완전히 되돌아갔다는 것을 느꼈다.

*

인어공주의 속마음은 연출상 스포트라이트를 받는 것으로 표현되었다.

『(왕자님의 목숨을 구한 건 나인데……. 어째서 이렇게 된 걸까…….)』

사랑하는 왕자에게 사랑하는 사람이 있는데 그게 착각 때문이라는 것을 깨닫고 비탄에 빠지는 인어공주.

마리아는 지금 그 심정이 충분히 이해되었다.

'다들 내가 요령이 좋은 줄 알지만 연애 문제에서는 완전히 글러 먹었어.'

마리아는 연기를 진행하며 인어공주와 마음이 동조되었다.

'생각해 보면 알겠지만 나는 완전히 뒤처진 상태야.'

'스에하루 오빠의 첫사랑' 은 시로쿠사 선배님에게 빼앗겼다.

'스에하루 오빠를 트라우마에서 벗어나게 도와주는 역할' 은 쿠로하 선배님에게 빼앗겼다.

나는 그 모든 게 끝난 뒤에 재회했다. 완전히 뒤처졌다.

——그래서 스에하루 오빠는 나를 연애 대상으로 보지 않아.

'오빠는 대단해요! 오빠는 히어로예요! 연기를 못하게 되었다니 말도 안 돼요! 오빠는 모모가 올라올 때까지 기다려주겠다고 했잖아요!'

나는 스에하루 오빠를 질책하고 말았다. 미움받는 게 무서워서 상처받지 않으려고 도망치고 말았다.

바빴다는 건 변명일 뿐이다. 스에하루 오빠가 지구 반대편으로 이사를 간 것도 아니었다. 만나려고 했다면 얼마든지 만날 수 있었다.

빛이 닿지 않는 늪에서 구해준 운명의 사람이라고 생각했으면서—— 나는 정말로 배은망덕한 겁쟁이였다.

만약 지금 과거로 돌아갈 수 있다면 나는 바로 사과하러 갈 것이다. 그리고 스에하루 오빠가 재기할 수 있게 옆에서 도와줄 것이다. 괴로워하고 있으면 조용히 도움을 준다. 연애 대상이 되기 위해 조금씩 어필한다. 그렇게 하면 '스에하루 오빠의 첫사랑' 도 '스에하루 오빠를 트라우마에서 벗어나게 도와주는 역할' 도 내가 손에 넣을 수 있었을 것이다.
지금 스에하루 오빠가 쿠로하 선배님과 시로쿠사 선배님에게는 연애 감정을 품고 있지만 나에게는 없는 이 상황은 자업자득이었다.
알고 있다. 알고는 있지만 괴로운 건 괴로운 거였다.
어쩔 수 없다. 타이밍이 안 좋았다. 운이 없었다.
그럴지도 모르지만 현실은 현실이었다.
'인어공주도 그렇다고 할 수 있어.'
한 종자가 인어공주에게 알려줬다.
『왕자님께는 어릴 적에 돌아가신 누이동생이 계셨는데 그분과 네가 꼭 빼닮았어.』
그리고 왕자에게 이런 이야기를 듣는다.
『옆 나라 공주와의 혼담이 정해졌어. 나는 수도원에 있는 그 소녀를 사랑하는데……. 하지만 그 소녀는 수도원 사람이니 결혼을 할 수 없겠지…….』
인어공주는 남모르게 하염없이 울었다.
'이렇게 될 바에는 종족이 다르든 꼬리가 있든 왕자를 구하고 곁에 있었으면 됐을 텐데.'
마리아는 그렇게 생각했다.
'놀랄지도 몰라. 무서워할지도 몰라. 꺼릴지도 몰라.'
그래도 제대로 설명하고 '당신에게 끌렸기에 구했다' 고 말했어야 했다.

——상처받지 않으려고 도망치지만 않았다면,
사랑하는 사람이 다른 사람에게 끌리는 모습을
보는 일은 없었을 것이다.

나도 인어공주도 마찬가지였다.
너무나도 슬퍼서 눈물이 멎지 않았다.
하지만—— 그래도 사랑스럽게 여기는 감정은 가슴 안쪽에서 샘솟았다.
진정한 우정은 보답을 바라지 않는다는 말이 있다.
그렇다면 애정은?
진정한 애정도 마찬가지로 보답을 바라지 않는 게 아닐까.
당신을 위해 살고 싶습니다.
당신을 기쁘게 하는 일부가 되고 싶습니다.
당신의 행복을 바라고 있습니다.
저는 슬픈 운명에 스러지더라도 당신을 사랑합니다——.

*

나는 왕자역으로서 마리아와 함께 연기하며 회장을 집어삼키는 듯한 존재감에 점차 압도되고 있었다.
'모모의 연기가 조금까지와는 질이 달라——.'
지금까지 마리아의 연기는 기본적으로 주위에 맞춘 것이었다.

감독의 의도와 각본에 담긴 메시지를 정확하게 이해하고 그때그때 연기자들과 균형을 맞추며 연기했다. 그건 무엇과도 바꿀 수 없는 능력이었다.

하지만 마리아는 지금 균형을 맞추려고 하지 않았다.

인어공주의 슬픔이 파문처럼 번지며 극장을 뒤덮었다. 마리아의 슬픔에 공감해서 훌쩍이는 소리가 들려왔다.

자신의 감정을 강요하며 몰아붙이는 듯한 연기였다.

이대로 방치하면 보는 이들의 인상에는 인어공주의 슬픔밖에 남지 않게 된다.

혼자만 앞서나가게 해서는 안 된다.

'따라가자—— 아니, 모모와의 상승효과로 더욱 높은 수준으로——!'

감정을 갈고 닦아라. 기어를 올려라. 극장 전체의 분위기를 피부로 느끼는 거다.

이미 스위치가 들어갔다고? 그렇다면 스위치를 하나 더 준비해라. 나는 아직 연기의 심연에 닿기만 했을 뿐이다.

옛날에는 나 혼자 최고의 연기를 하면 된다고 생각했었다.

하지만 6년간 나는 밖에서 다양한 작품을 보았다. 무엇보다도 곁에서 나를 도와준 사람 덕분에 지금의 자신이 있다는 것을 실감했다.

그 덕분에 이해했다.

나 혼자 최고의 연기를 한다고 그게 작품에서 요구되는 최고의 연기인 건 아니었다. 작품에서 요구되는 최고의 연기는 좀 더 다른 것이었다.

두드러지면서 다른 이들을 끌어올려 조화시켜라.

모순되는 것 같지만 성립되는 말이었다.

지금의 멤버라면―― 할 수 있을 터였다.

그렇게 나는 새로운 단계에 발을 디뎠다.

*

'이 두 사람……!'

가장 가까이서 스에하루와 마리아의 연기를 보고 있는 히나기쿠는 내심 동요를 감추지 못했다.

폭주한 것처럼도 보이는 마리아의 연기와 그 연기를 받아들이며 점차 변모하는 스에하루―― 어느 쪽도 지금까지 경험해보지 못한 전개였다.

개개인으로도 훌륭한데 대사와 함께 감정을 주고받으며 서로를 끌어 올리고 있었다. 두 사람이 만들어 내는 분위기가 극장을 집어삼키며 매료시켰다.

『왕자님…… 저 애는 누구인가요?』

아차, 분위기에 삼켜져서 목소리가 긴장되어 버렸어――.

히나기쿠는 실수를 깨달았지만 연극은 실시간이므로 돌이킬 수는 없었다.

하지만 그 동요를 표정으로 드러내는 건 더 큰 실수가 된다.

히나기쿠는 바로 냉정함을 되찾았지만 스스로 생각해도 인어공주를 바라보는 눈이 경직된 것 같았다.

『심려를 끼친 모양이지만 걱정할 것 없소.』

『——?!』

왕자가 어깨에 손을 올리며 공주를 다정하게 달랬다.

그저 그것뿐인 장면이었지만 히나기쿠는 전율했다.

'순간적인 애드립으로 날 도와줬어——.'

스토리에 녹아든 연기로 격려해준 것이다. 동요로 표정이 경직된 것을 보고 그 표정이 잘못된 연기가 아니게 보이도록 스토리 자체를 수정했다.

『내 여동생 같은 아이요. 다음에 만났을 때 정식으로 소개해주고 싶구려.』

다음 대사는 시나리오대로였다. ……완전히 도움을 받고 말았다.

'——대단해.'

달인의 기술 같은 연기였다. 상황을 완전히 파악하고 있었다.

『하지만 지금은 그대와 재회했다는 운명에 감사하고 싶군. 괜찮다면 같이 아바마마께 가주지 않겠소?』

연기자의 시선에는 의미가 있다. 무대에서는 시선으로 정경을 보여준다.

하지만 방금 있었던 시선의 교차에는 그와는 다른 의미가 있었다.

'좀 더 할 수 있겠어?'

그렇게 스에하루가 묻는 것을 히나기쿠는 정확하게 이해했다.

'그런 식으로 물어보시면 못하겠다고는 할 수 있을 리가 없잖아요——.'

바로 시선으로 대답했다.

연극 경험은 압도적으로 뒤처지지만 무대 경험이라면 뒤지지 않는다고 생각했다.

아이돌로서 셀 수 없을 정도로 많은 무대에 섰었다. 그러므로 본 공연에서의 애드립으로는 웃돌 수 있다는 자부심이 있었다.

'그러니 도움과 인도를 받으며 마냥 끌려갈 수만은 없어——.'

히나기쿠는 그렇게 생각하며 최고의 웃음으로 답했다.

『……예, 왕자님을 따르겠어요. 좀 더 함께 있고 싶은걸요.』

*

왕자와 공주의 혼약으로 두 사람의 결혼식 준비가 진행되었다.

인어공주는 절망해서 방에 틀어박히게 되었다.

비탄에 빠진 인어공주 앞에 언니가 나타나서 바다의 마녀에게 받은 단검을 건넸다.

『왕자가 흘린 피를 뒤집어쓰면 인어의 모습으로 돌아갈 수 있어.』

바다의 마녀가 그렇게 말했다고 한다.

『(왕자를 해하면…… 인어로…….)』

『네 사랑은 잘못되었어. 왕자를 죽이고 함께 바다로 돌아가

자. 왕자는 너를 선택하지 않았어. 네 운명의 사람이 아니었던 거야. 그럼 죽여도 되잖아. 진정한 운명의 사람은 앞으로 만나게 될 거야.』

사랑을 성취하지 못한 인어공주는 상심 속에서 들은 언니의 속삭임에 마음이 흔들리고 말았다.

그리고—— 결혼식 전날.

인어공주는 왕자의 침실에 숨어들어서 잠든 왕자에게 단검을 겨누었다.

『(당신을 해하면…… 나는……! 나는……!)』

단검으로 가슴을 찌르면 왕자는 죽고 모든 것이 끝난다.

그런데—— 찌를 수 없었다.

인어공주의 두 눈에서 눈물이 흘러내렸다.

잠든 얼굴이 평온하면 할수록 아름다운 추억이 되살아나서 눈물이 넘쳐흘렀다.

『……공주.』

『……?!』

왕자의 잠꼬대에 인어공주는 정신을 차렸다.

단검을 바라보고 자신이 저지르려 했던 행동에 경악했다.

『(나는 대체 무슨 짓을——.)』

인어공주는 단검을 떨어트리며 절망했다.

『(아아, 저는 꿈속에서도 불리는 일은 없는 거군요…….)』

눈물이 마르지 않았다. 너무나도 큰 슬픔에 가슴이 짓눌리는 것만 같았다.

『(하지만—— 그래도—— 저는 당신을 사랑합니다.)』

이대로 함께 있더라도 괴롭기만 할 뿐. 사랑하는 당신을 방해하기만 할 뿐.

그러니——.

인어공주는 테라스에서 단검을 던져 버리고는 소리를 낼 수 없는 목소리로 중얼거렸다.

『(왕자님, 행복하시길 바랍니다.)』

눈에서 커다란 눈물 한 방울이 뺨을 타고 떨어졌다.

자신의 모든 감정을 담아서 인어공주는 왕자에게 말했다.

『(——저는 당신을 사랑합니다.)』

그리고 인어공주는 바다로 몸을 던졌다.

*

관객석 여기저기서 훌쩍이는 소리가 났다.

왕자역을 연기하던 나는 그 소리를 듣고 이전에 마리아에게 했던 말을 떠올리고 있었다.

'왕자가 바보 같다는 생각이 든단 말이지. 아니, 나라를 짊어지고 있으니까 결혼을 결단하는 건 지당한 선택이기는 해도 왕자가 제대로 깨달아주는 것만으로도 인어공주가 보답받는 전

개가 되잖아? 그전보다도 해피엔딩에 가까워지는 만큼 좀 깨달으라고! 싶은 심정이 돼.'

나는 '왕자가 인어공주야말로 목숨의 은인이며 사랑하게 된 상대라는 것을 깨달아가고 있었다' 는 전제로 연기를 했다.

그런 탓에 마리아의 열연에 가슴이 아파서 견딜 수가 없었다.

이 이야기는 너무 슬프다. 보답 받지 못하는 인어공주가 너무 딱했다.

『축하드립니다! 왕자님!』

『축하드립니다! 공주님!』

주위 사람들에게 축복을 받으며 행복 가득한 결혼식을 올리는 왕자와 공주.

'이런 아이러니가 있을까——.'

나는 한껏 행복해 보이는 웃음을 연기했지만 마음속은 슬픔으로 가득했다.

마리아의 연기 때문이었다. 마리아가 연기한 인어공주의 슬픔이 내가 연기하는 왕자의 마음을 바꾸었다.

휘둘리고 있었다. 하지만—— 나에게는 그게 잘못된 것으로 느껴지지 않았다.

인어공주의 마음은 살아있었다. 그러니 왕자를 연기하는 내 감정도 살아있어야 했다.

왕자와 공주의 결혼식에 돌연히 수수께끼의 거품이 날아들었다.

거품이 되어버린 인어공주가 바람의 정령으로 되살아나서 찾아온 것이다.

정령이 된 인어공주의 모습은 누구에게도 보이지 않는다. 누구도 목소리를 들을 수 없었다.

그래도 그녀는 축복해주려는 이유만으로 찾아왔다.

『(왕자님, 행복하시길——.)』

인어공주는 그대로 사라졌고 왕자는 불현듯 인어공주를 떠올렸다.

그녀가 어느 사이엔가 사라져 버린 것을 안타까워하는 왕자에게 공주는 『앞으로는 제가 있으니까요.』 하고 위로하며 이야기는 끝을 맺는다.

끝을 맺어야 했을 텐데——.

나는 무대 위에서 사라지려고 하는 마리아의 손을 잡고 말았다.

"어……?"

"이건……."

무대 옆과 관객석에서 동요가 전해져 왔다. 각본을 아는 멤버가 터무니없는 폭주에 놀라고 있었다.

'——폭주? 나도 알아.'

하지만 나는 지금 왕자의 마음과 일체화되어 있었다. 마리아의 연기에 이끌려서 왕자가 되어 있었다. 그 왕자라면 틀림없이 이렇게 행동할 것이다.

『가지 말아줘!』

정령이 된 인어공주를 깨닫는 것 자체가 있을 수 없는 일이었다.

손을 잡는 건 언어도단. 설정을 무시하고 있다. 그래도 붙잡지 않을 수가 없었다.

『줄곧 이상하다고 생각했었어! 계속 마음속 한구석에 걸렸어! 그리고 지금 마침내 깨달았어! 너야말로 바다에 빠진 나를 구해준 은인이었던 거야!』

또다시 있을 수 없는 대사를 내뱉는다. 마지막까지 인어공주가 전하지 못했던 사실을 어째서인지 왕자가 깨닫고 말았다.

자리를 뜨려던 마리아는 걸음을 멈추고 돌아보았다.

그 눈은── 내 의도를 이해해주고 있었다.

『나는 공주를 목숨의 은인으로 착각하고 있었지만 계속 위화감이 들었어! 하지만 지금이라면 확신할 수 있어! 내가 찾아다녔던 건 너였어!』

이쯤에서 각본을 모르는 사람도 깨닫기 시작했을 것이다.

그도 그럴 게 인어공주라고 하면 슬픈 사랑의 대명사였다.

보답 받지 못할 터였다.

『나를 구해줘서 고마워! 지금까지 알아주지 못해서 미안해!』

나는 마리아를 끌어안으며 분명하게 말했다.

『──너를 사랑해. 분명 깨닫지 못했을 뿐이지 훨씬 전부터 줄곧.』

『아아아…….』

품 안에 있는 마리아가 눈물을 글썽이며 몸을 기댔다.

『아아…… 아아아아…….』

제대로 말을 하지 못한다. 두 눈에서 커다란 눈물이 하염없이 흘러내렸다.

지금 바로 이때 인어공주는 처음으로 보답 받았다.

『네가 바람의 정령이 되었다면 나도 정령이 되겠어! 그러니 영원히 곁에 있어 줘! 그러면 안 될까?』

마리아는 젖은 눈으로 조용히, 하지만 힘차게 고개를 끄덕였다.

『――예, 왕자님. 저는 언제까지나 곁에 있겠어요.』

마리아가 콧등과 콧등을 맞대며 비볐다.

좀 더 가까워지면 키스하게 될 듯한 거리…… 그런데도 어린 애들이 장난치는 듯한 스킨십.

――에스키모 키스였다.

그건 마치 언제까지고 함께 있음을 약속하는 듯한 행동이었다.

피날레 곡이 흐르기 시작했다. 조명이 좁아지며 서서히 꺼졌다.

무대 위에서 빛이 사라지며 극이 끝을 맺었다.

그리고 그 뒤에는 우렁찬 박수 소리가 터져 나왔다.

에필로그

*

나는 관객들이 모두 돌아간 뒤에 무대 위에서 차선의 멤버들에게 엎드려 사과하고 있었다.

"폭주해서 죄송합니다……."

엔딩을 멋대로 바꾼 건 폭주 중의 폭주였다. 아무리 게스트라고는 해도 혼나는 게 당연했다.

언제나 맹한 연출 담당인 시마 씨가 이번만큼은 험악한 표정을 짓고 있었다.

"정말로 어떻게 그럴 수가 있어요! 엔딩에서 폭주하다니! 인어공주 이야기에서 인어공주가 구원받는다는 소리를 들어본 적은 있어요?!"

"아뇨, 없습니다……. 정말로 죄송합니다……."

나는 그저 사과할 수밖에 없었다.

"그런 거라면 저도 죄송합니다!"

마리아가 내 옆에서 나란히 엎드려 사과했다.

"스에하루 오빠는 제 연기에 맞춰준 거예요! 그러니 저도 똑같이 나빠요!"

시마 씨는 양손으로 허리를 짚으며 깊은 한숨을 내쉬었다.

"——그렇다고 하는데 이쯤에서 용서해주지 않겠나요, 여러분?"

돌연히 시마 씨가 긴장을 풀고 우리에게 미소 지어 보이더니 주위 사람들을 둘러보며 말했다.

"예……?"

"그게…… 저는 연출 담당으로서 전혀 일하지 않았으니까요…… 화낼 권리도 없다고 할까…… 대표로서 일단은 혼을 냈으니 이걸로 납득되지 않는 사람은 저에게 화를 내주세요……."

시마 씨가 그렇게 말하자 차선 사람들은 쓴웃음을 지었다.

"뭐, 이번 공연을 처음부터 이끌어줬던 건 마루와 마리아니까……."

"확실히 터무니없는 애드립이었지만 그걸 지적할 수 있을 정도로 우리가 한 것도 없지……."

"뭐, 두 사람의 연기에 빠져들어서 그걸로 납득하는 분위기도 있었고……."

그렇게 제각기 말하며 더 사과할 것 없다고 해줬다.

그 뒤의 잡담에서도 고맙게도 거의 모든 스태프가 선뜻 용서해줬고 연기가 좋았다며 칭찬해주는 사람도 많았다.

덕분에 나는 후련한 기분으로 대학교 축제를 둘러볼 수 있었다. 얼굴을 가린 채 군청 동맹 멤버들과 노점 음식을 먹고 상연물과 전시품을 보면서 충실한 하루를 보냈다.

응? 승부의 결과?

그거야 뻔한 것 아니야?

당연히 나와 마리아가 압승했지!

*

"야! 무시하지 마! 장난하냐?! 이쪽은 빚이 한두 푼이 아니라고! 빨리 돈 내놔!"

마리아네 집에서 떨어진 길 한복판에서 감시 카메라의 영상이 재생되고 있었다. 레나가 노트북을 들어 중년 남성과 중년 여성 —— 마리아의 부모에게 보여주었다. 그 영상에는 이 두 사람의 공갈, 기물파손, 상해 행위가 분명하게 기록되어 있었다.

레나의 옆에는 마리아가 서 있었다. 그리고 그 옆에는 나도 있었다.

마리아의 부모는 처음에는 실실거리는 표정이었지만 영상을 재생하자 안색이 새파래졌다.

"아, 아니, 마리아 너 왜 이런 영상을 가지고 있는 거야……."

"그래, 마리아. 그런 흉흉한 건 빨리 나에게 넘기렴, 어서."

마리아의 모친이 은근슬쩍 노트북을 빼앗으려고 했다.

마리아의 모친은 마리아와 닮아 있었다. 용모도 단정했고 입가는 꼭 빼닮았다.

하지만 그뿐이었다. 복장은 요란해서 품위가 없었고 생활이 어려운지 눈 밑에 다크서클이 보였다. 눈썹은 치켜 올라갔고 눈은 충혈되어 있었다.

"뭐 하시는 거예요?!"

레나는 순간적으로 몸을 빼서 마리아네 모친의 손으로부터 도망쳤다.

"야 이 여편네야! 뭘 실수하고 있는 거야?! 빨리 빼앗으라고!"

"뭐어? 왜 내가 그런 소릴 들어야 하는 건데?! 애초에 저런 영상이 있는 것도 당신이 손을 댄 게 잘못이고——."

하아…… 이번에는 부부싸움이 일어났다. 용케 이혼 안 하고 산다 싶은걸.

"——아버지, 어머니."

마리아는 의젓하게 있었다.

싸움을 멈추고 돌아본 부모에게 마리아가 말했다.

"저를 낳아주셔서 감사합니다. 하지만 그뿐이에요. 그리고 그 은혜는 어릴 적에 받은 고통과 폭언으로 충분히 상쇄되었다고 생각해요."

"마리아, 무슨 소릴 하는 거야?!"

"그래, 내가 고생해서 낳아준 은혜를 네가 어떻게 다 갚겠다는 거니?!"

두 사람의 박력에 마리아의 얼굴이 한순간 어두워졌다.

그 모습을 놓치지 않은 나는 두 사람과 마리아 사이에 끼어들었다.

"너 이 자식——."

마리아의 부친이 눈엣가시라는 듯한 목소리로 말했지만 나는 대답하지 않았다.

오늘은 마리아가 주역인 무대다. 나는 마리아를 어시스트할 뿐인 역할이니 괜한 짓을 하면 안 된다.

"스에하루 오빠……."

마리아는 나를 젖은 눈으로 바라본 뒤에 생긋 웃으며 부모를 돌아보았다.

"아버지, 어머니, 이제 포기하시는 게 좋을 거예요. 저는 앞으로 절대 돈을 드리지 않을 거니까요. 덧붙여서 이 영상은 저에게 무슨 일이 생기면 곧바로 경찰에 제출하게 되어 있으니 폭력으로 해결하려는 생각은 버려주세요."

""끄으응…….""

마리아의 부모가 이를 악물었다.

이렇게까지 말해도 아직 포기할 생각은 없는 모양이었다. 이 사람들 진짜 질이 안 좋은데.

"어디 보자, 댁들 천만엔 단위의 빚이 있구만? 호오, 이런 폭리인 곳에서도 돈을 빌린 건가……."

마리아네 부모의 배후에서 테츠히코가 나타났다. 파일철된 종이를 바라보며 히죽거리고 있었다.

타이밍을 노리고 나타나셨구만.

"이 자료 장난 아닌데? 위험한 안건이 너무 많아서 진짜 웃겨. 이래선 마리아를 등쳐먹을 수밖에 없었겠지."

"너, 너 임마, 어디서 그런 정보를……."

시로쿠사가 나타나서 테츠히코 옆에 섰다. 그리고 쓰레기를 보는 듯한 눈으로 마리아의 부모를 노려보았다.

"고민했지만 아빠의 힘을 썼어요. 당신들이 앞으로도 헛된 희

망을 품지 않도록."

마리아의 부모가 움찔했다. 이어서 쿠로하도 가세했다.

"모모에게 상처를 준 것을 지금 당장 사과하세요. 저는 이야기를 듣고 줄곧 당신들의 행동을 용서할 수 없었어요."

"어머, 그거 우연인걸. 나도 그래 시다 양. 지옥의 업화에 불태워져도 부족할 정도야. 현세에서 온갖 굴욕에 빠져 사시죠."

이 정도로 사방에서 공격을 받았으니 아무리 저런 부모라도 단념하겠지.

그렇게 생각했지만—— 마리아의 부친이 자포자기한 것처럼 소리쳤다.

"이런 게 된 거 강도가 되어주마!"

"……?!"

생각지 못한 발언에 나는 동요했다.

"마리아, 너는 아버지가 강도가 되어도 괜찮은 거냐……? 나는 붙잡히면 네 이름을 꺼낼 거라고……. 넌 강도범의 딸로 보도되겠지……. 대체 어떻게 되려나……?"

마리아의 모친도 작전을 이해한 모양이었다. 저열하게 웃으며 동조했다.

"그래, 그렇게 되면 마리아는 더는 일을 하지 못하겠지……. 나는 체포되면 이렇게 말할 거야. 마리아가 돈을 주지 않아서 강도가 되었다고 말이야."

"이 인간들……."

등골이 오싹해졌다.

이 인간들은 자신들만 중요한 것이다. 구역질이 나왔다. 이야기를 듣고만 있어도 머리가 이상해질 것 같았다.

에리 씨가 얼마나 강한지를 잘 알 수 있었다. 이런 부모에게 길러져서 제정신으로 자랐다니 좋은 의미로 평범한 사람이 아니었다.

이해할 수 없는 악의에 모두가 주춤했을 때였다. 마리아가 한 발짝 앞으로 나섰다.

"아버지, 어머니."

의젓한 목소리로 말하며 마리아는 방송에서 보여주는 사랑스러운 미소를 지었다.

"——마음대로 하세요."

""……뭐?""

완전히 예상 밖의 말이었겠지.

마리아의 부모는 입을 떡 벌린 채 굳었다.

"맞다, 마침 좋은 기회이니 아버지와 어머니에게 보고할 게 있어요."

마리아는 그렇게 선언하고는 생긋 웃으며 내 팔을 끌어안았다.

"——저 이 사람과 결혼할 거예요!"

""뭐어어어어어어어어어어?!""

마리아네 부모의 목소리가 메아리쳤다.

나는 터무니없는 발언에 의식이 날아갔고 주위에 있던 멤버들도 멍한 표정을 짓고 있었다.
"무, 무슨 그런——."
"모모는 열여섯이 되었으니 결혼할 수 있거든요~."
"마, 마리아! 그쪽 남자애는 마루지?! 아직 열여덟이 아닐 텐데?!"
"예에? 그럼 스에하루 오빠가 열여덟이 되면 결혼하겠어요."
"마리아, 남자 쪽은 반응이 없는데?"
"……걱정하지 마세요. 행복한 나머지 넋이 나간 것뿐이니까요."
그렇게 말하며 마리아는 내 팔에 뺨을 비벼댔다.
"그.러.므.로 일에 영향이 가도 아무 상관 없어요. 스에하루 오빠의 색시가 되어 전업주부가 되면 될 뿐이니까요. 행복 가득한 가정에서 청소를 하며 아버지와 어머니가 체포되었다는 뉴스를 와이드쇼에서 보게 되는 날을 기대하고 있을게요☆"
"아, 아, 아…… 아아아아아아아!"
마리아의 부친이 머리를 잡아 뜯었다.
그러다가 갑자기 무슨 생각인 건지 마리아에게 달려들었다.
"이 애새끼가!"
"아윽?!"
마리아가 아픔을 호소한 순간을 나와 테츠히코는 놓치지 않았다.
"그걸 기다리고 있었다고."
"자자, 정당방위."

나와 테츠히코의 주먹이 마리아네 부친의 복부와 턱에 각각 클린히트를 먹였다.

마리아의 부친은 그 자리에서 무너져 내렸다.

물론 이건 작전이었다. 그것도 시로쿠사가 세운 작전이다.

매도만으로는 부족하다고 생각한 시로쿠사가 도발해서 만약 손을 대려고 하면 정당방위로 두들겨 주자는 악랄한 작전을 제시한 것이다. 그리고 전원이 적극적으로 찬동한 뒤여서 마음의 준비는 끝나 있었다.

참고로 마리아의 결혼 선언은 계획에 없었기 때문에 그쪽은 진심으로 놀랐다.

"흥, 이 저질!"

시로쿠사가 웅크린 마리아의 부친에게 펀치를 먹였다.

"아얏?!"

그러나 바로 한심한 목소리를 냈다. 펀치는 제대로 등을 때렸지만 시로쿠사의 손목이 반동을 견디지 못한 것이다.

"——어머니."

질겁한 모친에게 마리아가 마무리를 날렸다.

"이제 두 번 다시 얼굴도 보고 싶지 않아요. 다음에 또 찾아오면 두 사람이 돈을 빌린 위험한 곳에 넘겨버릴 테니 그렇게 아세요."

"히익——?!"

마리아의 노려보는 시선에 모친이 겁을 집어먹었다.

지금 이 순간 16년간 고정되어 있던 두 사람의 입장이 역전되었다.

"아, 그리고 만약 대신 모모와 친한 사람들을 괴롭히려고 해도 소용없어요. 1만 배의 고통으로 되돌려 드릴 테니까요."

"저, 저기, 마리아——."

마리아의 모친은 두 손을 비비며 헤실거리는 표정으로 마리아의 손을 잡으려고 했다.

그러나 마리아는 그 손을 뿌리치며 만면의 웃음을 지었다.

"모모는 알아들었는지 어떤지를 묻고 있는 거라고요, 이 아줌마야☆ 질척이다가 지금 당장 두들겨 맞고 제방에 버려지고 싶으면 계속 그러시던지요☆"

"히, 히이익——?!"

마리아의 모친이 도망쳤다. 웅크리고 있던 마리아의 부친도 위험을 느꼈는지 휘청휘청 비틀거리면서 황급히 자리를 떴다.

"좋았어!"

나는 파이팅 포즈로 기쁨을 표현했다.

승리의 환호였다.

"이야~ 무서웠네요."

"이걸로 해결되었으니 안심되네."

"테츠히코 군, 이걸로 정말 끝인 거지……?"

"뭐, 저런 꼴을 봤으니 우리에게 손을 대지는 않겠지."

모두가 기뻐서 떠드는 가운데 마리아가 깊게 고개를 숙였다.

"이번엔 여러분께 많은 폐를 끼쳤어요. 반드시 보답할게요."

"신경 쓰지 마. 우린 동료잖아."

내가 웃으며 말하자 마리아의 눈에서 눈물이 흘러내렸다.

"……예. 고맙습니다── 어라……."

마리아의 몸이 휘청이며 흔들렸다.

깃털이 떨어지는 것처럼 사뿐히 마리아는 콘크리트 바닥 위에 주저앉았다.

"저, 저기, 죄송해요…… 바로 일어날게요…… 어라, 이상하네요……."

아무래도 힘이 들어가지 않는 모양이었다. 손을 떨고 다리도 살짝 움직일 뿐으로 아무리 보아도 일어날 수 있을 것 같지 않았다.

옆에서 보기에는 여유로운 승리였지만 마리아에게 있어서 부모와 만나는 건 체력을 소진할 정도의 긴장과 공포가 따르는 것이었으리라. 지금은 염원을 이룬 안심감에 힘이 빠진 게 분명했다.

그걸 알았는지 다들 걱정하기는 해도 소란을 피우지는 않았다.

"스에하루, 네가 택시까지 업어줘."

테츠히코만 그렇게 말했을 뿐이었다.

"알았어."

"……부탁드릴게요."

나는 마리아를 등에 업었다.

마리아는 체중이 가벼운 편이라고 생각하지만 그래도 자연스럽게 걸음이 늦어져서 금세 우리는 가장 뒤쪽에 서게 되었다.

"……무거워."

나는 작게 중얼거렸다.

그런 소리를 구태여 입 밖에 낸 이유는 실은 멋쩍었기 때문이었다.

마리아의 몸과 밀착한 탓에 고동이 크게 뛰며 손에서 땀이 멎질 않았기에 마리아가 반응하기 쉬운 화제로 얼버무리기로 한 것이다.

"——에잇."

마리아가 박치기를 했다. 다만 힘이 들어가지 않는지 툭 하고 기대는 듯한 충격이었다. 머리카락이 목덜미에 닿으며 간지러운 정도였다.

"야야, 무리하지 말라니까."

"모모는 이렇게 가벼운데 심술궂어요."

어깨에 살짝 올려진 손이 내 목을 안았다. 가슴이 등에 닿았고 다리가 내 허리를 조였다.

이렇게까지 밀착되니 나도 몸이 굳어졌다. 마리아의 심장 소리가 들려왔기 때문이다.

"다 알아요, 스에하루 오빠. 아까부터 손이 땀으로 젖어 있죠?"

"윽…… 아니, 그게……."

"왜 그런 거예요? 혹시 모모를 의식하고 계세요?"

어리광부리는 듯한, 그렇지만 도발하는 듯한 마리아다운 말이었다.

나는 쓴웃음을 지으며 무심결에 말하고 말았다.

"……조금 의식하기 시작했을……지도 모르겠네……."

"어……."

등에서 들려오는 마리아의 고동이 한층 더 커졌다.

"……안 놀려?"

"저, 저기, 죄송해요…… 그런 반응이 돌아올 줄은 몰라서요…… 저도 좀 대응하기 어렵다고 할까……."

드문 반응이었기에 나는 멈춰 서서 고개를 뒤로 돌렸다.

그러나——.

"지금은 보지 말아주세요."

"아얏."

마리아가 머리를 잡고 돌려서 강제로 정면을 보게 되었다.

뭐야, 꽤 힘이 돌아왔잖아.

마리아는 심호흡하고 아까보다 몸을 더 밀어붙이며 귓가에 속삭였다.

"그럼 스에하루 오빠, 모모와 달콤한 신혼생활을 하시겠어요?"

"아까 '결혼 선언' 도 그렇지만 너는 이야기를 자꾸 이상한 방향으로 꺾는다고 할지 극단적인 소릴 한단 말이지……."

"결론부터 말하고 있을 뿐이에요. 그 사이의 과정은 조금씩 채워나가면 되는 거잖아요."

"합리적인 건지 합리적이지 않은 건지……. 뭐, 그래도 네가 때때로 엉뚱한 소리를 하는 심정도 이해가 된다고 할까."

"뭐가요?"

"솔직하게 말하는 건 뭔가 좀 쑥스러우니까."

"…………."

나에게는 등 뒤의 마리아가 어떤 표정을 짓고 있는지 보이지 않았다. 3초 정도의 공백 뒤에 마리아가 말했다.

"요컨대 스에하루 오빠는 모모와 약혼하고 열여덟 생일에 결혼한다는 거죠?"

"그런 소린 한마디도 한 적 없거든?!"

황홀한 달콤함이 내 가슴 안쪽에 스며들었다.

마리아와 함께 있으면 즐겁다. 그리고 나는 이 즐거움을 잃는 것을 마음속 어딘가에서 두려워하고 있었다.

그래서 확신했다.

——아아, 분명 나는 새로운 독에 중독된 것이다.

*

어느 날, 하디 프로 사장실.

사장석에서 레드 와인을 마시는 하디 슌 앞에 히나기쿠가 서 있었다.

"이번에는 져서 죄송합니다."

히나기쿠는 깊게 고개를 숙였다.

이길 생각이었다. 그렇지만 완패였다. 불평도 안 나올 정도로 차이가 벌어진 패배는 처음 겪는 일이었다.

지금까지 분한 감정을 느낀 적은 거의 없었다.

왜냐하면 지더라도 바로 재도전해서 다음에는 이길 자신이 있었기 때문이다.

하지만—— 이번에는 그럴 자신이 없었다.

차이가 너무 컸다. 조금 노력한 정도로 역전할 수 있는 게 아니었다.

조바심이 마음을 좀먹었다. 어떻게 하면 이길 수 있을지 머리 한구석에서 필사적으로 생각했다.

씁쓸함이 입속에 퍼졌다.

——그렇구나…… 이게 굴욕의 맛이야.

"그거면 돼. 최고의 전개야."

히나기쿠는 눈을 동그랗게 뜨며 고개를 들었다.

"나는 말이지, 너에게 패배를 선물해주고 싶었어."

하디 슌은 잔을 들고 일어서서 창가로 이동했다.

"그렇지만 텔레비전 방송에서의 대대적인 승부나 연간 랭킹으로 겨루는 승부로는 네 경력에 흠집이 생기지. 대단할 것 없는 학교 축제에서의 장난 같은 승부…… 그런 경력에 흠집이 생기지 않는 승부로 패배의 맛을 알려주고 싶었어. 솔직히 잘 풀려서 안심했을 정도야."

"프로듀서님……."

"너는 아이돌로서 너무 빠르게 정점을 차지해버렸어. 물론 그만한 소재니까 당연하지만 굴욕을 모르고 집념이 없는 이에게는 한계가 있거든."

창밖을 보며 잔에 입을 댄다.

"네가 지금 느끼고 있는 씁쓸함—— 그걸 절대로 잊어서는 안 돼. 강해지기 위해서 필요한 스파이스니까. 이해했어?"

"……예, 이해했어요. 이 정도로 잘하고 싶다고 생각한 적은 처음이거든요."

"응, 그거면 돼."

"하지만 히나가 이길 가능성도 있었죠? 그때는 어쩔 생각이셨나요?"

하디 슌은 어깨를 으쓱했다.

"뭐, 그때는 감사히 승리를 취할 생각이었지. 마루를 내 손으로 다시 키워보고 싶은 생각도 있었지만 딱히 아쉽지는 않아. 내가 발굴해낸 너로 어머니가 발굴해낸 마루와 모모사카를 이기고 싶다는 마음이 있었거든. 상대가 강하지 않으면 재미가 없지. 그래서 최고의 전개란 거야."

히나기쿠는 이해했다.

'프로듀서는 세계를 제패할 스타를 만들어 내고 싶어 하지만 그건 어디까지나 자신이 발굴해낸 히나로 그러고 싶은 거지 스에하루 선배님이나 마리아 선배님에게 집착하는 마음은 없는 거야.'

그뿐 아니라 그 두 사람은 라이벌로 있어 주기를 바라는 분위기마저 느껴졌다.

라이벌인 쪽이 재미있을 것 같다는 의견에는 히나기쿠도 동감이었다.

'스에하루 선배님과 마리아 선배님을 이기고 싶어——.'

지금까지는 즐거워서 해온 연예 활동이었지만 이기겠다는 목표가 더해지니—— 아주 멋진 뜨거운 전개가 되어서 불타오르는 기분이었다.

"정말로 다행이야. 마루는 6년간의 실질적 은퇴 생활이 헛되지 않았다는 것을 보여주었으니까."

"구체적으로는요?"

"깊이가 생기고 타인에게 맞춰줄 수 있게 되었지."

하디 슌은 와인을 창으로 들어오는 빛에 비춰보았다.

"마루는 어릴 적부터 다른 사람을 자신의 페이스에 끌어들이며 특출난 연기를 할 줄 아는 귀중한 재능을 가진 아이였지. 하지만 그런 아이는 어른이 되면서 독선적으로 변할 위험성도 있어. 그런 마루가 6년간의 갈등을 겪고 그저 특출나기만 한 게 아니라 타인에게 손을 내밀고 끌어 올려줄 수 있게 된 거야."

"그렇네요……."

개인으로서는 특출나지만 주위 사람들이 거기에 따라가지 못하면 스에하루의 연기는 고립된다—— 그런 면이 있었던 것을 지적하기 전까지 히나기쿠는 깨닫지 못했었다.

"모모사카는 밸런스가 좋아서 주위에 대한 배려가 능숙했지. 하지만 그런 만큼 마루처럼 특출나거나 전체의 분위기를 정하는 압도감은 없었어. 일류지만 계속 그대로였다면 초일류는 무리였지. 하지만 이번에 그 껍질을 깨트렸어. 좋아, 아주 좋은 전개야."

하디 슌은 책상으로 돌아가서 잔을 두었다.

"두 사람 모두 이번 승부로 약점을 보완해서 강한 개성과 협조성을 겸비한 연기를 할 수 있게 되었지. 하지만 말이지, 너라면 그 두 사람을 넘어설 수 있어."

"……?!"

히나기쿠는 머뭇머뭇 물었다.

"그럴 수 있을까요?"

"선천적인 재능으로 말하자면 너는 그 두 사람보다 확실히 위야. 이번에도 상대가 혼자였다면 기술이 뒤떨어지더라도 좋은 승부가 되었겠지. 그럴 정도의 이점을 너는 가지고 있어."

히나기쿠는 힘차게 고개를 끄덕였다.

"너는 더욱 높은 경지로 올라갈 수 있어. 그 두 사람을 합친 것보다 너 위로. 그리고 그 두 사람을 이길 수 있을 수준까지 성장하면—— 세계로 나가자. 그때는 세계를 제패할 수 있어. 너의 빛으로 세계를 비출 날은 그리 멀지 않아."

"예, 프로듀서님! 그날이 기대되네요!"

같은 일상을 반복할 뿐인 나날이었지만 하디 슌의 복귀로 성장이 필요한 자극적인 나날로 바뀌었다.

역시 자신의 프로듀서는 이 사람뿐이라는 것을 히나기쿠는 새삼 느꼈다.

*

테츠히코는 케이오 대학 광고 연구회의 동아리방에서 마지막 실무를 처리하고 있었다.

"예, 청구서 확인했습니다. 내일에는 입금할게요."

"부탁드리겠습니다."

"군청 동맹에 의뢰하기를 정말 잘했어요! 히나 양까지 난입해서 반응이 아주 좋았었죠~! 다음에도 기회가 있으면 잘 부탁드리겠습니다!"

"예, 이쪽이야말로 잘 부탁드리겠습니다."

동아리방에서 나온 테츠히코는 크게 숨을 내쉬었다.

이번에는 정말로 질 각오를 했었다. 압승한 게 신기할 정도로 아슬아슬한 상황이었다.

그래서 피로감은 평소의 두세 배 이상이었다.

"수고했어. 커피라도 사줄까?"

"선배, 정말로 스토커예요?"

한숨 돌리고 있을 때 나타난 아베를 보고 테츠히코는 어처구니가 없어졌다.

"광고 연구회 사람에게 오늘 네가 올 예정이라는 걸 들어서 그냥 한번 와봤어."

"아니, 그냥은 뭐가 그냥이에요."

"그게, 이번에는 나도 알 수 없었던 일이 좀 있었으니 이야기를 들어보고 싶었거든."

테츠히코는 긴 한숨을 내쉬었다.

"보신대로 마리아의 압승이에요. 뭐, 마리아가 배우에서 사랑에 빠진 소녀가 된 덕분에 이길 수 있었다는 건 재미있는 아이러니라고 생각해요. 다만 다른 멤버도 팬클럽 사건과 비교하면 꽤 요령 좋게 움직인 것 같으니 졌다고는 할 수 없겠지만요. 자, 그럼 저는 이쯤에서."

"그 부분은 좀 더 자세히 들어보고 싶기는 한데…… 실은 가장 듣고 싶은 건 '그 부분' 이 아니야."

"예? 그럼 뭔데요?"

아베는 여느 때보다 진지한 표정으로 말했다.

"너는 공연 중에 시로쿠사와 시다 양에게 밖의 상황을 확인해달라고 했었지. 그리고 '패색이 짙어지면 뭔가를 할 생각' 이었어."

"…………그런데요?"

"차선 사람이 공연 바로 전에 무대 뒤에서 이상한 기계를 보았다고 했거든. 그 사람은 곧 공연이 시작되니 소도구 담당이 놔둔 거라고 판단해서 방치했는데 뭔가 신경 쓰여서 사진을 찍어뒀었대. 그리고 그게 이거야."

아베는 핸드폰에 사진을 띄워서 테츠히코에게 보여줬다.

"이 기계는 공연이 끝난 뒤에 어느 사이엔가 사라져 있었어. 너에게 이 기계의 정체를 물어보고 싶은데 말해주면 안 될까?"

"하아……."

테츠히코는 재차 한숨을 내쉬며 말했다.

"커피 사주신댔죠?"

*

캠퍼스 안에 있는 유명 커피 체인점에 들어가서 인기척이 없는 안쪽 자리에 앉으며 테츠히코는 태연하게 말했다.

"예, 맞아요. 그거 제가 놔두고 공연이 끝난 뒤에 몰래 회수한 거예요. 뭐, 말하자면 시한폭탄이죠."

"……뭐?"

아베가 입을 벌린 채 굳었다.

"아니, 잠깐만 아무리 나라도 그런 예상까지는…… 어? 진짜로?"

"시한폭탄이라고 해도 화약이 들어간 건 아니라서 위험성은 전혀 없어요. 다만 식견이 있는 사람은 진심으로 만든다면 그런 용도로 쓸 수 있다는 걸 알겠죠."

"잠깐만잠깐만, 그런 걸 어디서 구한 거야?!"

"인터넷이요."

"아…… 그렇군…… 하지만…… 으으음……."

터무니없는 내용에 아베는 정보를 소화 시키지 못하고 고개를 갸웃거렸다.

"이유는 알 것 같은데 네 입으로도 들을 수 있을까?"

"뭐, 승부를 없던 것으로 하려면 이 방법밖에 없다고 생각해서요."

테츠히코는 담담하게 이야기했다.

“그 망할 사장 놈과 추가 조건을 교섭하는 자리에 저도 있었거든요. 결과가 나온 뒤에 없던 일로 하는 건 무리라는 걸 알고 있어서요. 그렇다면 제가 할 수 있는 일은 게임판째로 뒤집어엎는 것밖에 없다고 생각했어요. 참고로 지금도 그것 말고는 다른 방법은 떠오르지 않네요.”

“승부에서 지리라고 확신한 순간에 대학교 축제 실행위원회에 전화라도 할 생각이었어?”

“좀 더 거창하게 할 생각이었어요. 공식 홈페이지와 공식 트위터를 해킹해서 폭파 예고를 하려고 했죠. 히나의 팬을 가장한 범행이라는 스토리로 이미 실행범도 비밀 게시판에서 구해——.”

“잠깐, 멈춰봐!”

아베는 미간을 짚었다.

“너는 여전히 어둠이 짙다고 해야 할지…… 한도가 없다고 해야 할지…….”

“뭐, 결국 안 했으니까 됐잖아요.”

“하지만 만약 했다면 네가 범죄자로 체포되었을지도 모르는데?”

“그래서요?”

테츠히코의 박력에 아베는 입을 다물었다.

“그 승부에서 패배했으면 스에하루를 그 망할 사장 놈에게 빼앗겼을 거예요. 아마 마리아도 함께 따라갔겠죠. 그렇게 되면 시다와 카치도 나가서 군청 동맹은 붕괴한다고요.”

“그건…….”

"제 실수나 스에하루가 한 사람을 선택함으로써 군청 동맹이 붕괴한다면 저는 받아들일 거예요. 하지만 그 망할 놈 때문에 전부 허사가 되는 건 참을 수 없다고요!"

으득, 하고 테츠히코가 이를 악물었다.

"그럴 바에는 범죄자가 될 리스크를 지고 시도해보는 편이 훨씬 낫잖아요! 어떻게 보아도!"

"진정해, 카이 군."

테츠히코는 언성을 높였었다는 것을 깨닫고 심호흡을 했다.

"상담해 줬다면 나도 힘이 되어줬을 텐데."

"이번 일은 무리예요. 설령 소이치로 아저씨가 도와주신다고 해도 약속은 약속이니까요."

"그럴지도 모르지만……."

"자, 이 이야기는 끝냅시다. 범죄는 없었어요. 그게 결론이잖아요."

아베는 테츠히코가 걱정되었지만 그렇게 말해도 기뻐하지 않을 건 알고 있었다.

결과적으로 아무 일도 없었으므로 이 이상 캐물을 수도 없어서 어쩔 수 없이 대화하기 편한 화제로 이야기를 돌렸다.

"그럼 이야기를 좀 바꾸겠는데 이번에 시다 양이 너무 얌전하지 않았어?"

"예? 아, 그렇네요. 그렇게 말하자면 카치도 마찬가지지만요."

"뭐, 그렇지. 그건 역시 모모사카 양을 동정해서 양보한 걸까?"

"……그렇죠. 저로서는 '용케 함정에 걸리지 않았군' 이라는 인상이지만요."

"으으응……?"

아베가 고개를 갸웃거렸지만 테츠히코는 그대로 말을 이었다.

"남녀가 파국을 맞는 계기 베스트3에 들어갈 만한 사태를 시다는 아마도 계산으로, 카치는 아마도 자신도 모른 채 신들린 회피를 했다 싶어서요. 특히 시다가 대단했죠."

"시, 신들린 회피……?"

더욱 혼란해진 아베에게 테츠히코는 진지하게 말했다.

"밀어붙이기만 하는 게 아니라 상황에 따라 자제도 할 줄이야…… 물러설 때를 아니까 명장인 거겠죠. 뭐, 이걸 모른다면 '자기 마음대로 남자를 휘두르는 자기중심적인 속이 검은 여자' 로 전락했을 가능성도 있었으니 시다는 격을 떨어트리지 않았다고 할까, 좋은 여자라는 것을 보여줬다는 느낌이네요."

"그, 그래? 나는 그저 얌전히 있었구나, 하는 정도의 인상인데."

테츠히코는 바보 취급하는 듯한 한숨을 내쉬었다.

"아니, 이번 일은 두 사람에게 있어서 가장 힘든 싸움이었잖아요. 아~ 선배는 그거네요. 인기 많은 현실에 안주하고 있죠? 선배라면 이런 사태에서 애인과 헤어지겠다는 걸 잘 알겠네요."

"잠깐, 그 정도로?! 자세한 설명 좀 해주겠어?!"

테츠히코는 다리를 꼬며 아이스 커피에 입을 댔다.

"각각의 입장에서 생각해보면 알 수 있는 일이에요. 이번 사건에서 스에하루가 마리아를 어떻게 해서든 도우려고 할 건 자명한 일이었죠?"

"마루 군은 남자답기도 하고 지금까지의 행동으로 보아 돕지 않는다는 선택을 할 리는 없겠지."

"하지만 시다와 카치는 탐탁지 않겠죠. 라이벌이 스에하루와 거리를 좁힐 건 확실했으니까요."

"모모사카 양을 도우려고 하는 마음은 이해하지만 더욱 친밀해지는 모습을 지켜보기만 하는 건 괴롭겠지…… 아, 이래서 가장 힘든 싸움이라는 건가."

"그래요. 알고는 있어도 지켜볼 수밖에 없었던 거죠. 그리고 이러지 못하는 사람이 엄청나게 많다는 인상이네요."

"예를 들면?"

" '나보다 일이 더 중요해?' 같은 거요."

"아……. 일이 중요하다는 건 알아도 관심을 주지 않으면 연인으로서는 그런 말을 하고 싶어진다는 건가."

"일을 클럽 활동이나 위원회, 학원, 전근, 꿈, 취미…… 뭐로든 바꿀 수 있어요. 결론적으로는 '연인의 생활을 존중할 수 있는가' 라는 점이겠죠."

"그것도 자신의 마음을 억누르면서 말인가."

"예. 이런 말을 들으면 남자 쪽에서는 '왜 이해해주지 않는 거야' '너는 제멋대로야' 라고 생각하겠죠. 물론 남녀의 입장을 뒤바꿔도 똑같고요. 이런 일로 헤어지는 커플은 엄청 많을 겁니다."

아베는 블렌드 커피가 담긴 컵을 손으로 만지작거렸다.
"시다 양이 계산으로 회피했다는 근거는 있어?"
"있어요. 마리아를 어떻게 지킬지 이야기를 나눴을 때 먼저 스에하루에게 등하교를 함께 해주라는 말을 했을 정도니까요. 평소에는 트집부터 잡았을걸요."
"……그렇구나."
"그 시점에서 그런 말을 할 수 있었다는 건 아마도 이전부터 각오하고 있었다는 거겠죠. 마리아가 긴급사태에 처했을 때의 대처를요."
"시다 양은 대체 어디까지 내다 보고 있는 건지……."
"자신도 모르게 회피한 카치에 대해서는 안 물어봅니까?"
"시로쿠사는 내가 더 오래 알고 지냈으니까. 시로쿠사는 정의감이 강하니 모모사카 양의 불우한 처지에 진심으로 화가 나서 자신의 득실을 잊고 협력한 게 아닐까?"
"그런 분위기였네요. 그래서 시다가 얌전했던 걸 이해하지 못했다고 할까. 왜 얌전하게 구냐고 물어봤을 정도니까요."
"그런 일이 있었구나……."
"시다가 연극 시작 전에 카치에게 이런 말을 했었어요."

'――만약 모모를 못 본 척할만한 애였다면 나는 좋아하지 않았을 거야.'

"저는 그 말을 듣고 챔피언이구나 싶었다니까요. 상대의 강한 공격을 전부 받아내고서도 이길 수 있다는 자신감으로 가득해 보였거든요."

"시다 양은 여전히 강한걸……."

테츠히코는 빨대 종이에 물을 떨어트려서 쪼그라드는 모습을 바라보았다.

"뭐, 그래도 제가 보기에는 좀 더 행동할 구석이 있었다고 보지만요. 기본적으로 시다와 카치는 착해빠졌단 말이죠."

"듣는 게 무서운데…… 예를 들면?"

"제가 시다의 입장이고 진심으로 스에하루를 쟁취할 생각이었다면 마리아를 이 타이밍에서 탈락시켰겠죠. 다만 연기를 하지 못하게 될 수준이라면 도리어 스에하루와 이어질 가능성이 크니 어중간한 방법으로는 안 돼요. 스에하루가 실의에 빠진 마리아의 곁에 있다가 승부가 나버리는 건 충분히 있을 법한 상황이었으니까요."

"아, 아~ 확실히 그렇네……."

승부에서 진 마리아가 실의에 빠져 연예계에서 멀어진다. 그런 마리아를 차마 보지 못한 스에하루가 마리아의 곁에 있어 준다. 그게 몇 년이나 이어지면—— 사귀는 거나 마찬가지인 상태가 된다. 이렇게 되면 결과적으로 쿠로하나 시로쿠사가 아니라 마리아를 선택했다고 할 수 있을 것이다.

아베로서도 그런 전개는 있을 수 없다고 반박하지는 못했다.

"마리아를 탈락시킬 거라면 고등학교 생활을 할 수 없을 정도로 철저하게 해야겠죠. 그것도 뒤에서 음험하게 몰아붙이는 게 이상적인 전개였어요."

"으아, 그건……."

"이 타이밍에서는 가능했어요. 스에하루의 추가 조건과 관련해서 발목을 잡거나 학교에 안 좋은 소문을 흘리거나…… 하지만 두 사람은 그러지 않았어요. 시다라면 아이디어 정도는 떠올랐을 테지만 실행하지 않았죠. 두 사람 모두 험담은 본인에게 직접 말하지 뒷담화는 안 하거든요."

"험담은 보통 뒤에서 몰래 하니까……."

"타인을 끌어내려서 이기는 게 아니라 상대를 웃돌아 이기려고 해요. 그래서 이번에 약점이 드러난 마리아를 보고 기회로 생각하지 않고 도리어 가세했죠. 존경스러운 마음가짐이라고는 생각해요. 보통은 끌어내리는 편이 편하니까요. 뭐, 시다와 카치라면 몰라도 저는 태연하게 끌어내리지만요."

"뭐, 너는 그런 타입이니까……."

아베는 뺨을 긁적였다.

"그나저나── 그렇구나. 그래서인지 이번 일로 마루 군과 모모사카 양의 사이가 확 깊어진 것처럼 보였어. 남매 같은 관계에서 벗어날 정도로."

"……그렇죠. 마침내, 라고 할까. 확실히 마리아에게는 커다란 한 걸음이었겠죠. 하지만 겨우 같은 무대에 섰다는 수준이에요."

"마루 군의 연애 대상이라는 무대인가."

"그래요. 시다도 카치도 그 무대 위에는 이미 예전부터 올라가 있었죠. 한 바퀴 뒤처지다가 겨우 따라잡았다는 정도의 이미지예요."

"뭐…… 그렇지. 하지만 새롭게 의식하기 시작했다는 건 간과할 수 없는 부분이야. 그만큼 현재 마루 군의 마음속에 깊이 파고들었다고도 볼 수 있지 않을까?"

"그래도 저는 '소꿉여친'으로 자리를 잡은 만큼 시다 쪽이 아직 앞선다고 보지만요. 다만 '소꿉여친'은 스에하루를 의식시키는 데는 효과적이었지만 함께 외출하는 등의 행동 자체는 이전부터 해왔던 일이어서 결정타가 되지는 못했다고 할까, 차별화가 되지 않아서 관계성이 강고해지지는 못했다는 느낌은 드네요. 스에하루를 매어 둔다는 의미에서는 성공했다고 봐서 팬클럽 사건을 고려해도 현재는 공격보다 방어에 효과가 있다는 인상이에요."

"매어 뒀다라…… 딱 어울리는 말 같긴 하네……."

"소꿉여친을 머릿속에서 시뮬레이션해보았는데 가장 가까운 게 '정부' 같았어요. 몰래 사귀는 여자친구라고 할까."

"아, 아~ 소꿉친구라고 하면 연애하는 느낌이 안 드니까 그쪽이 더 이미지가 가깝겠는걸……."

"아무 일도 없을 때는 본처 자리에 있을 수 있는 좋은 포지션이지만 이벤트가 일어나면 방해하지 않는 편안한 여자를 연기해야 하니까요. 이 스트레스가 어떻게 나타날지……."

"팬클럽 소동에 이어서 이런 일이 벌어졌으니까. 이제부터 엄청나게 밀어붙일지도 모르겠는걸."

"그러겠죠. 시다의 말을 듣고 말았거든요."

"어, 그래? 궁금한걸. 무슨 말이었는데……?"

테츠히코는 아이스 커피를 한 모금 마시고 흥미진진해 보이는 아베에게 말했다.

"저번에 마리아네 부모에게 앙갚음해주고 돌아오는 길에 스에하루와 마리아가 무진장 좋은 분위기였거든요. 뭐, 제가 스에하루 보고 마리아를 업어 주라고 한 게 원인이지만요."

"너는 여기저기에 불을 지르고 즐기는 구석이 있단 말이지."

"뭐, 실제로도 즐겁거든요. 아무튼 그때 시다가 카치에게 이런 말을 했었어요."

'——이번만 넘어가 주겠어. 어디까지나 이번만.'

"……무시무시한걸."

"그렇죠?"

"결과적으로는 졌다기보다는 승리를 양보해줬다는 느낌인가?"

"이길 수 있었지만 구태여 져줬다고 할까, 진 척한 것뿐……이라는 느낌이네요."

"다음 역습이 무서워지는걸……. 지금쯤 역습할 방법이라도 생각하고 있으려나……."

아베는 깊은 한숨을 내쉬었다.

*

쿠로하는 자기 방의 책상에 앉아서 노트를 노려보고 있었다.

그 노트는 일기에 가까운 것이었다. 그러나 어디까지나 '가까운 것' 인 이유는 딱히 매일 일어날 일을 적고 있지는 않았기 때문이다.

'하루가 모모를 의식하게 된 건── 어쩔 수 없는 일이라고도 할 수 있어. 하루는 친한 사람이 곤궁에 빠지면 가만히 있지 못하는 성격이고 모모의 일은 대단히 무거운 문제였으니까. 이렇게 되는 건 시간문제였어. 그러니까 이건 상정한 대로야.'

노트에 적는 건 그날 '생각한 것' 이었다.

'아마 이쯤에──.'

쿠로하는 노트를 넘겨서 2개월 정도 전으로 돌아갔다.

그리고 한 페이지에서 손을 멈췄다. 마리아가 전학을 온다는 것을 알게 된 날이었다.

거기에는 '만약 하루가 모모를 연애 대상으로 의식할 경우' 라는 제목을 붙인 그날의 생각이 정리되어 있었다.

· 나와 카치 양 양쪽을 의식할 뿐이라면 줄다리기와 마찬가지. 강하게 당기면 된다.

· 삼파전이 된 경우는 그렇게 단순하게 해결이 안 된다. 강하게 당겨봤자 나머지 한 사람이 하루를 걱정해주며 어부지리를 취할 가능성이 생긴다.

· 애초에 하루 본인이 갈팡질팡하는 자신을 보고 갈등해서 예상 밖의 행동에 나설 가능성이 있고 그게 어떤 의미로는 가장 무섭다.

· 하루가 갈등하면서 자제심이 강해질 위험도 있다. 색기가 잘 안 통하게 될지도?

· 최악의 경우는 하루가 우리 세 사람에게 가책의 마음을 가진 결과로 모두와 거리를 두게 되고 거기에 네 번째 여자가 등장해서 낚아채 간다는 패턴.

"그렇단 말이지……."

쿠로하는 자신이 예전에 했던 생각을 다시 읽어보며 고개를 끄덕였다.

"흐름은 좋지 않지만…… 내일은 하루네 집에 청소하러 가니까 단둘이 있을 수 있어……. 겨우 모모의 문제도 해결되었으니 슬슬 적극적으로 공세에 나서도 될지도……."

그때 복도에서 목소리가 들려왔다.

"얘들아, 밥 먹으렴!"

어머니인 긴코의 목소리에 쿠로하는 자리에서 일어났다.

식탁에 아버지는 없었다. 또 연구 때문에 늦어지는 모양이었다.

쿠로하가 오므라이스에 식초를 뿌리고 있으니 긴코가 아무렇지도 않게 말했다.

"쿠로하, 너 내일 스에하루네 집에 청소하러 가지 않아도 돼."

"……어?"

쿠로하는 자신도 모르게 수저를 떨어트렸다.

수요일의 청소는 쿠로하에게 있어서 확실하게 스에하루와 단둘이 있을 귀중한 기회이자 최고의 공격 찬스였다. 그거야말로 소꿉친구의 특권이었으며 시로쿠사나 마리아와 비교해서 압도적으로 유리하다고 할 수 있는 요소……였었는데.

그런데——.

"엄마, 왜?!"

"그게, 최근에 너희 둘 상당히 사이가 좋잖니."

"그건 옛날부터 그랬잖아!"

"그럼 다른 식으로 말해볼까. 연애 대상으로서 거리가 상당히 가까워지지 않았어?"

흠칫, 하고 아오이가 어깨를 들썩였다. 아카네는 쿠로하를 가만히 바라보았고 미도리는 오므라이스를 허겁지겁 입에 집어넣었다.

"아, 안 그런데?"

"맞잖아. 사귀는 건 아닌 것 같지만 옆에서 보아도 좋은 분위기인걸."

"그래서 청소하러 가면 안 된다는 거야?"

긴코는 모친의 얼굴이 되어 말했다.

"개인적으로는 네가 스에하루와 사이가 좋아지는 건 보기 좋으니까 응원해주고 싶을 정도야. 하지만 엄마로서는 그 정도로 사이가 가까워진 남자애의 집에, 그것도 밤에 딸을 보낼 수는 없어. 너라면 이해하지?"

"윽, 그건…… 그럼 하루네 집 청소는 어떡하고?"

"그게 문제란 말이지. 뭐, 옛날처럼 조금 간격은 길어지지만 내가 시간이 날 때——."

"그러면 내가 할게."

손을 든 건 아카네였다.

"난 시간이 남으니까 할 수 있어."

"흐음……."

뜻밖이었는지 긴코는 손으로 턱을 짚으며 잠시 생각했다.

"뭐, 확실히 아카네라면 시간을 낼 수 있겠지만…… 정말로 할 수 있어? 방 청소만 하는 게 아닌데."

"할 수 있어."

"으, 으으음…… 좀 걱정되는데……."

"내가 도와줄까?"

미도리가 관심 없는 척 말했다.

"뭐, 귀찮기는 하지만 확실히 아카네 혼자만으로는 걱정되니까."

"너는 수험생이잖니. 그럴 시간이 있으면 공부를 더 해서 좋은 성적을 따렴."

"윽——."

찍소리도 나오지 않는 정론에 미도리는 입을 다물었다.

긴코는 고민한 끝에 아오이에게 시선을 돌렸다.

"그래—— 아오이, 아카네와 함께 청소하러 가주지 않을래?"

"……?!"

아오이는 놀래면서도 대답하지는 않았다.

거기에 긴코가 거듭 부탁했다.

"너는 수험생도 아니고 청소도 제대로 할 줄 아니까. 그래서 부탁하고 싶은데 안 될까? 싫으면──."

"시, 싫지 않아요!"

아오이가 벌떡 일어섰다.

평소의 아오이답지 않은 요란한 행동에 자매들의 주목이 모여들었다.

아오이는 얼굴을 붉히며 도로 자리에 앉았다.

"싫지는 않아요. 오히려 제가 잘할 수 있을지 몰라서요……."

"너 말고는 적임자가 없거든."

"엄마, 하루와의 관계가 가까운 게 걱정된다면 아카네와 둘이 가서──."

"쿠로하, 너는 여간내기가 아니잖니. 내가 보기에 아카네를 교묘하게 컨트롤해서 둘을 보낸 의미가 없어질 것 같단 말이지."

"윽──."

"그런 거니까 아오이에게 부탁할게."

긴코가 맡기겠다는 것처럼 말했다.

망설이던 아오이는 잠시 눈을 감았다가…… 힘차게 눈을 떴다.

"예, 알았어요. 제가 아카네와 함께 청소하러 갈게요."

"고마워."

이렇게 이 이야기는 마무리가 지어졌다.

*

'나는──.'

아오이는 마음속으로 중얼거렸다.

'나는 이 마음을 억누를 수 있을까──.'

집에 간다. 스에하루의 곁에 있을 수 있다. 즐겁게 이야기를 나누고 웃는 얼굴을 볼 수 있게 된다.

기뻤다. 너무 기뻐서 무서워진다.

"아오이, 청소하는 법 가르쳐 줘."

아카네가 말을 붙였다.

아오이는 웃는 얼굴을 고개를 끄덕였다.

'그리고 아카네는── 아카네의 마음은──.'

그 생각을 하니 가슴이 답답해졌다.

'아카네는 하루 오빠네 집에 가고 싶어 했어. 그렇다는 건 민가 행동에 나설 생각으로──?'

스에하루의 집에 갈 수 있게 되어 기쁜데도 아오이는 생각하면 생각할수록 불안감이 강해졌다.

가슴이 답답했다. 하지만 기뻤다.

'하루 오빠, 저는──.'

아오이는 허공에 떠올린 스에하루에게 말하려다가── 결국 입을 다물었다.

작가 후기

니마루입니다. 10월 3일에 유튜브에서 공개된 특별 방송(지금도 유튜브에서 시청 가능)에서—— '소꿉친구가 절대로 지지 않는 러브 코미디의 2021년 애니화 결정!' 이 발표되었습니다!

이렇게 읽어주신 여러분들의 응원 덕분입니다! 감사합니다!

니마루도 애니에 시나리오 등으로 관여하고 있으니 기대해주세요!

또한 소설 6권과 만화판 2권에는 각각 드라마CD 동봉 한정판이 있습니다. 기회가 있으면 한 번 들어주세요! 만화판 2권에는 소설 1권의 시로쿠사 시점으로 쓴 신규 단편도 수록했습니다!

그리고 이번 6권 말입니다만…… 드디어 돌아온 마리아편! 그리고 이야기가 무거워!

마리아는 스에하루의 파트너 포지션으로, 다른 히로인 두 사람과는 다르게 등장 시점에서 스에하루와 비슷한 무거운 과거를 설정했습니다. 연예계는 혈연보다 집념이 있는 사람이 강하지 않을까 하는 생각에도 영향을 받았습니다. 그걸 마침내 꺼낼 수 있어서 감개무량한 마음이네요.

게다가 지금까지는 군청 동맹 관련 일은 중요한 부분만 묘사했었는데 연극 이야기를 꽤 자세히 표현했습니다! 연극 이야기가 엔터테인먼트가 되는지 고민했습니다만 연극은 군청 동맹만으로는 할 수 없고 후반의 중요한 장면으로 이어지므로 그대로 뒀습니다(이래도 초고보다는 많이 줄었습니다). 이전에 연극을 한 경험이 있어서 해석 이야기를 나누는 장면은 그리운 기분이 들었네요.

6권이 무거운 이야기가 되리란 걸 알아서 5권은 코미디 방향으로 갔습니다. 소꿉패배는 그렇게 권마다 테마를 바꿔서 어디에 시점을 둘지 밸런스를 잡고 있습니다.

예를 들어 5권은 '학교 러브 코미디인데 지금까지는 학교 이야기가 너무 적었다' '러브 코미디에 군청 동맹이라는 시리어스&활극 요소를 더해왔는데 그걸 싫어하는 사람도 있을 테니 슬슬 정석적인 러브 코미디를 적극적으로 시도해볼 필요가 있지 않을까' 하는 이유로 코미디에 시점을 두고 써보았습니다. 저는 내버려 두면 시리어스가 되고 코미디를 어렵고 힘들다고 느끼다 보니 조마조마하면서도 즐겨주셨으면 했습니다.

6권은 그 반대로 '연극을 자세히 표현해서 연예계 요소를 강하게' '러브 코미디의 러브라도 시리어스한 러브'에 시점을 뒀습니다. 매권마다 전력을 다하면서도 시점의 밸런스를 잡는 게 시리즈물에서는 중요하다고 생각하기에 코미디와 시리어스를 각각 원 없이 쓸 수 있어서 정말로 다행이었다고 생각합니다. '떠오르는 건 전부 한다'가 신조이고 이유가 있어서 시점의 밸런스를 생각하고 있습니다만 남은 공간이 없으니 다음에 기회가 있을 때 다시 말씀드리겠습니다.

다음은 히로인들이 귀엽고&코미디 러브 요소가 가득&시다가 여동생들(여동생들의 이야기도 계속 쓰고 싶었습니다)이 활약할 예정이니 기대해주시길!

마지막으로 응원해주신 여러분, 편집자이신 쿠로카와 님, 오노데라 님, 일러스트를 맡으신 시구레 우이 님, 정말로 감사합니다! 그리고 지금 읽어주고 계신 분들도 괜찮으시다면 7권에서 뵙기를!

2020년 12월 니마루 슈이치

다음 예고

OSANANAJIMI GA ZETTAI NI MAKENAI LOVE COMEDY

쿠로하 대신 스에하루의 집을
청소하러 가게 된 아오이와 아카네.
의욕 가득한 아카네와는 반대로 아오이는 갈등하고 있었다.

(아카네는 원래도 다른 일엔 관심이 적었는데
지금은 완전히 하루 오빠만 보고 있어….
뭔가 터무니없는 일을 벌이지는 않을지…….)

제지해야 하나, 가르쳐줘야 하나, 응원해야 하나――
수많은 선택지에 고민하는 아오이였지만
사실 다른 사람을 걱정할 여유는 없었다.

(하루 오빠 옆에 더 가까이 있고 싶어…….
이야기를 나누고 싶어…… 하지만 그건――.)

이성과 사랑 사이에서 흔들리는 아오이.
그런 아오이 앞에 나타난 건 마리아를 의식하게 되어
고민하는 스에하루였다.
좀 더 이야기를 나누고 싶은 마음에
아오이는 또다시 연애 상담을 자처한다.
그 결과――.

「시, 신경 쓰이는 사람이 한 명 더 생겼다니……
하루 오빠, 저는 화가 났어요!
하루 오빠는 절조가 너무 없어요!」

NEXT
SHUICHI NIMARU PRESENTS
VOLUME

아오이의 질책을 받고 자신의 한심함을 뼈저리게 느끼는 스에하루.
그러나 그러는 사이에도 만회를 노리는 쿠로하,
조바심을 내는 시로쿠사, 기세를 탄 마리아가 덮쳐드는데!

「후훗, 하루. 뽀뽀…… 하고 싶어졌어?」

「스짱, 안 돼…… 청소도구함이 좁아서
그 이상 움직이면……」

「맞아요, 이 아래는 스에하루 오빠의 모교인
로쿠조 중학교의 세일러복이에요. 보고 싶나요?」

학교에서 사고를 치고만 아카네. 군청 동맹은 미도리, 아오이, 아카네와 함께
문제를 해결하기 위해 애쓰지만—— 사랑이 뒤엉키며 나선처럼 교차하고 엇갈린다.
그 끝에서 아오이는 깨달았다. 삼파전이 되어버렸기에 생겨난 새로운 선택지를.

「——하루 오빠, 잠시만이라도 괜찮으니
저도 봐 주시면 안 되나요?」

쌍둥이 스크램블!

소꿉친구가 절대로 지지 않는 러브 코미디 7
VOLUME:SEVEN

곧 발매 예정!

소꿉친구가 절대로 지지 않는 러브 코미디 6

2022년 06월 25일 제1판 인쇄
2022년 07월 01일 제1쇄 발행

지음 니마루 슈이치 | **일러스트** 시구레 우이

옮김 김민준

발행 영상출판미디어(주)
등록번호 제 2002-000003호
주소 21315 인천광역시 부평구 부평대로 283 A동 702호
전화 032-505-2973(代) | FAX 032-505-2982

ISBN 979-11-380-1481-6
ISBN 979-11-6625-686-8 (세트)

구매 시 파손된 도서는 구매처에서 교환하실 수 있습니다.
기타 불편사항, 문의사항이 있으신 독자님께서는 노블엔진 홈페이지
[http://novelengine.com] 에서 Q&A 게시판을 이용해 주시기 바랍니다.

노블엔진(NOVEL ENGINE)은 영상출판미디어(주)의 라이트노벨 및 관련서적 브랜드입니다.